Zu diesem Buch

Rabbi David Small hat sich den Ruhestand redlich verdient. Nach 25 Jahren verläßt er seine Gemeinde, um am angesehenen Windermere College in Boston die jüdische Kultur zu pflegen. Doch sein Nachfolger hat es nicht leicht in dieser neuen Gemeinde, denn der sportliche Rabbi Selig joggt sogar im Winter in kurzen Hosen, und das entspricht so gar nicht der Religionsauffassung orthodoxer Juden. Nachdem an Thanksgiving ein gigantischer Schneesturm Barnard's Crossing in jungfräuliches Weiß gehüllt hat, gibt das darauf einsetzende Tauwetter die Leiche eines Professors frei. So wird wieder einmal der unwiderstehliche Spürsinn im Rabbi geweckt. Schließlich handelt es sich um einen höchst unbeliebten College-Kollegen, der in der Nähe von Seligs Haus gefunden wurde. Unter den zahlreichen Verdächtigen befindet sich auch der durchtrainierte Rabbiner, der dem altersgeilen Professor Prügel angedroht hat, weil er seine attraktive Ehefrau sexuell belästigte. So muß auch diesmal Smalls Spezialität zur Lösung des Falles führen: seine Talmud-geschulte Logik.

Harry Kemelman, 1908 in Boston geboren, hat sein ganzes Leben in New England verbracht. Er studierte an der Boston University und in Harvard, arbeitete als Verkäufer und Lehrer. Seine Lieblingsbeschäftigung ist das Violinespielen, das nur noch vom Schreiben übertroffen wird. 1964 betrat der Rabbi David Small die Bühne der Kriminalliteratur, um seinen ersten Fall zu lösen, und er hat mittlerweile Millionen begeisterte Leser in der ganzen Welt gefunden.

In der thriller-Reihe erschienen die Longseller: Ein neuer Job für den Rabbi (Nr. 3120), Am Freitag schlief der Rabbi lang (Nr. 2090), Am Samstag aß der Rabbi nichts (Nr. 2125), Am Sonntag blieb der Rabbi weg (Nr. 2291), Am Montag flog der Rabbi ab (Nr. 2304), Am Mittwoch wird der Rabbi naß (Nr. 2430), Der Rabbi schoß am Donnerstag (Nr. 2500), Eines Tages geht der Rabbi (Nr. 2720), Ein Kreuz für den Rabbi (Nr. 2860), Quiz mit Kemelman (Nr. 2172) und Am Dienstag sah der Rabbi rot (Nr. 2346).

Harry Kemelman

Als der Rabbi die Stadt verließ

Deutsch von
Hans J. Schütz

rororo

Rowohlt

rororo thriller
Herausgegeben von Bernd Jost

Deutsche Erstausgabe
Veröffentlicht im Rowohlt Taschenbuch Verlag GmbH,
Reinbek bei Hamburg, Februar 1997

Die Originalausgabe erschien 1996 unter dem Titel
«That day the Rabbi left town» bei Fawcett Columbine, New York

Redaktion Peter M. Hetzel
Umschlaggestaltung: Walter Hellmann
(Foto: G + J Photonica, Elke Hesser)
Satz Bembo (Linotronic 500)
Gesamtherstellung Clausen & Bosse, Leck
Printed in Germany
1290-ISBN 3 499 43252 8

Zum Andenken an
ARTHUR C. FIELDS, der mir auf die Sprünge half
und
SCOTT MEREDITH, der mich voranbrachte

Kapitel 1

Es war Mitte Mai und für die Jahreszeit ungewöhnlich heiß. Rabbi David Small vom Barnard's Crossing Tempel machte sich für seine Verabredung mit Rektor Macomber vom Windermere College in Bostons Back Bay fertig und stellte sich seiner Frau Miriam zur Begutachtung vor.

«Willst du etwa so gehen? Ohne Krawatte?»

«Es ist heiß heute.»

«Aber man will dich wegen einer Stellung sprechen», protestierte sie.

«Heutzutage unterrichten Professoren in Hemdsärmeln und Jeans.»

«Aber du gehst nicht zum Unterricht. Du stellst dich wegen eines Jobs beim Rektor vor.»

«Schon gut, ich werde mir eine Krawatte umbinden.» Er ging die Treppe hinauf zum Schlafzimmerschrank.

Doch sie begleitete ihn ins Schlafzimmer, um seine Wahl zu beurteilen. Obwohl sie fünfzig war, wirkte sie noch wie ein Schulmädchen. Ihr blondes Haar, hin und wieder vom Frisör «aufgefrischt», war auf ihrem Kopf aufgetürmt, als wollte sie es aus dem Weg haben. Nur der entschlossene Zug um das Kinn in ihrem herzförmigen Gesicht und die feinen Falten in den Augenwinkeln verrieten ihr Alter. Ihrem Gatten, dem Rabbi, sah man seine dreiundfünfzig Jahre an. Sein dunkles Haar war von grauen Strähnen durchzogen. Er trug eine Brille mit dicken Gläsern, die er in die Stirn schob, wenn er in ein Buch vertieft war. Wie ein Gelehrter schob er beim Gehen Kopf und Schultern nach vorn.

Er nahm eine Krawatte aus dem Schrankfach. Sie war bereits fertig gebunden, und er wollte sie gerade über den Kopf ziehen, als sie sagte: «Nicht diesen Schlips. Es ist ein Fleck drauf.»

«Dann knöpfe ich mir eben das Jackett zu.»

«Nein, das wirst du vergessen. Nimm die.»

Mit unterdrücktem Ärger nahm er die Krawatte, die sie ihm reichte. Wie die erste war sie bereits gebunden. Er streifte sie über den Kopf und zog den Knoten hoch. «Zufrieden?» fragte er.

«Die ist viel besser. Du kannst sie jetzt lockern, aber vergiß nicht, den Knoten hochzuziehen, wenn du zur Schule kommst. Hast du einen Kamm in der Jackentasche?»

«Ja, ich habe einen Kamm.»

«Du wirst wieder mit offenen Fenstern fahren, und dann werden deine Haare ganz durcheinander sein.»

«Noch weitere Anweisungen?» fragte er sarkastisch.

«Ja. Beim Fahren wird dein Hemd offen und dein Schlips heruntergezogen sein. Wenn du also zur Schule kommst, knöpf dein Hemd zu und zieh den Schlips hoch, bevor du aussteigst. Und kämm dir die Haare im Rückspiegel. Wenn du erst mal im Gebäude bist, wirst du dich wohl fühlen. Dort gibt es nämlich eine Klimaanlage.»

«Woher weißt du, daß es dort eine Klimaanlage gibt?»

«Wegen der Sommersemester haben sie eine Klimaanlage. Du mußt ordentlich aussehen, da dich dort niemand kennt.»

«Was soll das heißen, daß ich niemanden kenne? Ich kenne den Rektor...»

«Wie oft hast du ihn in Wirklichkeit gesehen? Zweimal? Dreimal?»

«Und ich kenne Roger Fine.»

«Du hast die Fines nicht mehr gesehen, seit sie vor zwei Jahren nach Newton gezogen sind.»

«Und ich kenne diesen jungen Burschen, Jacobs, Mordecai Jacobs, der mit dem Lerner-Mädchen verlobt ist. Und ich wette, es gibt dort einen Haufen Kids aus der hiesigen Gemeinde und wahrscheinlich ein paar Lehrer, die in Barnard's Crossing wohnen und mich aus der Ferne kennen.»

Sie blickte auf ihre Uhr. «Wann sollst du dort sein?»

«Um zwei.»

«Dann fährst du besser jetzt los. Es ist halb eins. Wie fährst du?»

«Ich will die Boston Road nehmen; sie ist angenehmer.»

«Aber das dauert fünfzehn oder zwanzig Minuten länger. Fahr lieber über die State Road. Um diese Tageszeit wird dort nicht viel Verkehr sein.»

«In Ordnung, ich nehme die State Road. Und muß vermutlich in seinem Büro herumsitzen und warten, bis er mich empfängt.»

«Das ist besser, als wenn er herumsitzen und auf dich warten muß.»

«Es war nur ein glücklicher Zufall», sagte Rektor Macomber, «daß ich erfuhr, Sie stünden zur Verfügung, sonst hätte ich eher mit Ihnen Kontakt aufgenommen. Ich habe das Jahr nicht vergessen, als Sie hier für Rabbi Lamden einsprangen.» Er lächelte breit. Macomber war ein stattlicher Mann, dessen Gesicht trotz seiner weißen Haare faltenlos war. «Wie ich Ihnen am Telefon sagte, sind wir daran interessiert, eine judaistische Abteilung aufzubauen, und wollen Sie nicht nur den Kurs abhalten lassen, wie Sie es in Vertretung von Rabbi Lamden taten. Das war bloß wegen der Öffentlichkeit.»

«Wegen der Öffentlichkeit?»

«Richtig. Die Schule wurde in der Mitte des vorigen Jahrhunderts als Seminar für Mädchen gegründet und Windermere Ladies' Christian Seminary genannt, nicht weil sie in irgendeiner Weise konfessionell oder religiös gewesen wäre – die Kinder mußten vielleicht einmal oder zweimal die Woche in die Kapelle gehen –, sondern um den Eltern die Gewißheit zu geben, daß die Schule eine solide, ernsthafte Einrichtung war und Ausgelassenheit nicht geduldet wurde. Als wir ein Vierjahre-College mit Koedukation wurden, wenn auch größtenteils eine Schule für solche Schüler, die sich woanders beworben hatten und abgelehnt worden waren, wollten wir Schüler von außerhalb, besonders aus New York und New Jersey, unter denen viele Juden waren. Mein Vorgänger dachte, daß es hilfreich wäre, wenn wir einen Kurs in jüdischer Philosophie anbieten und von einem Rabbi abhalten lassen würden. Wie ich weiß, waren es über die Jahre ausschließlich jüdische Schüler, die ihn wahrnahmen, genauso wie sich nur schwarze Schüler für den Kurs in Black Studies eintragen, den Reverend Johnson abhält. Ich weiß nicht, welchen anderen Gewinn die Schüler daraus ziehen als gute Noten.»

«Ja, den Verdacht hatte ich nach ein paar Sitzungen», sagte der Rabbi und fügte mit grimmiger Zufriedenheit hinzu: «Ihnen wurde rasch klar, daß ich das nicht duldete und daß sie arbeiten mußten, um den Kurs zu bestehen.»

Macomber nickte. «Das liegt an Ihrer ziemlich altmodischen Auffassung von College-Erziehung. Sie meinen eben, daß der Lehrer lehren müsse. Aber vor Ihrer Zeit war die Idee aufgekommen, daß die Aufgabe eines Professors nicht darin bestehe, zu lehren, sondern sich mit Forschung zu befassen und seine Ergebnisse in Fachzeitschriften zu veröffentlichen. Und folglich wurde sein Lehrpensum eingeschränkt, um ihm mehr Zeit für die Forschung zu geben, und wenn er berühmt war, lehrte er fast überhaupt nicht mehr. Die zwei oder drei Kurse, die unter seinem Namen liefen, wurden in der Regel von Assistenten abgehalten. Das College war ein Elfenbeinturm, in dem die Studenten davon profitierten, daß sie dieser besonderen Atmosphäre ausgesetzt waren. Darum wurde ihnen erlaubt, jeden Kurs ihrer Wahl zu belegen, ohne daran zu denken, daß es einen Grundstock an Wissen gab, den sie erwerben mußten. Unter meinem Vorgänger wurde diese Methode in Windermere befürwortet; es war die große Mode. Als ich kam, verfolgte der Treuhänderausschuß dieselbe Linie, doch jetzt habe ich einen Ausschuß, der eher meine Vorstellungen verfolgt. Lehrer sollen lehren und Schüler lernen.

Und ich will, daß unsere Studenten verstehen, wie ihr Denken sich entwickelte und welche Einflüsse es formten.

Als Historiker bin ich mir der Bedeutung des jüdischen Denkens für die Ausbildung der westlichen Kultur bewußt. Während des Puritanismus war es, zusammen mit der griechischen und römischen Kultur, einer der wichtigsten Einflüsse. Doch dann wurde Hebräisch aus den Lehrplänen gestrichen, danach Griechisch und Lateinisch. Heutzutage neigen die Colleges sogar dazu, Kurse in Women's Studies oder Black Studies anzubieten. Damit beweisen sie, daß das College modern und frei von Vorurteilen ist. Sie bieten Kurse mit dem Hintergedanken an, daß sie einfach zu bewältigen sind und sich folglich eine beträchtliche Zahl von Studenten dafür einschreiben wird. Aber ich will, daß unsere Studenten etwas über die Kräfte erfahren, die dazu beitrugen, unsere heutige Zivilisation zu entwickeln, und ich halte das jüdische Denken für eine der wichtigsten Kräfte.»

«Sie denken an ein Pflichtfach?»

«Vielleicht in der Zukunft», sagte er vorsichtig. «Im Augenblick entwickle ich einen Kern-Lehrplan, der das System der freien und bequemen Wahl ersetzen soll. Der Student soll seinen Abschluß nicht erreichen, indem er Kurse belegt, weil der Lehrer den Ruf hat, großzügig mit guten Noten zu sein, oder weil der Kurs zu einer günstigen Zeit stattfindet oder – oder aus welchem Grund auch immer. Der Student soll Kurse belegen, weil es dort Wissenswertes zu lernen gibt.»

«Aber was soll ich dieses Jahr behandeln?»

«Was immer Sie für nötig halten», erwiderte Macomber rasch. «Sie könnten denselben Kurs abhalten wie beim letzten Mal. Oder Sie könnten mit einem Seminar für fortgeschrittene Studenten anfangen. Oder Sie machen überhaupt keinen Kurs im ersten Semester, sondern nutzen die Zeit, um Ihr Programm zu planen. Ich bitte Sie nur darum, jeden Tag für einige Stunden eine Sprechstunde einzurichten, damit sich interessierte Studenten oder der eine oder andere vom Lehrpersonal, besonders aus den Fachbereichen Geschichte und Philosophie, an Sie wenden können.»

«Wenn ich einmal da bin, werde ich vermutlich den größten Teil des Tages hier verbringen, ausgenommen die Wintermonate, wo ich vielleicht ein wenig früher gehen möchte, um nicht nach Einbruch der Dunkelheit fahren zu müssen.»

«Sie wollen jeden Tag mit dem Auto kommen?»

«Das habe ich vor.»

«Nun, wenn Sie das zu anstrengend finden, bin ich sicher, daß Sie sich mit einem der Lehrer verabreden können, der in der Stadt wohnt, um mit ihm zu fahren. Warten Sie, Roger Fine, dem Sie so geholfen haben, als Sie letztes Mal hier waren, wird Sie sicherlich gern jeden Morgen mitnehmen.»

«Die Fines sind nach Newton gezogen. Und ich möchte ihn nicht darum bitten, weil er sich verpflichtet fühlen könnte.»

«Ja, ich verstehe.» Er dachte einen Augenblick nach und sagte dann: «Ich kann eine Liste der Lehrer aufstellen lassen, die an der North Shore Barnard's Crossing oder in Swampscott oder Salem wohnen, und Sie könnten sich mit ihnen in Verbindung setzen.»

«Bitte, machen Sie sich keine Mühe. Ich bin heute nachmittag gefahren, und es ging ziemlich problemlos. Natürlich, wenn das Wetter schlecht ist...» Er zuckte die Achseln. «Ich kann jederzeit den Bus nehmen. Er hält in meiner Straße. Er braucht ein bißchen länger, weil er über die Boston Road fährt. Oder ich könnte mit dem Wagen zum Bahnhof Swampscott fahren und den Zug nehmen, wenn die Zeit drängt.»

«Gut, wenn Sie es sich anders überlegen sollten, sagen Sie mir Bescheid.» Macomber stand auf und kam um seinen Schreibtisch herum. Er begleitete den Rabbi zur Tür. «Dann erwarte ich Sie im September hier.»

«Ich freue mich schon darauf», erwiderte der Rabbi.

Während er nach Barnard's Crossing zurückfuhr, dachte er an seine frühere Zeit am Windermere College, wie seine Klasse ihm anfangs gleichgültig, dann feindselig begegnet war und ihn am Ende begeistert akzeptiert hatte. Er erinnerte sich an das besondere Vergnügen, das Lehren gewährte, an das Gefühl der Überlegenheit, das damit verbunden war, Wissen zu vermitteln, und fragte sich auch, ob darin wohl der Grund lag, warum die Leute so viel Freude am Tratschen hatten.

Als er heimkam, konnte Miriam sehen, daß er zufrieden und glücklich war, und fragte bloß: «Okay?»

Er nickte. «Okay.»

Kapitel 2

Anfang Juni legte David Small sein Amt als Rabbi des Barnard's Crossing Tempels offiziell nieder. In seinem Rücktrittsbrief, der am Sonntag morgen beim regelmäßigen Treffen der Mitglieder des Vorstandes vom Geschäftsführer verlesen wurde, wies er darauf hin, daß er nach fünfundzwanzigjähriger Dienstzeit berechtigt sei, in Pension zu gehen. Ausgenommen Al Bergson, der Vorsitzende, den er vorher darüber informiert hatte, wußten die Mitglieder nichts von seinem Entschluß, so daß sie mit verwunderter Ungläubigkeit reagierten.

«Von welchem Amt will er denn zurücktreten? Es ist ein ruhiger Job, nichts zu tun, außer vielleicht eine kleine Predigt – zehn, fünfzehn Minuten – einmal in der Woche beim Gottesdienst am Freitagabend.»

«Er besucht die Kranken im Hospital.»

«Was ist das schon? Was macht er dort? Segnet er sie?»

«Und er ist praktisch jeden Tag in seinem Arbeitszimmer, berät und hilft bei persönlichen Problemen.»

«Wenn du heutzutage Rat brauchst, gehst du zu einem Anwalt, einem Arzt oder zu einem Psychiater. Machen wir uns nichts vor, die meiste Zeit tut er nichts.»

«Dann ist er's vielleicht müde, nichts zu tun.»

«Junge, ich hätte gerne einen Job, wo ich vom Nichtstun müde werde.»

«Er wird einen Lehrauftrag annehmen», erklärte Bergson, der ein persönlicher Freund des Rabbi war. «Er wird Professor für Judaistik am Windermere College in Boston.» Bergson, der im nahen Salem ein Reisebüro betrieb, war genauso alt wie der Rabbi, sah aber jünger aus, weil seine Haare, obgleich sie dünner wurden, keine Spur Grau zeigten. Er war ein freundlicher Mann mit einem hilfsbereiten Lächeln, und es war schwer, ihn nicht zu mögen.

«Hat er dort nicht vor ein paar Jahren einen Kurs abgehalten?»

«Das ist das Windermere Christian College. Warum will ein Rabbi an einem christlichen College unterrichten?»

«Das ist es nicht mehr», sagte Bergson. «Es ist jetzt einfach das Windermere College of Liberal Arts. Der Name wurde dieses Jahr geändert.»

Trotz der Versuche Bergsons, sie dazu zu bringen, sich mit den anderen Punkten zu beschäftigen, die auf der Tagesordnung standen, diskutierte man weiterhin über den Rücktritt und die Folgen.

«Wir werden irgendeine Party geben müssen, oder?»

«Wir müssen auf alle Fälle etwas machen. Wir können nicht einfach sagen: ‹Machen Sie's gut, Rabbi. Nett, Ihre Bekanntschaft gemacht zu haben.› Nicht nach fünfundzwanzig Jahren.»

«Also, was machen wir? Geben wir ein Festessen?»

«Wir müssen ihm auch irgend etwas schenken.»

«Was für ein Geschenk? Wir werden ihm jedes Jahr drei Viertel seines Gehaltes zahlen. Ich meine, das ist ein ganz hübsches Geschenk.»

«Das zahlen nicht wir, sondern die Versicherungsgesellschaft.»

«Ich denke da an einen silbernen Kidduschbecher, in den etwas eingraviert ist wie ‹Von einer dankbaren Gemeinde›!»

«Wie wär's mit Büchern?»

«Nein, er hat ein ganzes Zimmer voll davon.»

«Hört mal, Jungens, muß es ein Festessen sein? Wie wär's statt dessen mit einem Imbiß?»

«Wo liegt der Unterschied?»

«Du weißt doch, ein Imbiß kann leicht sein, während ein Festessen uns 'ne Menge mehr kostet.»

«Wenn ihr darauf aus seid, Geld zu sparen, wie wär's mit einem Brunch?»

«Ja, genau; ein Brunch mit Beigeln und Räucherlachs.»

«Was immer es sein wird, wann wollen wir es machen? Jetzt geht es nicht, im Sommer.»

«Warum nicht?»

«Weil jetzt ein großer Teil der Gemeinde in die Sommerferien fährt. Was meinst du wohl, was sie denken werden, wenn wir ein Fest veranstalten, und sie können nicht daran teilnehmen? So wie ich das sehe, können wir es erst im September machen, vielleicht unmittelbar vor Rosch ha-Schana.»

«He, dann wird doch der neue Rabbi, den wir als Smalls Nachfolger engagieren, eintreffen, richtig? Also müssen wir für ihn auch eine Art Party veranstalten, nicht wahr? Warum also verbinden wir beides nicht wie eine Willkommens-und-Abschieds-Party: Empfang des neuen Rabbi und Verabschiedung des alten?»

«Weißt du, Ben, da ist was dran.»

«Ja, das ist das Richtige, Willkommen und Abschied.»

«Aber wir müssen auf seinen Brief irgendwie antworten.»

«Sicher. ‹Der Vorstand nimmt mit Bedauern...›»

«Mit tiefem Bedauern.»

«Ja, ‹mit tiefem Bedauern›. Und was sagt ihr dazu, wenn wir alle unterschreiben? Ich meine, nicht bloß der Vorsteher.»

«Ja, das würde ihm zeigen, daß es uns wirklich nahegeht. Und was tun wir, um einen neuen Rabbi zu kriegen?»

«Oh, das erledigt der Ritual-Ausschuß», sagte Bergson.

«Wir könnten das Seminar unterrichten und...»

«Und sie könnten uns die Namen von einem halben Dutzend junger Absolventen geben, und wir suchen uns einen?»

«Ich denke, wir sollten jemanden mit Erfahrung nehmen.»

«Ich bin sicher, daß die Stellenvermittlung des Seminars die Namen von ein paar erfahrenen Männern hat, die sich aus dem einen oder anderen Grund verändern wollen», sagte Bergson.

«Also, was machen wir? Fordern wir das Seminar auf, sich mit uns in Verbindung zu setzen?»

«Nun, ich werde nächste Woche in New York sein», sagte Bergson. «Ich schaue im Seminar rein und erzähle, was wir brauchen. Sie werden veranlassen, daß die Interessenten uns Lebensläufe schicken.»

«Wenn du dich heute um einen Job bewirbst, mußt du vielleicht mit einem Video aufwarten.»

«Ja, es ist sogar möglich, daß sie dort welche in den Akten haben. Wenn das der Fall ist, werde ich sie mir anschauen.»

«Was machen wir dann, Al? Lassen wir sie herkommen und an einem Sabbat predigen?»

«Nur die, die in die engere Wahl gekommen sind», sagte Bergson.

«Engere Wahl?»

«Der Ritual-Ausschuß wird alle Bewerber überprüfen. Vielleicht werden wir ein paar Gemeinden besuchen, wenn sie nicht zu weit entfernt sind. Dann werden wir die Zahl eingrenzen, bis nur noch drei oder vier Bewerber übrig sind, und die werden wir einladen, am Sabbat hier zu predigen. Ich schätze, daß sich eine Menge melden werden, sobald bekannt ist, daß der Rabbi sein Amt niedergelegt hat; Verwandte, Freunde, Leute aus unserer Gemeinde.»

«Da du gerade davon sprichst, Al, ich habe doch diesen Onkel in Rhode Island, der...»

«Also sag ihm, er soll sich bewerben, wenn er interessiert ist.»

«Welches Gehalt wollen wir zahlen?»

«Dasselbe, das Rabbi Small bekommen hat, denke ich.»

«Sollten wir nicht den neuen Mann mit weniger anfangen und ihn sich zu dem Gehalt hocharbeiten lassen, das wir Small zahlen? Schließlich ist er fünfundzwanzig Jahre bei uns gewesen.»

Bergson schürzte die Lippen. «Das denke ich nicht. Tatsache ist, daß Rabbi Smalls Gehalt ein wenig unter dem Durchschnitt lag und liegt.»

«Wieso?»

«Ich vermute, weil er niemals um eine Gehaltserhöhung gebeten hat und niemanden hatte, der das für ihn getan hätte», sagte Bergson ruhig.

«Warum hat er nicht um eine Anhebung gebeten, wenn er glaubte, eine zu verdienen?»

«Und wenn wir sie abgelehnt hätten, was hätte das bedeutet? Daß wir bereit waren, ihn bei seinem gegenwärtigen Gehalt zu dulden, aber nicht zu einem höheren.» Bergson schüttelte den Kopf. «Nein, nein, die einzige Möglichkeit, um eine Gehaltserhöhung zu bitten, hätte ein Entweder-oder bedeutet. ‹Entweder ihr zahlt mir mehr, oder ich gehe.› Hätte er bloß gebeten, ohne anzudeuten, daß er bei einer Ablehnung gehen werde, wäre das Bettelei gewesen.»

«Das stimmt. Wenn jemand mehr Geld verlangt und du es ihm abschlägst, weißt du, daß er sich nach einem anderen Job umsehen wird.»

«Und er hätte noch weniger bekommen, wenn Howard Magnusson nicht gewesen wäre», sagte Bergson. «Als er Vorsteher wurde, überprüfte er als erstes die Gehälter der Tempel-Bediensteten. Als Manager wußte er, daß du nur das kriegst, wofür du bezahlst. Und als er feststellte, daß das Gehalt des Rabbi zu niedrig war, setzte er eine Erhöhung durch.»

Einen Augenblick herrschte verlegenes Schweigen, das schließlich von Dr. Ross gebrochen wurde, der fragte: «Wenn wir aber unter dem Durchschnitt zahlen, warum sollte jemand zu uns kommen wollen?»

«Weil der Bursche vielleicht Ärger mit seiner Gemeinde hat, nehme ich an», sagte Ben Halprin.

«Oder er hat einen Sohn oder eine Tochter, die eines der Colleges in dieser Gegend besuchen. Er könnte eine Menge Geld sparen, wenn sie zu Hause wohnen würden.»

«Zeig du mir mal einen Collegeschüler, der bereit ist, zu Hause zu wohnen.»

«Vielleicht will er bloß in der Nähe des Ozeans wohnen.»

Kurz nachdem Miriam mit dem Abwasch fertig war, läutete es an der Tür. Sie ließ Polizeichef Lanigan herein, dessen Freundschaft mit dem Rabbi und seiner Frau bis in das Jahr ihrer Ankunft in Barnard's Crossing zurückreichte. Er war ein stämmiger Mann mit einem kantigen Gesicht, gekrönt von einem weißen Haarbusch, der so kurz geschnitten war, daß seine rosa Kopfhaut durchschimmerte. «Ich kam zufällig vorbei», sagte er. Das war seine übliche Floskel, wenn er unerwartet auftauchte.

«Ich höre, daß Sie Ihr Amt niederlegen», sagte er zum Rabbi.

«Neuigkeiten verbreiten sich schnell», bemerkte der Rabbi trocken.

«Stimmt, wenn man offene Ohren hat», sagte Lanigan. «In einer Stadt dieser Größe mit einem kleinen Polizeirevier sind wir immer informiert, weil wir die Ohren offenhalten. Sergeant Phelps hörte zwei Ihrer Gemeindeglieder davon sprechen, als sie im Hafen ihr Boot zu Wasser ließen.» Er nippte an dem Kaffee, den Miriam ihm eingeschenkt hatte. «Bleiben Sie hier, oder werden Sie nach Boston ziehen?»

«Um die Wahrheit zu sagen, darüber habe ich noch gar nicht nachgedacht», sagte der Rabbi. «Es ist nicht angenehm, als Rabbi im Ruhestand herumzulaufen, man kommt sich vor wie das fünfte Rad am Wagen. Ich schätze, das ist der Grund, warum so viele Rabbiner nach Israel gehen, wenn sie sich zur Ruhe setzen. Aber mir gefällt es hier, und ich werde bleiben, wenigstens für eine Weile. Ich kann jeden Tag in die Stadt fahren, so wie damals, als ich am Windermere unterrichtete.»

Lanigan schüttelte zweifelnd den Kopf. «Das liegt ein paar Jahre zurück», sagte er. «Seitdem hat der Verkehr beträchtlich zugenommen, und dieser neue Tunnel, den sie gebaut haben, hat wenig Erleichterung gebracht.»

«Es ist jetzt wirklich übel, David», sagte Miriam. «Ich fuhr neulich mit Edie Bergson im Schneckentempo über die Brücke, weil sie sagte, durch den Tunnel wäre es noch schlimmer. Und im Winter, wenn es schneit...» Ihre Stimme versagte, als sie an das Wagnis dachte.

«Ich wette, Sie könnten es hinkriegen, daß Sie jeden Tag mitgenommen und zurückgefahren werden», sagte Lanigan. «Ein paar Studenten von hier besuchen das Windermere, und einige Mitglieder des Lehrerkollegiums wohnen hier. Ein Professor Miller wohnt in Evans Road. Ich könnte ihn fragen.»

«Warum soll ich nicht warten und sehen, wie es geht? Wenn das Wetter schlecht ist, kann ich ja immer noch den Bus nehmen.»

«Der Bus fährt an der Boston Road ab und braucht eine Stunde und zwanzig Minuten. Endstation ist Haymarket, von dort müssen Sie die Straßenbahn nehmen», wandte Lanigan ein.

«Nun, ich könnte bis zum Bahnhof Swampscott fahren und den Zug nehmen. Mit dem Zug dauert es nur dreiundzwanzig Minuten», sagte der Rabbi.

«Ja, das wäre möglich», räumte Lanigan ein. «Wann kommt der neue Rabbi?»

«Ich schätze, ein paar Tage vor Rosch ha-Schana, das ist in diesem Jahr kurz nach dem Tag der Arbeit.»

«Wie wird er ausgesucht? Habt ihr einen Oberrabbiner, der ihn für euch auswählt?»

«In England haben sie einen Oberrabbiner und in Frankreich und ein paar in Israel, aber in den Vereinigten Staaten haben wir keinen. Hier ist jeder Tempel und jede Synagoge autonom. Der Ritual-Ausschuß des Vorstandes wählt einen Bewerber aus. Manchmal lassen sie einen Kandidaten Sabbat zelebrieren, damit die ganze Gemeinde ihn beurteilen kann.»

«Komische Methode, ein geistliches Oberhaupt zu bestimmen», sagte Lanigan kopfschüttelnd.

«Ach, er ist gar kein geistliches Oberhaupt», sagte der Rabbi. «So was Großartiges ist er nicht. Im Grunde wird von ihm nur erwartet, daß er ausreichend über die Gesetze Bescheid weiß, damit er Gericht halten kann, obwohl er das hier in Amerika selten tun muß. Er erledigt andere Dinge: Er kann die Gemeinde im Verkehr mit den anderen Bürgern der Stadt vertreten; er führt Hochzeiten und Beerdigungen durch; er hält Predigten bei den Gottesdiensten am Sabbat, so wie es die christlichen Priester tun.» Er lächelte. «In Gemeinden wie dieser hier erwartet man in erster Linie, daß er der einzige praktizierende Jude ist.»

«Dann werde ich mich darum bemühen, diesen neuen Burschen kennenzulernen, wenn er kommt», sagte Lanigan.

«Ich hoffe, Sie werden ihn nicht auf die Weise kennenlernen, wie das bei mir der Fall war», sagte der Rabbi und dachte an sein erstes Jahr zurück, als man auf dem Grundstück des Tempels die Leiche einer jungen Frau gefunden hatte.

Lanigan grinste säuerlich.

Kapitel 3

Es war nach dem Treffen der Abteilungsleiter, zu Beginn des Sommersemesters, als Mordecai Jacobs von Professor Sugrue, dem Leiter der Englischen Abteilung, mitgeteilt wurde, daß ihm die Festanstellung gewährt worden sei bei gleichzeitiger Beförderung vom Lehrbeauftragten zum außerordentlichen Professor. Die Folge war, daß er das Gefühl hatte, Clara Lerner jetzt einen Antrag machen zu können. Später in der Cafeteria der

Fakultät sah er Professor Roger Fine, das andere jüdische Mitglied der Englischen Abteilung, und erzählte ihm die gute Nachricht. «Ich nehme an, daß Thorvald Miller ebenfalls befördert wurde», setzte er hinzu.

Fine schüttelte den Kopf. «Nein, das ist unwahrscheinlich.»

«Warum nicht? Er kam etwa um dieselbe Zeit her wie ich.»

«Früher lief das so: Wenn sie dich für das dritte Jahr verpflichteten, bekamst du die Festanstellung. Heute hängt das von deinen Forschungsergebnissen und Veröffentlichungen ab. Sie haben zwei Aufsätze veröffentlicht...»

«Drei.»

«In Ordnung, drei. Das ist verdammt gut, und sie sind alle in den *PMLA* erschienen, nicht in einer dieser aufgeblasenen Zeitschriften, die in den letzten Jahren aus dem Boden geschossen sind. Außerdem ist Ihr Fach Altenglisch, das setzt Gelehrsamkeit praktisch voraus, sein Fach dagegen ist Moderne Literatur. Die Leute lesen moderne Romane und Gedichte zum Vergnügen. Niemand wird den *Beowulf* zum Vergnügen lesen. Thorvald Miller ist ein netter Bursche, aber sie stellen nicht jemanden fest an, nur weil er nett ist.»

Merkwürdigerweise war Thorvald Miller fast derselben Ansicht wie Roger Fine, als Jacobs ihm von seinem Glück erzählte, und er bekundete weder Neid auf Jacobs noch Verärgerung, daß man ihn übergangen hatte. «Oh, du warst überzeugt, daß es klappen würde, Mord. Du bist ein Gelehrter, und sie wollen dich nicht verlieren. Ich bin bloß Durchschnitt. Vielleicht kriege ich die Anstellung irgendwann mal, wenn ich lange genug warte.»

Sie waren Freunde und trainierten jeden Nachmittag nach der letzten Stunde in der Sporthalle.

Jacobs sah wie ein Gelehrter aus. Er war neunundzwanzig, mittelgroß, hatte eine olivenfarbene Haut und dunkelbraunes Haar, das eine hohe Stirn krönte. Seine grauen Hosen waren selten gebügelt. Höchstwahrscheinlich verdeckten die Wildlederflicken auf den Ärmeln seines Tweedjacketts in Wirklichkeit Löcher im Stoff. Er war schlank und drahtig und ein guter Squashspieler.

Miller, einunddreißig, war etwas größer und hatte einen

kräftigen, muskulösen Körper. Er war blond, hatte eine hervortretende Stirn und breite Wangenknochen. Er war immer adrett gekleidet. Seine Mutter, die bei ihm wohnte und ihm den Haushalt führte, achtete darauf. Gewöhnlich trug er Anzüge, und sie waren immer gebügelt. Er bevorzugte Fliegen statt Krawatten, trug nur weiße Hemden und, weil er sie für gesund hielt, weiße Socken. Im Endeffekt sah er wie ein Bauernbursche aus, der sich für einen Besuch in der Stadt feingemacht hat.

Obwohl die beiden außer dem College keine gemeinsamen Interessen hatten, aßen sie immer zusammen zu Mittag, und als Jacobs anfing, sich mit Clara Lerner, seiner Verlobten in Barnard's Crossing, zu treffen, fuhr Miller ihn hinaus, setzte ihn vor ihrem Haus ab und fuhr anschließend zu seinem eigenen Haus weiter, das in einem anderen Stadtteil lag. Wenn Jacobs über Nacht blieb, holte er ihn am nächsten Morgen ab, um ihn mit nach Boston zu nehmen.

Obwohl Jacobs aus einer Kleinstadt in Pennsylvania zum Studium nach Harvard gegangen war, hatte er jeden Respekt vor Cambridge und Boston, den er vielleicht gehegt hatte, längst abgelegt, als er seinen Doktor gemacht hatte. Für ihn war Boston lediglich die Stadt, die an Cambridge grenzte, und er sah keine Auszeichnung darin, am Windermere zu unterrichten. Er hatte dieser Stellung vor anderen den Vorzug gegeben, weil er dadurch jederzeit Zugang zur Widener Library in Harvard und zur Boston Public Library hatte, aber auch weil seine Verlobte in Barnard's Crossing wohnte und in Boston arbeitete.

Für Miller dagegen war Boston immer noch das Athen Amerikas, und die Tatsache, daß er an einem Bostoner College ein Lehramt erhalten hatte, war für ihn ein ständiger Anlaß, sich selber zu gratulieren. Er stammte aus einer kleinen Stadt in South Dakota und hatte seinen Doktortitel an einer staatlichen Universität ohne besondere akademische Bedeutung erworben. Folglich faszinierten ihn diese große Stadt mit ihren berühmten Einrichtungen wie dem weltbekannten Boston Symphonieorchester, dem Massachusetts General Hospital, dem Museum der Schönen Künste und auch die Colleges – Harvard, Massachusetts Institute of Technology, Boston University, Tufts. Er mochte die Lebensart, den Umgangston. Und den Gedanken, daß er jetzt dazugehörte.

Er hatte ein Haus in Barnard's Crossing bezogen, zum Teil, weil er glaubte, die Seeluft sei gut für das Asthma seiner Mutter, aber auch, weil es an Bostons North Shore mit seinen zahlreichen Yachtclubs lag, wo die alteingesessenen Bostoner Familien seit der Kolonialzeit den Sommer verbrachten. Nicht daß er ein Mitglied dieser Gesellschaftsschicht kannte oder jemals einem begegnet war, aber er spürte, daß dies die richtige Umgebung war.

Er hätte lieber einen Freund gehabt, der nicht gerade wie Jacobs war, doch die beiden kamen gut miteinander aus. Während des regulären Schuljahres hatten beide Unterricht bis um drei Uhr nachmittags, so daß sie sich kurz nach vier in die Sporthalle begaben und dort jeden Tag etwa eine Stunde trainierten, mit Ausnahme des Mittwochs, wenn Miller eine geheimnisvolle Verabredung hatte.

Einmal fragte ihn Jacobs: «Wohin gehst du mittwochs, Thor?»

Miller grinste. «Mittwochs gehe ich zu einer Edelnutte, um Dampf abzulassen.» Dann ernster: «Weißt du, Mord, wenn du nicht verheiratet bist und an einer gemischten Schule unterrichtest, solltest du regelmäßig vögeln, damit du nicht mit einer Schülerin schäkerst, die einen nackten Schenkel zeigt, wenn sie die Beine übereinanderschlägt, und du eine Menge Ärger kriegst.»

Kapitel 4

Das älteste Mitglied der Englischen Abteilung und damit der älteste Lehrer des gesamten College war Malcolm Kent. Das offizielle Pensionsalter war siebenundsechzig, und er war siebzig. Nicht wegen seiner Gelehrsamkeit, die bestenfalls durchschnittlich war, noch weil er bei den Kollegen oder den Studenten beliebt gewesen wäre, denn davon konnte keine Rede sein, befand er sich noch im Amt, sondern weil er die inzwischen verstorbene Matilda Clark geheiratet hatte. Sie war der letzte

Nachkomme von Ezra Clark gewesen, einem der Begründer der Schule, der das Gebäude aus rötlichem Sandstein an der Clark Street gestiftet hatte, in dem die Schule in ihren frühen Jahren untergebracht gewesen war. Als die Schule expandierte, erwarb sie die übrigen Häuser an der Clark Street, mit Ausnahme des Eckhauses aus Sandstein, dem Wohnsitz der Clarks, wo Matilda gewohnt hatte. Sie hatte dem College das Gebäude unter der Bedingung vermacht, daß sie und ihr Gatte weiterhin dort wohnen konnten und das College es unterhalten müsse.

Professor Kent, so etwas wie ein Dandy, trug dunkelgraue Anzüge und Hemden mit gestärktem Kragen. Er war sich seiner strategischen Stellung als Ehemann der verstorbenen Matilda Clark wohlbewußt und zögerte nicht, sie auszunutzen. Als er siebenundsechzig wurde und man ihm nahelegte, in Pension zu gehen, sagte er: «Was soll ich dann tun? Nein, ich bleibe noch eine Weile.»

Bei einer der vierteljährlichen Sitzungen des Treuhänderausschusses kam die Angelegenheit zur Sprache und wurde diskutiert. Charles Dobson, der in der Stadt eine Cadillac-Vertretung besaß, sagte: «Sehen Sie, selbst bei der heutigen Marktlage ist das Clark-Haus mindestens zwei Millionen Dollar wert. Wenn er sauer auf uns wird...»

«Was könnte er machen? Das Haus wurde uns vermacht.»

«Das schon, aber er hat Wittumsrechte.»

«Ich dachte, die wären in diesem Staat abgeschafft.»

«Er hat auch das Recht, einen anderen Nutznießer zu ernennen», sagte George McKitrick, der aus Bangor, Maine, gekommen war, um an der Sitzung teilzunehmen. «Würde er beschließen, es an irgend jemand anderen zu verkaufen, müßten wir natürlich vor Gericht gehen, aber mein Anwalt schätzt unsere Chancen gering ein.»

«Er hält nur zwei Kurse ab», sagte Dobson, «was also ist Schlimmes daran, wenn er noch ein Jahr oder länger weiter unterrichtet?»

«Ja, aber er hängt den ganzen Tag im Büro der Englischen Abteilung herum», sagte Nelson Ridgeway.

«So?»

«Er ist eine Nervensäge. Jemand kommt rein, um mit einem anderen Mitglied der Abteilung zu reden, und schon mischt er sich in die Unterhaltung ein. Ich kenne Sugrue, den Leiter der Abteilung, ein wenig, und er erzählte mir, daß Kent, als er einmal mit ihm sprechen wollte, ins Klassenzimmer stürmte und den Unterricht unterbrach.»

«Das liegt ja bloß daran, daß er alt ist und keine Freunde hat.»

Am Ende gelangten sie zu dem Schluß, daß der Wert des Hauses die Unannehmlichkeiten übertraf, die Kent verursachte, und stimmten dafür, ihn im Amt zu belassen. Und so blieb er, unterrichtete die Klassiker der Englischen Literatur, verbrachte den Rest des Tages damit, daß er Zeitungen und Zeitschriften las, und tratschte mit jedem, der gerade Zeit hatte, über die wichtigen Leute, die er getroffen hatte. Gelegentlich bat er jemanden, ihm ein Buch aus der College-Bibliothek zu holen, mit der Begründung, er könne nicht selber gehen, weil er sich den Knöchel verdreht hätte und das Treppensteigen ihm Schmerzen bereitete. Meistens war es Sarah McBride, die er darum bat.

Die übliche Floskel war: «Sarah, Liebes, würden Sie mir einen kleinen Gefallen tun?»

In der Regel willigte sie ein, und sie erklärte Mordecai Jacobs, warum: «Er ist hier eine große Nummer, und weil ich keinen Doktor habe und zuletzt ernannt wurde, bin ich die Schwächste. Er befingert mich immer, am Arm und an der Schulter, wenn er mich bittet. Er unterrichtet um drei Uhr in einem Klassenzimmer neben dem meinen und legt seine Hand um meine Hüften, wenn wir ins Büro zurückgehen. Er sagt, er müsse sich stützen, wenn er die Treppe runtergeht. Ich erzählte Lew davon, und er war drauf und dran, zu ihm zu gehen und ihm zu sagen, er solle damit aufhören, aber das konnte ich nicht zulassen. Es könnte mir jede Menge Ärger einbringen.»

Wegen seiner Verbindung mit der Clark-Familie erhielt er gelegentlich Einladungen zu Empfängen, die von den Stiftungen und Einrichtungen, die Ezra Clark einst unterstützt hatte, veranstaltet wurden, und wiederholte dann in den folgenden Tagen, was er zum Direktor des Massachusetts General Hospital oder zu dem Senator, der Gastredner gewesen war, gesagt hatte.

Eines Tages, kurz vor dem Feiertag des 4. Juli, kam er im Smoking und mit Lackschuhen herein, doch die Enden seiner Frackschleife hingen lose von seinem Kragen. «Weiß hier jemand, wie man eine Frackschleife bindet?» fragte er. «Ich habe eine überreizte Sehne und kann meinen linken Arm nicht bewegen.»

«Bindet man sie nicht genauso wie ein Schuhband?» sagte Jacobs.

«Warum benutzen Sie nicht eine von denen, die man einhaken kann?» fragte Roger Fine.

«Oh, unmöglich. Dann könnte ich ja auch eine Schlipsspange aus Kunststoff tragen.»

In diesem Augenblick trat Thorvald Miller ein. Kents Augen erhellten sich. Er deutete auf Millers Hals.

«Sie können eine Schleife binden», sagte er.

«Sicher.»

«Würden Sie mir dann bitte meine binden?»

«Klar, drehen Sie sich um.»

Er drehte sich herum, und als Miller über seine Schultern griff, murmelte Kent: «Als mir meine Frau noch die Schleife band, mußte ich mich auch immer umdrehen.»

«Anders geht es nicht», sagte Miller. «Fertig.»

Kent befühlte den Knoten an seinem Hals und ging dann zu dem kleinen Wandspiegel. «Wunderbar», flötete er. «Sie müssen auf einen Drink mit zu mir rüberkommen.»

«Nun, ich wollte gerade zum Training in die Sporthalle.»

«Ich bestehe darauf. Außerdem habe ich etwas, das ich Ihnen zeigen will.»

Miller blickte Jacobs an und zuckte die Achseln. «Okay.»

Als Jacobs Miller das nächste Mal fragte, ob er in die Sporthalle ginge, erwiderte Miller: «Nein, Mord, ich trinke Tee mit Kent.» Jacobs hatte den Eindruck, daß Miller das Privileg, nachmittags Tee zu trinken, mit Stolz erfüllte und er das vermutlich als einen Bostoner Brauch betrachtete. Als Jacobs ihm am Mittag des folgenden Tages vorschlug, zum Essen in die Cafeteria zu gehen, sagte Miller: «Ich gehe mit Kent.» Und setzte erklärend hinzu: «Sieh mal, Kent ist hier eine wichtige Person, und ich glaube, daß die einzige Möglichkeit, die Festanstellung zu bekommen, für mich darin besteht, ihn für mich zu gewinnen.»

«Ich verstehe, Thor.» An den Freitagnachmittagen, wenn Jacobs normalerweise das Wochenende bei den Lerners, seinen zukünftigen Schwiegereltern, verbrachte, konnte er gewöhnlich darauf zählen, daß Miller ihn hinfuhr, aber an diesem Freitag sagte Miller: «Sieh mal, Mord, ich werde dich heute nachmittag nicht rausbringen können. Kent kommt übers Wochenende zu uns, und ich muß ihn fahren.»

«Sicher, ich verstehe.»

«Weißt du, dieses Haus, in dem ich wohne, hat seine Familie oder die seiner Frau gebaut. Ihnen gehörte das ganze Land da unten, von der Old Boston Road bis zur Bucht, und er sagte, er würde es gern wiedersehen.»

Von da an schienen Miller und Kent ständig beisammenzusein. Roger Fine nannte sie das «komische Gespann», und dieser Spitzname blieb an ihnen hängen. Kent lungerte nicht mehr im Büro herum; er blieb lieber zu Hause, und Miller besuchte ihn, wenn er frei hatte.

Kent verbrachte fast jedes Wochenende bei den Millers in Barnard's Crossing, und er wurde mittwochs häufig von Thorvalds Mutter eingeladen, zum Dinner hinauszukommen, um ihr Gesellschaft zu leisten, bis ihr Sohn heimkam. Gelegentlich nahm er den Bus, der über die Old Boston Road fuhr, und spazierte dann den Privatweg zur Evans Road hinauf, wo die Millers wohnten.

Am Ende des Sommersemesters wurde Thorvald Miller zum außerordentlichen Professor ernannt und fest angestellt.

Kapitel 5

Der Ritual-Ausschuß arbeitete den ganzen Sommer gewissenhaft. Sie hörten sich die Tonbandaufnahmen mit Predigten der Kandidaten an, und zwei schickten Videobänder, die selbstredend den Kandidaten in ganzer Pracht zeigten – im schwarzen

Rabbinergewand, mit langem silbernem Gebetsschal und einer hohen *Jarmulke*, ähnlich denen, welche die Kantoren trugen. Sie besuchten zahlreiche Synagogen, um zu sehen, wie sich die Kandidaten auf vertrautem Gelände bewegten, und sie luden ein paar, die sie in die engere Wahl zogen, nach Barnard's Crossing ein, um dort den Sabbat zu zelebrieren. Der Kandidat hatte den Gottesdienst am Freitagabend zu leiten, wozu eine kurze Predigt gehörte, den Gottesdienst am Samstagmorgen, der eine Predigt verlangte, die ein wenig länger und feierlicher war, und den Samstagabend- oder Hawdalagottesdienst abzuhalten. Da nach dem Freitagsgottesdienst eine Zusammenkunft stattfand, bei der die Schwesternschaft für Tee, Kaffee und Kuchen sorgte, und dem Morgengottesdienst am Samstag häufig ein Kiddusch folgte, um mit Wein und Whiskey den Hering oder den Räucherfisch auf Crackers hinunterzuspülen, war die Teilnehmerzahl bei beiden Anlässen ziemlich groß, und die Gemeinde hatte reichlich Gelegenheit, die Kandidaten kennenzulernen.

Die Mitglieder des Ritual-Ausschusses konnten sich nicht auf einen einzigen Kandidaten einigen, doch waren sie schließlich bei einer kurzen Liste mit drei Namen angelangt, und Ende August trat der Vorstand, stellvertretend für die Gemeinde, zusammen, um einen Kandidaten auszuwählen. Nur etwa fünfzehn Mitglieder kamen regelmäßig Woche für Woche zu den Sitzungen, einige, weil sie Kinder in der Sonntagsschule hatten, die sie um neun Uhr dort ablieferten, und es bequemer fanden, an der Sitzung teilzunehmen, als nach Hause zu fahren, um dann mittags ihre Kinder wieder abholen zu müssen. Es gab andere, die nur gelegentlich kamen. Jedoch an diesem Sonntag kamen fast alle, denn man hatte ihnen mitgeteilt, daß auf dieser Sitzung der neue Rabbi bestimmt werden sollte.

Al Bergson, der Vorsteher, klopfte mit den Fingerknochen auf den Tisch und bat um Ruhe. «Also gut, machen wir uns an die Arbeit. Ich schlage vor, wir verzichten auf das übliche Procedere und diskutieren nur über den Rabbi. Irgendwelche Einwände?»

«Nein, bringen wir's hinter uns.»

«Klar, warum Zeit verschwenden?»

Ähnliche Rufe von einigen anderen Mitgliedern zeigten, daß die Versammlung ihm ganz und gar beipflichtete.

«Gut. Also, der Ritual-Ausschuß hat dreiundzwanzig Kandidaten unter die Lupe genommen, darunter acht, die vor kurzem das Seminar absolviert haben. Einige von ihnen hatten befristete Jobs...»

«Die übrigen sind Rabbiner mit richtigen Gemeinden?»

«Sie meinen, wir sollen alle Rabbiner mit Jobs unberücksichtigt lassen? Was gibt es an denen auszusetzen? Was ist falsch daran, daß sie einen Job haben?»

«Bieten wir mehr Geld als die meisten anderen Gemeinden?» fragte Dr. Marcus.

«Wie ich bereits erklärt habe, als wir zum ersten Mal über dieses Thema sprachen», sagte Bergson, «liegen wir gehaltsmäßig im unteren Bereich. Zwei Bewerber würden beträchtliche Einbußen in Kauf nehmen.»

«Warum also...»

«Warum sie trotzdem herkommen wollen? Weil wir weniger als zwanzig Meilen von Boston entfernt liegen, einem der großen kulturellen Zentren der Welt, mit dem Symphonieorchester und dem Museum und den ganzen Colleges; außerdem ist Boston eines der großen medizinischen Zentren der Welt.»

«Zur Geschäftsordnung.» Das war Ira Schwarz, einer, der es ganz genau nahm.

Bergson seufzte. «Ja, Ira, was haben Sie zur Geschäftsordnung zu sagen?»

«Nun, mir scheint, daß Sie den Bericht des Ausschusses als Vorsteher, ex officio, vortragen.»

«Und Sie meinen, das sollte ich nicht, weil ich ex officio bin?»

«Oh, das ist schon in Ordnung. Aber einen Ausschußbericht vortragen, das ist wie – wie wenn man einen Wink gibt. Darum denke ich, Sie sollten den Hammer an Ihren Stellvertreter abgeben. Erst wenn er Ihnen dann das Wort erteilt, erstatten Sie Ihren Bericht.»

«Aber ich habe keinen Hammer», sagte Bergson mit einem Lächeln. «Ich klopfe bloß mit meinen Fingerknochen auf den

Tisch. Soll ich ihn mein Händchen halten lassen, wenn ich den Bericht vortrage?»

Es gab ein allgemeines Gelächter, aber Ira Schwarz war hartnäckig. «Sie wissen, was ich meine. Man kann die Sitzung streng nach den Regeln leiten, oder man kann überhaupt ohne Regeln verfahren, und jeder kann sprechen, wann immer er will, und jedes Thema anschneiden, das ihm in den Sinn kommt, ob es nun Schnee von gestern oder das Allerneueste ist – eben überhaupt alles.»

«Sie haben völlig recht, Ira. Also bitte ich jetzt den stellvertretenden Vorsteher, den Vorsitz zu übernehmen. Herr Vorsitzender, darf ich den Bericht des Ausschusses vortragen, der mit der Auswahl eines neuen Rabbi betraut war?»

«Sie können fortfahren, Mr. Bergson.»

«In Ordnung. Ich wollte also sagen, als ich unterbrochen wurde, daß wir nicht weit von Boston entfernt sind und außerdem an der Küste liegen, was bedeutet, daß dieser Ort in einem heißen Sommer so angenehm ist wie...»

«Okay, okay», sagte Dr. Marcus, der als Zahnarzt nicht daran gewöhnt war, daß man ihm ausführlich antwortete. «Ich bin im Bilde.»

«Nun», fuhr Bergson fort, «wir einigten uns schließlich auf eine kurze Liste mit drei Namen. Einige Mitglieder des Ausschusses waren der Meinung, jeder dieser drei sei geeignet. Alle drei haben bei uns den Sabbat zelebriert, und wir hatten alle Gelegenheit, sie in Augenschein zu nehmen. Also, als ersten haben wir Rabbi Alan Joseph aus Patterson, New York. Archie favorisiert ihn. Er ist...»

«Er ist derjenige, der diese ausgefallenen Wörter benutzte», sagte Joe Brickner. «Ich konnte nicht verstehen, wovon er sprach, irgendwas mit Metempsychose. Ich mußte im Wörterbuch nachschlagen, als ich nach Hause kam.»

«Ja, meine Frau fand ihn schrecklich tiefsinnig», sagte ein anderer. «Sie wußte einfach nicht, wovon er sprach, dieses ganze Zeug über Martin Buber und Kierkegaard.»

«Das ist das Problem bei uns Juden: Wenn wir etwas nicht verstehen, halten wir es für tiefsinnig.»

«Weißt du, wovon er gesprochen hat, Archie?»

«Ach, ihr Typen habt einfach keinen Blick für wirkliche Klasse», erwiderte Archie, machte aber keinen Versuch, seine Behauptung zu begründen.

«Recht so, Archie.»

«Sag's ihnen, Archie.»

«In Ordnung, Leute, regt euch wieder ab», sagte Bergson. «Dann haben wir Rabbi Benjamin Cohen vom Tempel Beth Emeth in New Britain, Connecticut. Er ist achtunddreißig, stammt aus einer orthodoxen Familie und war sein Leben lang gesetzestreu. Auf dem Seminar war er der Beste in seiner Klasse. Er ist ein echter Talmudgelehrter. Seine Predigt war eine regelrechte *drosche*, eine gelehrte Abhandlung, eben genauso, wie die Predigt eines Rabbi sein soll.»

«Eine der Sachen, die mich an Cohen stören», sagte Joe Brickner, «ist, daß er, wenn er den Namen Cohen trägt, auch zwangsläufig ein *Kohen* sein muß, ein Priester. Richtig? Und soweit ich weiß, wird von denen nicht erwartet, daß sie auf einen Friedhof gehen oder sich in der Nähe einer Leiche aufhalten. Was passiert denn nun, wenn, Gott verhüte es, jemand stirbt? Ich meine, zelebriert der Rabbi die Trauerfeier, oder müssen wir einen Ersatzmann besorgen?»

«Oh, daß er ein *Kohen* ist, bedeutet nicht, daß er für uns keine Trauerfeier abhalten kann», sagte Bergson. «Es bedeutet bloß, daß er ein Jahr lang nicht *duchnen* darf, also zusammen mit den anderen Priestern am Ende des Gottesdienstes die Gemeinde segnen. Wir haben den Segen durch die Priester abgeschafft. Das machen nur die Orthodoxen. Also würde uns das nicht betreffen.»

«Wollen Sie damit sagen, daß die Priester die Gemeinde am Ende des Gottesdienstes segnen? Sie meinen, alle Burschen namens Cohen stehen auf und segnen die Gemeinde?»

«Soll das heißen, daß Sie nie gesehen haben, wie die *Kohanim* mit ihren Händen den Priestersegen erteilen?» Bob Kahn wollte es nicht glauben. «Sind Sie als Kind nie in die *schul* gegangen?»

«Wir gingen in den Tempel Israel in Boston. Das ist der große Reformtempel.»

«Ich kenne das auch nicht.»

«Was passiert da?»

«Nun, am Ende des Gottesdienstes», erklärte Kahn, «und das nur an einem Feiertagsgottesdienst, verlassen die *Kohanim*, also die Priester, das Heiligtum und lassen sich von den Leviten ihre Hände waschen.»

«Diese Priester heißen alle Cohen?»

«Oder Kahn oder Kane oder Katz oder Kagan oder sonstwie, aber alle sollen Abkömmlinge von Aron sein.»

«Und die Leviten sind Abkömmlinge von Levi?»

«Oder Levine oder Segal oder wie sie sonst heißen. Sie sollen vom Stamm Levis sein. Also, wenn die Hände der *Kohanim* gewaschen sind, ziehen sie die Schuhe aus und stellen sich vor dem Schrein auf. Dann bedecken sie ihre Köpfe und ihre erhobenen Arme mit den Gebetsschals und wenden sich der Gemeinde zu. Und dann sprechen sie den priesterlichen Segen, sprechen ihn Wort für Wort dem Kantor nach. ‹Der Herr segne und behüte dich. Er lasse sein Angesicht leuchten über dir . . .›»

«He, das ist christlich. Ich hab's in einer Kirche gehört.»

«Klar, die haben's von uns.»

«Was du nicht sagst, Bob.»

«Ja doch.»

«Und, sagen Sie, haben Sie schon mal die Gemeinde gesegnet?»

«Nein, aber mein alter Herr machte das dauernd.»

«War er fromm?»

«Nicht sonderlich. Natürlich aß er koscher, weil er das gewohnt war, aber er arbeitete am Samstag. Ich erinnere mich, daß ihn mal jemand fragte, warum er den Segen spreche, wenn er den Sabbat nicht heilige, und er sagte, er täte es, damit der Rabbi es nicht täte.»

«Versteh ich nicht.»

Kahn zuckte die Achseln, aber Bergson versuchte es zu erklären.

«Er wollte damit sagen, daß die *Kohanim*, die bloß gewöhnliche Mitglieder der Gemeinde sind, es tun sollten, um zu verhindern, daß der Rabbi damit anfängt, und dann würden die

Leute denken, er sei eine Art Pfaffe. Sie wissen schon, wie ein protestantischer Pfarrer oder katholischer Priester, und das ist etwas, was er nicht sein soll. Es ist in einigen Reformtempeln und auch in ein paar konservativen passiert.»

«Nun, ich habe keine Angst davor, daß Rabbi Cohen auf den Friedhof geht», sagte Henry Myers, «aber wir müssen daran denken, wie er in der Öffentlichkeit ankommt. In einer kleinen Yankeestadt wie Barnard's Crossing kann das sehr wichtig sein. Als er Freitag abend hier war, hat er eine ziemlich gute Predigt gehalten, aber ich muß doch sagen, daß er körperlich nicht gerade anziehend wirkt. Er ist klein und fett und kahl und schwitzt heftig.»

«Ja, das ist mir aufgefallen. Seine Glatze glitzerte. Das hat mich auch gestört. Rabbi Dana Selig dagegen – nun, er machte einen wirklich guten Eindruck. Er ist groß und ist das, was meine Tochter ‹sexy› nennt. Außerdem stand in seinem Lebenslauf, daß er Football spielte, als er auf dem College war. Glaubt mir, das kann uns bei den *Gojim* nicht schaden.»

«Joe und Ira haben sich für ihn eingesetzt», pflichtete Bergson bei. «Und ich meine, er hat einen guten Eindruck gemacht, als er den Sabbat bei uns zelebrierte, aber es hapert vielleicht mit seinem Werdegang.»

«Was soll das heißen? Er hat das Seminar absolviert, oder?»

«Sicher, aber er kommt aus einer Familie von Reformjuden, die obendrein nicht praktizieren, also hat er alles, was er weiß, auf dem Seminar gelernt. Es ist eben nicht so, als wäre er damit aufgewachsen.» Er blickte sich im Raum nach einem Zeichen von Zustimmung um. Als keine Reaktion erfolgte, fuhr er fort: «Und wir müssen seine Frau in Betracht ziehen.»

Prompt gab es eine Reaktion. «Was ist mit seiner Frau? Sie ist sehr attraktiv.»

«Nun, als der Ausschuß ihn zum ersten Mal befragte, gab er klar zu verstehen, daß seine Frau mit seinem Job nichts zu tun hätte; wir sollten nicht erwarten, daß sie die herkömmliche Rolle der *Rebbezen* spielen würde, weil sie ihre eigenen Interessen hätte.»

«Sie ist Anwältin, nicht wahr?» fragte Dr. Marcus.

«Stimmt.»

«Also, seht mal, damit muß man heutzutage rechnen», sagte Marcus. «Ich meine, alle Ehefrauen neigen dazu, andere Interessen zu haben als ihre Männer. Meine Frau zum Beispiel ist Architektin. Vor dreißig oder vierzig Jahren vielleicht hätte sie diesen Beruf nicht ergreifen können, und ihre Interessen wären dieselben wie meine eigenen. Also hätte meine Sybil in meiner Praxis am Empfang gesessen oder ein paar Kurse gemacht und wäre meine Assistentin geworden. Aber heute...» Er hob die Schultern und ließ sie resignierend sinken.

Mit fortschreitender Diskussion wurde klar, daß die Mehrheit Rabbi Selig deutlich den Vorzug gab. Gleichwohl gab es weiterhin vereinzelt Kritik; das war normal bei Vorstandssitzungen. Einer wandte ein, Rabbi Selig hätte einen Bart.

«Aber er stutzt ihn. Es ist kein Hippie-Bart. Genaugenommen erwartet man von einem Rabbi, daß er einen Bart hat.»

Ein anderer brachte seinen Namen zur Sprache. «Was ist das für ein Name, Dana? Ist das ein Name für einen Rabbi?»

«Sein hebräischer Name ist Daniel», sagte Bergson. «Das ist der Name, den wir benutzen würden, wenn er zur *Tora* aufgerufen würde.»

«Sicher, Dana ist bloß ein amerikanischer Name wie... Kevin oder Hilary.»

«Habt ihr seine Socken gesehen, als er auf dem *Almenor* saß?»

«Und seine Krawatte war für einen Rabbi ziemlich grell.»

Als jedoch die Wanduhr zwölf zeigte und man sich normalerweise vertagen würde, rief Bergson: «Also gut, Leute, laßt uns zur Abstimmung kommen.»

Kapitel 6

Das Willkommens-und-Abschieds-Dinner, das auf einen Lunch reduziert und schließlich zu einem Brunch mit Beigeln und Lachs herabgestuft worden war, erwies sich eher als eine Willkommens- denn als eine Abschiedsfeier. Ein paar Leute sagten zu Rabbi Small, es täte ihnen leid, daß er fortginge, und wünschten ihm Glück in seinem neuen Job. Ein paar kamen, um sich mit ihm über Windermere zu unterhalten, weil sie einen Sohn oder eine Tochter hatten, die dieses College absolviert hatten, es jetzt besuchten oder sich um die Zulassung beworben hatten. Doch wie nicht anders zu erwarten, richtete sich die meiste Aufmerksamkeit auf den neuen Rabbi, einen großen, stattlichen Mann mit einem sorgfältig gestutzten Schnurrbart und einem kurzen Kinnbart.

Die beiden Rabbiner hatten kaum Gelegenheit, miteinander zu sprechen. Dennoch gelang es Rabbi Selig, zu sagen, daß er und seine Frau an irgendeinem Nachmittag gern zu den Smalls kommen würden, um ihre Aufwartung zu machen, und Rabbi Small hatte geantwortet, daß jeder Nachmittag recht sei. «Das können Mrs. Selig und Mrs. Small miteinander besprechen.»

Sie kamen ein paar Tage später zum Dinner. Sie hatten im nahen Salem in einem Hotel gewohnt, während sie nach einer geeigneten Unterkunft Ausschau hielten, und darum fragte Miriam sofort: «Haben Sie schon etwas gefunden?»

Rabbi Selig lächelte breit. «Wir unterschreiben morgen einen Mietvertrag für ein Jahr mit einer Kaufoption. Das Haus ist möbliert, aber sie werden das ganze Zeug rausschaffen, wenn wir uns zum Kauf entschließen. Es gehört ein großes Grundstück dazu, mehr als ein Hektar.»

«Einen Rasen von dieser Größe zu mähen kann eine ziemliche Plackerei sein», bemerkte Rabbi Small.

Selig lachte. «Nicht bei diesem Grundstück; es ist ganz felsig. Oh, es gibt hier und da ein paar Flecken Erde mit niedrigen Büschen und ein bißchen Gras. Wir haben so einen altmodischen Handrasenmäher für die Grasflecken. Das Grundstück liegt direkt an der Küste – von unseren hinteren Fenstern können Sie den Ozean sehen –, und bis auf einen kurzen Sandstrand ist die ganze Gegend felsig. Die Straße nach Boston führt vorn am Haus vorbei. Es gibt eine Bushaltestelle direkt an der Auffahrt zum Haus, und das ist praktisch, wenn ich nach Boston möchte und mir keine Sorgen wegen eines Parkplatzes machen muß. Die Auffahrt ist ziemlich steil. Das Haus befindet sich auf einer ebenen Fläche auf einem Hügel, und die Auffahrt endet als eine Art Terrasse an der Seite, wo sich der Eingang zur Garage befindet. Alles ist asphaltiert, und ich werde im Winter den Weg immer räumen müssen, denn es könnte dann gefährlich werden, den Hügel hinaufzufahren. Aber es gibt eine Kehrmaschine, und es wird nicht lange dauern, bis ich die Auffahrt geräumt habe.»

«Dana kann's gar nicht abwarten, daß es schneit, damit er das Ding ausprobieren kann», bemerkte seine Frau zärtlich.

Rabbi Selig grinste. «Ja, ich spiele zu gern mit Werkzeugen und Maschinen herum.»

«Oh, ich weiß, wo das Haus liegt», sagte Miriam. «Es befindet sich direkt auf der Grenze zwischen Barnard's Crossing und Swampscott. Es steht ein Schild da, das darauf hinweist, daß dort Barnard's Crossing anfängt.»

«Das ist richtig», sagte Selig. «Es steht direkt hinter unserer Auffahrt, wenn man von Boston kommt, aber wir gehören zu Barnard's Crossing. Das Schild soll hinter unserer Auffahrt aufgestellt worden sein, weil unsere Seite zu felsig ist. Es war leichter, das Schild bei uns aufzustellen als auf der eigentlichen Grenze, denn dort hätte man ein Loch in den Boden sprengen müssen. Es ist auch kein normales Schild des Straßenverkehrsamtes; es ist eine Reklametafel der Handelskammer, auf der man lesen kann, wann die Stadt gegründet wurde und daß sie die Geburtsstätte der amerikanischen Marine ist.»

«Und es zieht sich eine Hecke um das Grundstück, nicht wahr?» fragte Miriam.

«Richtig. Und zum Schneiden gibt es auch eine elektrische Maschine. Was heißt das? Im Sommer eine oder zwei Stunden Arbeit jede Woche.»

«Markiert die Hecke die Grenze des Grundstücks?» fragte Miriam.

«Eigentlich reicht es etwas über die Hecke hinaus. Dahinter ist das Land eben und grasbewachsen, und dem Haus gegenüber fällt es geradezu senkrecht fast vier Meter ab, und ich schätze, vor allem deshalb wurde die Hecke gepflanzt. Auf der Terrasse am Haus wurde ein Badmintonnetz gespannt. Ich kann mir also vorstellen, daß man, wenn man hinter einem Federball herrennt, gefährlich stürzen kann.»

Susan Selig, eine große Brünette von vierunddreißig Jahren, das Haar im Nacken zum Knoten gebunden, war ein paar Jahre älter als ihr Gatte. Als sie mit dem Essen fertig waren, bestand sie darauf, Miriam beim Abwasch zu helfen, und blieb dann bei ihr in der Küche, so daß sie sich ungezwungener unterhalten konnten als in Gegenwart der Männer. Im Wohnzimmer machten es sich die Männer in den Lehnsesseln bequem.

«Wissen Sie, ich glaube, mir wird diese Gemeinde gefallen», sagte Selig.

«Hat Ihnen die Gemeinde, die Sie verlassen haben, nicht gefallen?»

«Ich mochte sie schon, aber ich habe mich dort nicht wirklich wohl gefühlt. Es war eine ältere Gemeinde und...» Er zögerte und fuhr dann in ernsterem Ton fort: «Sehen Sie, Rabbi, es ist ein Unterschied, ob man Wissen erwirbt, weil man studiert, oder ob man darüber verfügt, weil man damit aufgewachsen ist. Meine Familie war kein bißchen religiös, sie besuchte nie einen Tempel oder eine Synagoge, nicht mal an den Hohen Feiertagen. Und ich besuchte nicht einmal eine Sonntagsschule. Auf dem College belegte ich in meinem letzten Schuljahr einen Kurs in Religionsgeschichte, weil... weil es hieß, das sei eine kinderleichte Sache. Und das stimmte, aber die Folge war, daß ich anfing, mich für die jüdische Religion zu interessieren. Und als ich mit dem College fertig war, bewarb ich mich um die Zulassung zum Rabbinerseminar. Ich brauchte sieben Jahre, um dort meinen Abschluß zu machen, aber im Umgang mit meiner Gemeinde hatte ich immer noch das Gefühl wie jemand, der einen Schnellkurs besucht hat, um zu lernen, wie man sich mit Eingeborenen unterhält. Verstehen Sie, was ich meine?»

«Und hier?»

«Nun, diese Gemeinde ist ein ganzes Stück jünger, und ich habe das Gefühl, daß eine große Zahl ihrer Mitglieder dieselbe Bildung hat wie ich. Wenigstens hatte ich den Eindruck, als ich mit dem Gemeindevorstand zusammentraf.»

«Wirklich? Schlossen Sie das aus dem, was gesagt wurde, oder...»

Selig lachte kurz. «Mehr aus der Art, wie sie auf das reagierten, was ich sagte. Sie müssen wissen, ich jogge zweimal oder dreimal in der Woche. Nun ja, meine alte Gemeinde, zumindest viele der Mitglieder haben sich ziemlich aufgeregt, wenn sie mich in Shorts oder einem Sweatshirt sahen. Ich erzählte dem hiesigen Vorstand, daß ich jogge, und zwei sagten, daß sie das ebenfalls täten und wir vielleicht zusammen laufen könnten.»

«Das dürften Bob Kruger und Henry Myers gewesen sein, schätze ich», sagte Rabbi Small.

«Ich habe keine Ahnung. Natürlich wurde ich allen vorgestellt, aber ich erinnere mich nicht an alle Namen. Aber das war nur eine Sache. Andere kleine Hinweise deuteten darauf hin, daß sich diese Gemeinde von meiner alten unterscheidet. Zum Beispiel sagte ich ihnen bei unserem ersten Gespräch, daß sie nur mich einstellen können; meine Frau sei kein Teil unserer Abmachung. Sie wird nicht die traditionelle Rebbezin sein und zu all den Treffen der Schwesternschaft und der *Hadassa* gehen, weil sie ihren eigenen Beruf hat. Sie ist Anwältin. Das war der Anlaß für heftige Auseinandersetzungen in meiner alten Gemeinde, aber hier wurde nur genickt, als hätte man nichts anderes erwartet.»

«Wird sie hier praktizieren?» fragte Rabbi Small. «Hat sie Kontakt zu einem hiesigen Anwaltsbüro aufgenommen?»

«Noch nicht. Sie muß noch die Prüfung machen, um in Massachusetts als Anwältin zugelassen zu werden. Sie hat vor, zu einem Repetitor zu gehen, um sich darauf vorzubereiten.»

«Na, dann wünsche ich ihr Glück.»

Später, nachdem die Seligs gegangen waren, fragte Miriam: «Was hältst du von ihm, David?»

«Ich glaube, daß er bei der Gemeinde beliebt sein wird, weil er genau das ist, was sie sich wünschen. Er ist groß und sieht gut aus, also werden die Frauen ihn mögen. Und er ist jung, also werden die jüngeren Männer, die in der Mehrheit sind, das Gefühl haben, daß er einer von ihnen ist. Ja, er wird seine Sache gut machen, wahrscheinlich viel besser als ich.»

Ein paar Tage später, als sich die beiden Rabbiner bei der *Minjan* trafen, fragte Rabbi Small: «Na, wie gefällt Ihnen Ihr neues Heim?»

«Es ist prima. Gestern, als es so heiß war, saßen wir auf der Veranda, und es war erfrischend kühl, aber da ist eine komische Sache passiert. Als wir auf der Veranda saßen, ging ein Mann die Auffahrt rauf. Ich dachte, er wollte mich besuchen, aber er lief schnurstracks weiter. Also grüßte ich ihn, und als er nicht antwortete, rief ich: ‹Durchgang verboten!›. Ohne stehenzubleiben, antwortete er: ‹Wegerecht› und ging einfach weiter. Also rief ich den Makler an, der uns das Haus vermittelt hatte, und er sagte, es sei möglich, daß ein Wegerecht zum Strand bestehe; er werde das nachprüfen.»

«Es stört Sie?»

«Nun ja, wenn es ein Wegerecht zum Strand gibt, werden jetzt nicht mehr allzu viele davon Gebrauch machen, denn der Sommer ist praktisch vorbei. Aber ich habe etwas dagegen, ein Grundstück zu kaufen, über das die Leute mit ihren Kindern und Freßkörben und Sonnenschirmen latschen.»

«Das könnte lästig sein, besonders wenn Sie gerade draußen eine Party veranstalten. Ihr Makler meint, es könnte sich vielleicht in einer früheren Urkunde ein Hinweis auf ein Wegerecht finden?»

«Ich nehme es an, aber meine Frau sagt, wenn es ein Wegerecht gibt, das immer wahrgenommen worden ist, muß das nicht unbedingt in einer Urkunde erwähnt sein.»

«Ich könnte Hugh Lanigan fragen. Wenn's einer weiß, dann er.»

«Hugh Lanigan? Wer ist das?»

«Er ist der Polizeichef, und er hat sein ganzes Leben hier verbracht.»

«Na so was, ich wäre Ihnen dankbar, wenn Sie die Sache klären könnten.»

«Ich werde mich bestimmt darum kümmern.»

Und weil es Rabbi Small in den Sinn kam, daß ein legales Wegerecht, wenn es denn eines gab, wahrscheinlich auch an einem

Samstag wahrgenommen werden und dadurch Rabbi Seligs Sabbat gestört werden konnte, entschloß er sich, in die Stadt zu fahren, Lanigan aufzusuchen und ihn danach zu fragen.

«Das ist das alte Clark-Anwesen», sagte Lanigan. «Ezra Clark war in Boston ein einflußreicher Grundstücksmakler. Er kaufte das Land von der alten Bostonstraße bis runter nach Gardner's Cove am Meer. Bekam alles verdammt billig, weil es an der Felsküste lag. Er baute ein Haus an der Evans Road, wo jetzt ein Mann namens Miller wohnt, Professor Miller, glaube ich. Er unterrichtet an Ihrer Schule, und ich wollte ihn fragen, ob er Sie mitnehmen könnte. Damals gab es dort keine Straße, aber Clark entschied sich für dieses Fleckchen, weil er dort ein wenig Rasen anlegen konnte. Als dann seine Kinder heranwuchsen und ihre Freunde mitbrachten, baute er auf der Kuppe des Hügels ein zweites Haus, in dem jetzt der neue Rabbi wohnt. Beide Häuser waren bloß für den Sommer gedacht, aber nachdem die Stadt die Evans Road anlegte, machte er sie winterfest, um sie zu verkaufen. Nun ja, die Kinder waren inzwischen erwachsen und reisten im Sommer nach Europa und sonstwohin und kamen nicht oft dorthin. Natürlich hielt er das Land immer noch für eine zusammenhängende Parzelle, obwohl das eine der Häuser jetzt an der Evans Road, das andere an der alten Boston Road lag. Und er ging einfach über das Grundstück, das nun zum Haus auf dem Hügel gehörte, wenn er mit dem Bus nach Boston fahren wollte oder wenn er aus Boston kam. Und die Kinder und ihre Freunde gingen über sein Land, wenn sie zum Strand wollten. Als er eines der Häuser verkaufte – an einen Burschen namens Willoughby –, wurde vereinbart, daß der Zugang zum Strand erhalten bleiben würde. Also gewährte ihm Willoughby Zugang zur Bushaltestelle am Fuß der Auffahrt. Und obgleich beide Grundstücke ein paarmal die Besitzer gewechselt haben, hat man's seitdem immer so gehalten.»

Auf seinem Weg in die Stadt hatte Rabbi Small einen Umweg gemacht, um einen Blick auf Rabbi Seligs Haus zu werfen, und darum fragte er jetzt: «Die Hecke, die längs der Auffahrt verläuft, das ist die Grenze von Rabbi Seligs Anwesen?»

«Nein, die verläuft einen Meter hinter der Hecke, bis dahin, wo der Fels abfällt. Aufgrund einer stillschweigenden Übereinkunft besteht für diesen einen Meter breiten Streifen ein Wegerecht. Aber darum ist die Hecke nicht angelegt worden, sondern weil eines der Willoughby-Kinder beim Roller-Skating auf dem Asphalt am Ende der Auffahrt über die Felskante stürzte. Brach sich ein Bein, wenn ich mich recht entsinne. Und dieses ebene Land war ursprünglich Teil des Grundstücks – es zieht sich bis zu einem Punkt zwischen der Evans Road und der Kurve der Boston Road –, aber es war zu schmal, um es nach den Bauvorschriften zu bebauen. Also überließ es Willoughby der Stadt, dadurch minderte er seine Grundsteuer ein wenig und bürdete die Pflege der Stadt auf, die das Gras mähen und ein paar Blumen pflanzen mußte. Aber wenn Ihr Rabbi sich Sorgen macht, Kinder könnten mit ihren Sandeimerchen und Sonnenschirmen über sein Land latschen, sagen Sie ihm, das könne er vergessen. Der Weg führt nach Gardner's Cove, wo es mehr Kiesel als Sand gibt und das Ufer die meiste Zeit mit Seetang bedeckt ist.»

«Ich bin sicher, er wird froh sein, das zu hören. Er war ziemlich besorgt.»

«Und weshalb machen Sie sich Sorgen?»

«Ich mache mir um ihn und um die Gemeinde Sorgen. Das letzte, was wir brauchen können, ist ein Rabbi, der Krach mit seinen Nachbarn anfängt.»

Kapitel 7

Rabbi Selig war in der Stadt herumgefahren, nicht nur, um sich mit der Lage einiger Gebäude vertraut zu machen – Rathaus, Postamt, Bibliothek, die verschiedenen Kirchen –, sondern auch, um eine Route für sein Joggen am Morgen zu finden. Letzteres hatte er mit großer Umsicht betrieben und sich davon überzeugt, daß die Strecke einigermaßen eben war, aber auch, daß sie keine verkehrsreichen Straßen einschloß, wo man ihn erkennen und grüßen konnte und er vielleicht stehenbleiben und schwatzen mußte. Die Route, für die er sich am Ende entschied, verlief zwei Meilen auf einer Straße, die der Küstenlinie zu den Kaianlagen folgte. Ein gutes Stück verlief parallel zur Abbot Road, der Hauptstraße, und war an zahlreichen Stellen durch Querstraßen mit dieser verbunden.

Am Montag morgen testete er die Strecke. Er fuhr zu der Stelle, von der er künftig zu starten gedachte, zweihundert Yards hinter seiner Auffahrt, parkte seinen Wagen und begann gemütlich zu joggen, mit der Absicht, sein Tempo allmählich zu steigern. Die gesamte Strecke, hin und zurück, würde gerade sieben Kilometer betragen, wie er mit dem Kilometerzähler seines Wagens ermittelt hatte. Die Strecke stellte einen guten Auftakt für den Tag dar.

Es war warm, doch vom Ozean wehte eine leichte Brise, die ihn einigermaßen erfrischte. Er kam an einem großen Anwesen vorbei, das von einem schulterhohen Eisengitter umgeben war, hinter dem ihn ein kleiner weißer Terrier anbellte, als er näher kam, und dann wie verrückt kläffend nebenherlief, bis er das Ende des Zauns erreicht hatte.

Als er schließlich die Kais erreichte, seinen Wendepunkt, schwitzte er tüchtig und zögerte haltzumachen, weil er sich nicht erkälten wollte. Aber dort hatte gerade ein Hummerboot festgemacht, und er konnte nicht widerstehen, zuzuschauen, wie der Fang entladen wurde.

Eine Stimme hinter ihm sagte: «Vielleicht sinkt ja der Hummerpreis in den hiesigen Restaurants.»

Er drehte sich um und sah einen Mann, ungefähr in seinem Alter und ebenfalls im Jogginganzug. Er war groß, hatte kluge Augen, ein spitz zulaufendes Kinn und dunkles Haar. Der Rabbi wollte keine Unterhaltung anfangen, antwortete jedoch aus schlichter Höflichkeit: «Das ist ein großer Fang, nicht wahr?»

«Ganz sicher. Schauen Sie, wie viele Hummer in jedem Korb sind. Natürlich sind ein paar davon zu klein und werden wieder ins Wasser geworfen, aber die großen werden dafür sorgen, daß die Preise in den Fischgeschäften und Restaurants sinken. Aber ich glaube nicht, daß Sie das sonderlich interessieren wird. Sie sind der neue Rabbi, nicht wahr? Jemand hat Sie mir neulich auf der Straße gezeigt.»

Rabbi Selig nickte. «Stimmt, und der Hummerpreis interessiert mich in der Tat nicht.»

«Nun, was mich betrifft, ich esse in der Regel koscher, weil meine Familie sich an die Speisevorschriften hielt. Nichts vom Schwein, keine Butter auf dem Brot, wenn ich Fleisch esse, weil der Magen sich nun mal dran gewöhnt hat, selbst wenn einem die Gründe dafür nicht mehr einleuchten. Aber im Lauf der Zeit fand ich Geschmack an Hummer, und ich esse hin und wieder gern einen, aber nur, wenn ich auswärts speise.»

«Sind Sie Mitglied meiner Gemeinde, Mr. ...?»

«Baumgold», sagte der Mann und streckte die Hand aus.

Sie schüttelten sich die Hände. «Nein, ich gehöre zur keinem Tempel und keiner Synagoge. Meine Familie gehörte zur Gemeinde von Salem, und ich ging dort in die Religionsschule, als ich Kind war, aber ich haßte es, zur Schule zu gehen, wenn alle anderen Kinder auf der Straße spielten. Ich blieb bis zur *Bar Mizwa*, und dann hörte ich mit diesen Ritualen auf.» Er grinste. «Meine Frau ist keine Jüdin, aber sie ist weit mehr daran interessiert als ich. Sie unterrichtet am Windermere College in Boston und hat vor, dort einen Kurs über jüdische Religion zu besuchen. Dabei fällt mir ein, daß es Ihr Vorgänger ist, der ihn abhalten wird.» Er grinste abermals. «Vielleicht bekehrt sie mich ja.»

Rabbi Selig lächelte mühsam. «Es sind schon ganz andere Sachen passiert», sagte er, und dann: «Ich muß mich auf den Rückweg machen.»

«Welche Strecke laufen Sie? Ocean Street? Ich könnte ein Stück mit Ihnen laufen. Ich biege bei der Endicott ab.»

Rabbi Selig joggte jeden Tag, wenn das Wetter es zuließ. Er lief kurz nach sechs los, kehrte in der Regel um Viertel vor sieben heim, duschte und war pünktlich zum Morgengottesdienst im Tempel, der nur etwa zwanzig Minuten dauerte, so daß er, selbst wenn er mit jedem Mitglied seiner Gemeinde sprach, gegen halb acht wieder zu Hause war, um sein Frühstück einzunehmen.

Meistens gesellte sich Baumgold an der Endicott Street zu ihm, und die beiden liefen gemeinsam zu den Kais. Dort hielt er eine Minute oder zwei inne, um einen Stein aus dem Schuh zu entfernen oder ein Schnürband neu zu binden oder bloß um auf den Hafen zu schauen; Selig, der eifriger war, joggte gewöhnlich auf der Stelle. Aber sie schafften es immer, sich zu unterhalten, bevor sie zurückliefen. Als er erfuhr, daß Baumgold eine Anwaltskanzlei in Salem betrieb, erinnerte sich der Rabbi daran, daß seine Frau ebenfalls Anwältin war.

«Ist das wahr? Bei einer hiesigen Kanzlei oder in einem Büro in Boston?»

«Sie war in Connecticut in einem großen Büro angestellt, aber sie muß erst die Lizenz für Massachusetts erwerben, ehe sie hier praktizieren kann», sagte Rabbi Selig. «Sie hat vor, einen Repetitor aufzusuchen.»

«Ja? Hat sie sich schon bei einem eingeschrieben? Ich kenne nämlich einen Burschen, der hier in Salem Kurse veranstaltet. Und er ist gut. Er hält die Kurse in seinem Haus ab und nimmt nur ein Dutzend Leute auf einmal. Wenn sie interessiert ist...»

«Ich werde es ihr sagen.»

Er sagte es seiner Frau, und sie antwortete: «Keine schlechte Idee. Ich habe überall herumgefragt, und jeder sagte, ich müsse nach Boston gehen. Wenn ich in Salem einen Repetitor kriegen könnte, wäre das viel bequemer. Warum bittest du ihn nicht vorbeizukommen? Ich möchte mich auch gern mal mit ihm über diesen Eindringling und die Sache mit dem Wegerecht unterhalten.»

«Okay, wenn ich ihn das nächste Mal sehe. Aber hör mal, das ist eine juristische Sache. Könntest du nicht...»

«Ich kenne mich im gängigen Recht aus. Es ist die hiesige Praxis, mit der ich es zu tun habe. Es könnte sein, daß es gegen das Recht verstößt, aber die hier übliche Praxis es jedoch ignoriert. Und wenn wir mit dem Argument, das Recht spreche dagegen, rechtliche Schritte einleiten, könnten wir uns bei den Einheimischen unbeliebt machen, und das wäre weder gut für uns noch für die Gemeinde.»

Kapitel 8

Rabbi Selig war ein wenig überrascht, daß er Baumgold den Weg zu seinem Haus erklären mußte, als er ihn für einen Nachmittag zum Kaffee einlud. «Es liegt an der Boston Road», sagte er, «genau da, wo Barnard's Crossing an Swampscott grenzt.»

«Oh, ja, ich komme so gut wie nie da oben rauf. Ich nehme die neue State Road nach Boston.»

«Der Boston-Bus fährt unsere Straße entlang», erklärte Selig. «Direkt an unserer Auffahrt ist eine Haltestelle.»

«Wahrscheinlich um Verkehr und Ampeln zu vermeiden», sagte Baumgold.

«Jedenfalls können Sie das Haus nicht verfehlen. Es steht ein ziemlich großes Schild kurz hinter unserem Grundstück, ‹Willkommen in Barnard's Crossing›.»

«Wenn es hinter Ihrem Grundstück steht, sind Sie ja ein Einwohner von Swampscott und nicht von Barnard's Crossing.»

«Aber wir gehören zu Barnard's Crossing. Ich schätze, sie haben das Schild hinter unserem Grundstück aufgestellt, weil man dort zwei Pfähle einschlagen konnte. Auf der anderen Seite unserer Auffahrt hätten sie lange bohren müssen. Ist dort alles zu steinig. Unser Haus liegt auf einem Hügel, und das meiste davon ist Fels. Hier und da gibt es etwas Erde, und dort wächst ein bißchen Gras.»

«Warum um alles in der Welt ist jemand auf die Idee gekommen, dort ein Haus zu bauen?»

«Wegen der Bademöglichkeit, nehme ich an. Es gibt dort eine kleine Bucht...»

«Gardner's Cove, richtig? Ich habe dort ein paarmal am Strand gejoggt.»

«Stimmt.»

«Jetzt weiß ich, wo Sie wohnen. Aber ich dachte, da oben stehen nur Sommerhäuser.»

«Ich schätze, das waren sie auch», antwortete Selig, «aber unser Vermieter sagte, unser Haus sei absolut winterfest. An den paar kalten Tagen, die wir hatten, war es ganz behaglich.»

Es war ein schöner, sonniger Tag, als Baumgold vor Seligs

Haus vorfuhr. Rabbi Selig hörte ihn und kam heraus, um ihn zu begrüßen. Die beiden Männer standen draußen, und Baumgold sah sich um. «Ihr Land reicht bis zur Hecke?» fragte er.

«Und ungefähr einen Meter darüber hinaus», sagte Selig. «Es gibt da einen steilen Abhang von fast vier Metern, also nehme ich an, daß die Hecke gepflanzt wurde, um zu verhindern, daß jemand in der Dunkelheit abstürzt. Nach dem, was man mir erzählte, gehörte dem Mann, der dieses Haus baute, ursprünglich das ganze Land von der Boston Bay bis zum Strand, eingeschlossen das flache Land oben auf dem Hügel. Und er baute nicht nur dieses Haus, sondern auch das auf der anderen Seite der Straße. Sehen Sie es? Für einen verheirateten Sohn oder eine Tochter. Ich nehme an, daß dieses Haus nicht groß genug war für sie, ihre Kinder und deren Freunde. Natürlich gab es damals keine Straße, die die beiden Häuser trennte. Die wurde später gebaut.»

«Also hat man Sie vom Strand abgeschnitten, oder?»

«Eigentlich nicht. Wenigstens glaube ich es nicht», erwiderte Selig. «Unser Vermieter sagte, wir hätten ein Wegerecht. Angenommen, es wäre so: Bedeutet das, daß die Leute aus dem anderen Haus auch ein Wegerecht, sagen wir zur Bushaltestelle über unser Grundstück haben?»

«Lieber Gott, das nehme ich nicht an. Es hängt ganz davon ab, was in der Übertragungsurkunde steht. Sie müßten im Grundbuch nachsehen. Ist denn jemand über Ihr Grundstück gegangen?»

«Nun, nicht wirklich. Aber neulich kam jemand an der Hecke entlang, nicht außen, sondern auf dieser Seite. Ich nehme an, er besuchte die Leute in dem anderen Haus. Ich sprach ihn an, und als er nicht antwortete, rief ich, der Durchgang sei verboten. Und ohne seinen Schritt zu verlangsamen, schrie er zurück: ‹Wegerecht› und ging weiter.»

Baumgold zuckte die Achseln. «Was soll ich Ihnen raten? Aber Sie haben das Haus nur für ein Jahr gemietet, richtig?»

«Ja, aber vielleicht kaufen wir es. Der Eigentümer war weit mehr am Verkauf als an einer Vermietung interessiert. Es ist sehr angenehm und liegt hübsch. Von unserem Schlafzimmerfenster können wir den Ozean sehen. Und daß wir direkt an der Bushaltestelle liegen, könnte sich als nützlich erweisen, besonders wenn Susan zum Repetitor nach Boston muß. Ich meine, daß es praktischer ist, den Bus zu benutzen, als mit dem Auto zu fahren und zu versuchen, einen Parkplatz zu finden.»

«Ja, das ist sicher. Aber wenn sie es mit diesem Repetitor in Salem probieren würde...»

«Das ist es, wonach sie Sie fragen möchte. Gehen wir doch durch die Garage ins Haus.»

Selig führte ihn durch das Tor der geräumigen Doppelgarage. Im Inneren nickte Baumgold anerkennend. Er zeigte auf die Werkbank an der gegenüberliegenden Wand und die aufgehängten Werkzeuge.

«Ihr Werkzeug?» fragte er.

«Nein, es gehört zum Haus. Mein eigenes ist in Connecticut mit den Möbeln eingelagert.»

«Und die Schneeräummaschine in der Ecke?»

«Die gehört auch zum Haus.»

«Die könnten Sie brauchen, wenn wir einen schneereichen Winter kriegen. Sie könnten Schwierigkeiten haben, die Auffahrt raufzukommen, selbst mit Schneeketten. Ist ein ziemlich steiler Hügel.»

«Ich weiß. Es fiel mir auf, als man uns das Anwesen zum ersten Mal zeigte, aber der Besitzer sagte, mit der Maschine könne ich die Auffahrt in fünfzehn oder zwanzig Minuten räumen.»

Die letzten Worte sprach er, als sie die Küche betraten, wo Susan Selig Kuchen und Kekse auf einen Teller legte und Geschirr auf ein Tablett stellte. «Und er ist ganz scharf darauf, es auszuprobieren», sagte sie fröhlich. «Warum geht ihr nicht rüber ins Wohnzimmer, und ich bringe den Kaffee.»

«Wir können auch hier Kaffee trinken», schlug der Rabbi vor.

«In Ordnung.»

Also saßen sie am Küchentisch, als Baumgold ihnen von dem Repetitor in Salem erzählte. «Er hält den Kurs bei sich zu Hause ab, weil es seiner Frau nicht gutgeht. Ich weiß nicht, was mit ihr los ist, aber sie will ihn immer um sich haben. Darum hat er seine Anwaltspraxis fast ganz aufgeben müssen. Aber er ist der geborene Lehrer, und alle, die bei ihm gewesen sind, schwören auf ihn. Er macht das ganz zwanglos, und wenn sie einen Abschnitt abschließen, sagen wir Zivilrecht oder Verträge oder Rechtswissenschaft oder was immer, veranstaltet er eine Art Kaffeeklatsch, bei sich zu Hause oder in der Wohnung eines Teilnehmers.»

«Hört sich interessant an», sagte Mrs. Selig.

«Wenn Sie möchten, gebe ich ihm Ihre Adresse, und er wird Ihnen seine Unterlagen schicken oder Sie anrufen.»

«Tun Sie das. Ich habe eine Reklamebroschüre von einer Schule in Boston, aber ich werde abwarten, bis ich von ihm höre.»

Kapitel 9

Die Fakultätssitzung am Montag, dem Tag vor der Einschreibung, war für elf Uhr anberaumt. Da es in der Ankündigung hieß: «Alle Mitglieder der Fakultät werden nachdrücklich gebeten, daran teilzunehmen», hatte der Rabbi das Gefühl, daß sein Erscheinen unbedingt erforderlich war. Unten auf der Seite stieß er auf eine Bleistiftnotiz, die lautete: «Können Sie es einrichten, mich vor der Sitzung aufzusuchen? Jede Zeit nach zehn ist mir recht.» Sie war von Dr. Cardleigh unterzeichnet, dem Fakultätsvorstand des College.

Der Rabbi fuhr kurz vor neun los, um dem Morgenverkehr zu entgehen und trotzdem rechtzeitig zum Treffen mit Cardleigh eintreffen zu können. Er beschloß, über die alte Boston Road zu fahren, die der Küstenlinie folgte. Er stellte mit Befriedigung fest, daß er das College kurz vor zehn erreicht hatte, und weil die Schule noch nicht angefangen hatte, fand er problemlos einen Parkplatz.

Dr. Cardleigh war ein großer Mann mit breiten Schultern, doch nach der Art, wie er sich in seinen Sessel lümmelte, schien er zu versuchen, sich kleiner zu machen. Er schob sich hin und her, als suche er die behaglichste Stellung, und fand schließlich für sein Rückgrat den richtigen Platz, ein Bein über die Armlehne baumeln lassend, um ein ungebügeltes Hosenbein und einen abgestoßenen, staubigen Schuh zur Schau zu stellen.

Seine hohe Stirn wurde von spärlichem, ergrauendem Haar gekrönt, und seine vorstehenden Wangenknochen, obwohl glattrasiert, wiesen einen feinen Flaum auf, den abzuscheren er sich offenbar nicht die Mühe gemacht hatte. Seine große Oberlippe wurde von einem wuchernden Schnurrbart unter einer Knollennase bedeckt. Offensichtlich war er kein Mann, der sich um sein Aussehen sorgte, und aus irgendeinem Grund fand ihn der Rabbi sympathisch.

«Ich hatte ein Ferienjahr, als Sie hier waren, Rabbi», sagte er, «aber ich weiß alles über Sie von Direktor Macomber und einigen anderen. Man bot mir den Fakultätsvorsitz an, nach dem... hm... Ausscheiden von Dekan Hanbury.» Er lächelte. «Das war auch gut so, schätze ich, weil ich fast keine Studenten mehr hatte. Ich unterrichtete Altphilologie, und in meinem letzten Unterrichtsjahr hatte ich nur zwei Studenten in Latein und in Griechisch gar keinen. Also nahm ich mein Ferienjahr, weil im Jahr darauf, als Sie kamen, sich niemand mehr für meine Kurse eingeschrieben hatte.»

«Haben Sie ein wenig Forschung betrieben?»

«Nein, ich bin bloß ein wenig gereist. Als ich zurückkam, gab ich einen Kurs in griechischer Literatur, im wesentlichen für Studenten mit Englisch als Hauptfach. Trotzdem war ich ziemlich beschäftigt. In dem Jahr hatten wir einen schlimmen Winter, und die Leute von der Fakultät kamen dauernd zu mir mit bösen Erkältungen und Grip...» Als er den fragenden Blick des Rabbi sah, erklärte er: «Ich bin eigentlich Mediziner. Ich bin ein Dr. med., kein Dr. phil.»

«Soll das heißen, daß Sie noch praktizieren?»

«Oh, nein, keine Sorge. Ich habe unter dem Druck der Familie Medizin studiert. Mein Vater war Arzt und mein Großvater ebenfalls, also half es nichts, ich sollte auch einer werden.»

Er zog eine Pfeife aus der Tasche und stopfte sie aus einem Tabakbeutel, den er aus einer Schreibtischschublade nahm. Er entzündete ein Streichholz. «Stört Sie der Rauch, Rabbi?» fragte er, als er lospaffte.

«Nein, ich habe selber Pfeife geraucht», sagte der Rabbi, «aber ich mußte es aufgeben.»

«Auf ärztlichen Rat?»

«Nein, ich fand es inkonsequent, die Woche über zu rauchen und es am Sabbat nicht zu dürfen. Streichholzanzünden heißt Feuermachen, und das wird als Arbeit angesehen und ist daher am Sabbat verboten. Aber ich bin ein bißchen überrascht, daß Sie rauchen.»

«Warum?»

«Nun ja, bei Ihrem Beruf, als Mediziner...»

«Die Mediziner begeben sich gelegentlich auf einen Kreuzzug, und die extremsten Meinungen gewinnen leicht das Übergewicht. Und dann gibt es noch den Puritanismus, für den wir Amerikaner so anfällig sind. Es heißt, daß die Puritaner die Bärenjagd mißbilligten, nicht weil sie grausam war, sondern weil sie den Zuschauern Vergnügen bereitete. Nun, mit dem Ärztestand ist es dasselbe. Man sagt uns, daß wir Zucker und Fett und Salz meiden sollen, alles, was dem Essen einen guten Geschmack verleiht. Wir essen keine Mahlzeiten mehr; wir nehmen Chemikalien zu uns: Kalium und Zink und Eisen. Wir trinken keine Milch und essen keinen Käse; wir steigern unsere Kalziumaufnahme.

Rauchen ist tabu, weil es eine Vielzahl von Krankheiten hervorruft. Ich denke, Zigarettenrauchen ist wirklich schädlich, weil man dazu neigt, den Rauch zu inhalieren; wenn Sie aber Pfeife rauchen, inhalieren Sie nicht, also behauptet man, daß es schlecht ist, weil es andere, Nichtraucher, krank macht, wenn sie im selben Raum sind.

Aber es gibt etwas in der menschlichen Psyche, das nach irgendeiner Art von – Entspannung verlangt, nach einem erfreulichen Laster. Jede Gesellschaftsform, die wir kennen, hat eines. Ich nehme an, es liegt daran, daß unsere Hirne unausgesetzt arbeiten, und wenn wir diesen ständigen Strom geistiger Tätigkeit nicht unterbrechen, werden wir alle verrückt. Wenn Sie eine Art von entspannendem Laster unterbinden, verfallen Sie bloß in ein neues.»

«Das Nicht-mehr-Rauchen führte uns also zu...»

«Drogen und Sex», ergänzte Cardleigh umgehend. «Drogen und Sex und Gewalt und – Jogging und dieses verrückte Abarbeiten an Kraftmaschinen.»

Er setzte sich aufrecht in den Sessel und sagte: «Nun gut, kommen wir zur Sache, Rabbi. Wie ich höre, werden Sie einer neuen Abteilung vorstehen, aber alles, was mir vorliegt, ist der Kurs über jüdisches Denken, den Rabbi Lamden abhielt, bis er sich zur Ruhe setzte. Das war der Kurs, den Sie in dem Jahr unterrichteten, als Sie für ihn einsprangen. Richtig? Ich hatte kaum Zeit, im Vorlesungsverzeichnis seinen Namen durch den Ihren zu ersetzen, bevor es in die Druckerei ging. Aber gibt es noch mehr? Planen Sie weitere Kurse?»

Der Rabbi nickte. «Möglicherweise. Ich wollte warten, bis ich das Echo bei den Studenten und auch bei der Fakultät einschätzen kann. Ich könnte mir vorstellen, im nächsten Jahr einen Kurs für Fortgeschrittene anzubieten, für Studenten, die bereits über einige Kenntnisse auf dem Gebiet verfügen.»

«Nun, ich bin im Augenblick gerade mit der Raumverteilung beschäftigt, für Klassenzimmer und Büros.» Aus der obersten Schublade nahm er einen großen Plan und legte ihn auf den Schreibtisch. «Woll'n mal sehn, Ihr Kurs hat drei Stunden in der Woche, Montag, Mittwoch und Freitag.»

«Das ist richtig. Um elf, wenn's möglich ist.»

«Die Zeit ist kein Problem. Haben Sie eine Vorstellung, wie viele Teilnehmer Sie haben werden?»

Der Rabbi zuckte die Achseln. «Das kann ich beim besten Willen nicht sagen.»

«Ich hörte von Direktor Macomber, daß Sie bereit sind, jeden Tag ein paar Stunden im Hause zu sein, um für jeden Studenten oder Dozenten zur Verfügung zu stehen, der Sie konsultieren möchte. Sie brauchen also ein entsprechend großes Büro. Wir können Sie nicht jeden Tag für drei oder vier Stunden in ein Kabuff einsperren. Die Englisch-Neulinge ziehen mit dem Rest der Englisch-Abteilung hier in diesem Gebäude in den zweiten Stock. Damit steht ihr Büro im ersten Stock leer. Es ist für ein Büro ziemlich groß. Und wenn Sie nur zehn oder zwölf Studenten kriegen, könnten Sie Ihren Unterricht statt in einem der

Klassenräume in diesem Büro abhalten. Ich könnte ein paar Stühle und eine Tafel reinbringen und die überzähligen Tische hinausschaffen lassen und Ihnen vielleicht einen großen Tisch geben, damit Sie Ihre Klasse wie ein Seminar unterrichten können. Natürlich, wenn der Zulauf größer ist, können wir immer einen freien Vorlesungsraum für Sie finden.»

«Ich brauche auf jeden Fall einen Bücherschrank.»

«Es steht einer drin. Falls er nicht ausreicht, lassen Sie es mich wissen, und ich werde bestimmt einen zweiten auftreiben können.» Er warf seinem Besucher einen forschenden Blick zu. «Ich schätze, daß Sie wissenschaftlich arbeiten wollen.»

«Ich habe es nicht geplant. Wenn Sie an jene Art von Forschung denken, die darin besteht, Pergamentfetzen der Schriftrollen vom Toten Meer zusammenzusetzen, muß ich Sie enttäuschen. Ich habe ein paar Zeitschriftenaufsätze geschrieben, aber die waren im wesentlichen eher kritischer als wissenschaftlicher Natur.»

Dr. Cardleigh nickte und fragte: «Haben Sie mit Macomber darüber gesprochen?»

Der Rabbi schüttelte den Kopf. «Das Thema kam nicht zur Sprache.»

«Ah, vermutlich kannte er Ihre Einstellung aus der Vergangenheit.»

«Welche Einstellung? Ich verstehe nicht.»

Cardleigh lehnte sich in seinem Sessel zurück und schien in Erinnerungen zu versinken. «Früher war es so, daß ein College ein Ort war, wo sich die Dozenten in erster Linie, ich würde sagen ausschließlich, mit dem Unterrichten befaßten. In ihrer freien Zeit taten sie das, was andere Leute in ihrer Freizeit auch taten. Hin und wieder wurde vielleicht jemand von einem interessanten Problem auf seinem Gebiet gefesselt, und er forschte ein wenig. Und wenn es ihm wichtig erschien, schrieb er vielleicht etwas darüber und schickte seine Arbeit an eine wissenschaftliche Zeitschrift. Aber irgendwann in den Zwanzigern trat eine Veränderung ein. Wenn ein Professor etwas Neues entdeckt oder eine Theorie entwickelt hatte, die die Aufmerksamkeit der Presse auf sich zog, da war das Sowieso nicht mehr das

Sowieso College, sondern das ‹College, wo der Bursche den neuen Planeten entdeckte› oder das ‹Heilmittel gegen Krebs›. Und plötzlich bekam jeder, der mit dem College verbunden war, eine neue Bedeutung.

Die Verwaltungen begriffen rasch, daß Macht und Prestige und auch die Stiftungen und Zuschüsse nicht durch den Lehrbetrieb, sondern durch die Forschung zu erlangen waren. Das Ergebnis: Wenn jemand an ein College berufen wurde, geschah das nicht auf der Grundlage seiner Fähigkeit oder auch nur seines Wunsches, sein Wissen an die Studenten weiterzugeben, sondern es waren nur seine Fähigkeiten als Wissenschaftler gefragt, die er durch seine in wissenschaftlichen Zeitschriften veröffentlichten Artikel unter Beweis gestellt hatte. ‹Publizieren oder Krepieren.›

Das wäre nicht so schlimm, wenn bei der Forschung etwas Wissenswertes herauskäme. Aber wenn Sie forschen, weil Sie forschen müssen, bringen Sie nur etwas zustande, das in einer wissenschaftlichen Zeitschrift – und deren Zahl hat enorm zugenommen – veröffentlicht werden kann, die niemand lesen will. Wie philologische Doktorarbeiten müssen sie originell sein, und das bedeutet heutzutage, zumindest in den Geisteswissenschaften, daß Sie über Leute und Dinge arbeiten müssen, die Generationen von Wissenschaftlern vor Ihnen nicht für wichtig genug hielten, um darüber zu schreiben. Alle wichtigen, lohnenden Themen sind bereits beackert worden. Stellen Sie sich vor, daß Sie zwei, drei oder mehr Jahre Ihres Lebens damit verbringen, über das Leben und die Schriften irgendeines Dichterlings zu arbeiten, dem es gelang, ein dünnes Gedichtbändchen zu veröffentlichen, weil sein Schwiegervater eine Druckerei besaß.» Er schüttelte ungläubig den Kopf, während er an seiner Pfeife zog.

«Jemals von Simeon Suggs gehört?» fragte er, sich aufrichtend und die Pfeife aus dem Mund nehmend.

«Simeon Suggs?» fragte der Rabbi höflich. «Nein, nicht daß ich wüßte.»

«Ich auch nicht», sagte Cardleigh, «und ich dachte immer, ich würde mich in der englischen Literatur ziemlich gut auskennen.

Nun, einer unserer Kollegen schrieb seine Doktorarbeit über ihn.»

Er zog an seiner Pfeife, doch entlockte ihr keinen Rauch.

«Ausgegangen», sagte er. «Das ist so eine Sache mit den Pfeifen: Sie können nicht reden und sie gleichzeitig in Gang halten. Vielleicht ist das einer der Vorteile des Pfeiferauchens. Wenn man es unseren Kongreßabgeordneten zur Pflicht machen würde, hätten wir vielleicht eine bessere Regierung. Nun ja, ich wünsche Ihnen ein erfolgreiches Jahr, Rabbi, und wenn Sie etwas brauchen, dann kommen Sie zu mir.»

Er warf einen Blick auf seine Uhr und sagte: «Oh, es ist gleich elf. Sie hatten doch sicher vor, auch an der Fakultätssitzung teilzunehmen, oder? Dann kommen Sie mit.» Er wand sich hinter seinem Schreibtisch hervor und kam zum Rabbi, der aufgestanden war. Er legte ihm den Arm um die Schulter und schob ihn zur Tür.

Die Sitzung fand im großen Saal im ersten Stock statt. Der Rabbi sah auf den ersten Blick, daß nicht die gesamte Fakultät versammelt war. Er blickte sich nach jemandem um, den er vielleicht kannte; einer oder zwei kamen ihm irgendwie bekannt vor, aber er entdeckte niemanden. Also überlegte er sich, daß es wahrscheinlich Leute waren, die er während seines letzten Aufenthalts am Windermere College auf den Gängen oder in der Cafeteria der Fakultät gesehen hatte, wo er gelegentlich eine Tasse Kaffee getrunken hatte. Er sah sich nach Roger Fine um, doch der Dozent Fine hatte sich offensichtlich entschlossen, nicht zu erscheinen. Obgleich einige Platz genommen hatten, standen die meisten in kleinen Gruppen herum, schwatzten darüber, wie sie den Sommer verbracht, oder von Konferenzen, die sie besucht hatten. Als Dr. Cardleigh die Plattform am Ende des Saales betrat, nahmen viele der Stehenden ihre Plätze ein. Er stellte sich hinter das Pult und sagte: «Also dann, meine Damen und Herren, bitte nehmen Sie Platz, damit wir anfangen können. Ich habe darum gebeten, auf jeden Stuhl ein Vorlesungsverzeichnis zu legen, aber ich habe hier oben noch einen Stapel, falls jemand zu kurz gekommen sein sollte. Die neuen Verzeichnisse werden, wie ich höre, noch mindestens eine Woche auf sich warten lassen, also ist es angesichts der morgigen Einschreibung wichtig, daß Sie über die Veränderungen informiert sind, die vorgenommen wurden. Wenn Sie Seite 11 aufschlagen, werden Sie bemerken, daß der Englisch-Anfängerkurs nicht mehr für alle Neulinge vorgeschrieben ist. Diejenigen, die ein ‹B› oder eine bessere Durchschnittsnote in ihrem letzten Highschool-Jahr aufweisen, sind davon befreit.»

«Aber sie können den Kurs belegen, wenn sie wollen?»

«Ja.»

«Kriegen sie einen Schein dafür?»

«Gewiß. Weitere... äh... Fragen?»

Der Rabbi merkte, daß er um ein Haar «dämliche Fragen» gesagt hätte. Ein weißhaariger Mann, der in der ersten Reihe saß, stand auf und hob die Hand.

«Ja, Professor Kent.»

«Ich denke, Dr. Cardleigh, diese Änderung weicht so radikal von Tradition und Praxis des Colleges ab, daß das ihr zugrundeliegende Prinzip erläutert werden sollte. Ich bin gegenwärtig in der Lage...»

«Ja, ja, Professor Kent, aber ich fürchte, dafür haben wir im Augenblick keine Zeit», sagte Cardleigh. «Nicht, wenn wir zur gewohnten Zeit zu Mittag essen wollen. Jeder, der gegen diese Änderung Einwände hat, kann Professor Kent oder den Leiter der Abteilung, Professor Sugrue, aufsuchen und die Sache mit ihm erörtern.»

«In Ordnung», sagte Kent verbissen.

Man hörte ein oder zwei leise Lacher, und jemand hinter dem Rabbi flüsterte seinem Nachbarn zu: «Cardleigh ist der einzige, der ihm die Stirn bietet.»

«Wenn Sie jetzt die Seite 15 aufschlagen», fuhr Cardleigh fort, «merken Sie sich bitte, daß Professor Haynes ein Urlaubsjahr hat. Sein Kurs wird von Professor Blanchard übernommen.»

Es ging weiter, bis sie sich durch das ganze Verzeichnis gearbeitet hatten. Darauf verlas Cardleigh die Namen derer, die entlassen worden waren, darunter zwei Lehrer, die Englisch für

Anfänger unterrichtet hatten und nicht mehr gebraucht wurden, weil der Kurs nicht mehr vorgeschrieben war.

Dann gab Cardleigh die Namen der neuen Fakultätsmitglieder bekannt, und der Reihe nach standen diese auf und nahmen kargen Beifall entgegen. Als Rabbi Small an die Reihe kam, sagte Cardleigh: «Rabbi Small hat vor ein paar Jahren hier unterrichtet. Er leitet jetzt die neue Abteilung Judaistik. In diesem Semester wird er einen Kurs über jüdische Philosophie abhalten, der montags, mittwochs und freitags um elf stattfinden wird. Außerdem wird er mehrere Stunden am Tag in seinem Büro sein, damit alle, die es wünschen, ihn konsultieren können. Ein Wort der Warnung an Studienberater, die Studienpläne absegnen müssen. Rabbi Smalls Kurs wird kein Kurs sein, den man mit links erledigen kann. Wie er bei seinem letzten Lehrauftrag hier demonstriert hat, wird von Studenten in seinem Kurs erwartet, daß sie arbeiten, hart arbeiten.»

Die Sitzung vertagte sich kurz darauf, und alle strömten hinaus, um die Cafeteria aufzusuchen. Der Rabbi beschloß jedoch, nach Hause zu fahren, weil er sicher war, daß er hier wenig finden würde, das er essen durfte. Diesmal benutzte er die State Road und brauchte nur eine Stunde. Er beschloß, in Zukunft die alte Boston Road zu nehmen, obgleich die Fahrt länger dauerte. Sie war angenehmer zu fahren, weil es weit weniger Verkehr gab.

Kapitel 10

Am Mittwoch morgen stand Rabbi Small auf dem Bahnsteig des Bahnhofs von Swampscott und wartete auf den Zug, der um 8 Uhr zwei Minuten zum Bostoner Nordbahnhof fuhr, wo er die Untergrundbahn nehmen wollte, die ihn zu seinem ersten Unterrichtstag nach Windermere bringen würde. Zugegeben, sein Unterricht begann laut Plan erst um elf, doch er hatte irgendwie das Gefühl, daß es an seinem ersten Tag nur recht und billig war, wenn er zum Unterrichtsbeginn da war.

Er war nur selten mit dem Zug nach Boston gefahren, und dann entweder am späten Morgen oder am frühen Nachmittag, niemals während des Berufsverkehrs. Folglich war er verblüfft über die Menschenmenge auf dem Bahnsteig, und als der Zug einfuhr, war er noch verblüffter, als er feststellte, daß alle Plätze bereits besetzt waren – die meisten Leute waren auf der vorhergehenden Station, in Salem, eingestiegen – und er würde stehen müssen. Als der Zug hielt, waren die Stufen eines der Wagen direkt vor ihm, so daß er unter den ersten war, die einstiegen, aber die Leute hinter ihm stießen ihn vorwärts, bis er von denen, die am anderen Ende eingestiegen waren, in der Mitte des Wagens eingeklemmt wurde.

Der Schaffner bewegte sich sehr langsam durch den Wagen, behindert durch die dichtgedrängten Fahrgäste. Er war klein und fett und nahm immer wieder seine Mütze ab, um sich mit dem Ärmel den Schweiß von der Stirn zu wischen, und dadurch kam er noch langsamer voran. Der Schaffner am anderen Ende des Wagens war stehengeblieben, um mit einem Fahrgast zu sprechen, so daß der Fahrschein des Rabbi, als der Zug schließlich um 8 Uhr 27 im Nordbahnhof einlief, noch nicht eingesammelt war. Der Schaffner war jetzt auf dem Bahnsteig, und als der Rabbi näher kam, wollte er ihm seinen Fahrschein geben, doch der Schaffner griff an ihm vorbei und half einer älteren Frau aus dem Wagen, und der Rabbi beschloß, sich dem Strom der Fußgänger anzuschließen. Er war ein wenig darüber beunruhigt, daß er ohne zu bezahlen gefahren war, doch dann überlegte er sich, daß das vielleicht eine Entschädigung für die Unbequemlichkeit war, den ganzen Weg stehen zu müssen. Am Nordbahnhof, wo die Fahrt endete, nahm er eine Straßenbahn zum Kenmore Square.

Als er die U-Bahn-Station Kenmore Square verließ, wurde er von einem jungen Mann gegrüßt, der ihm irgendwie bekannt vorkam.

«Ich glaube nicht, daß Sie sich an mich erinnern, Rabbi», sagte der junge Mann. «Ich wurde Ihnen beim Freitagabendgottesdienst von Mr. Lerner vorgestellt, der ...»

«O ja, Sie sind Mr. ...»

«Jacobs. Mordecai Jacobs.»

«Natürlich. Sie wollen Clara Lerner heiraten, und Ihr zukünftiger Schwiegervater bat mich um mein Einverständnis, die Zeremonie durchzuführen. Ich versuchte, ihn davon abzubringen, aber...»

«Warum wollten Sie ihn davon abbringen?»

«Nun, zum einen, weil er als Grund anführte, daß ich ihn und Mrs. Lerner verheiratet hatte, und weil ihre Ehe so glücklich sei...»

«Ja, das ist ziemlich albern.»

«Aber vor allem deswegen, weil die Hochzeit in Barnard's Crossing stattfinden soll und dort nach meinem Weggang ein anderer Rabbi zuständig wäre, dem ich dadurch sozusagen ins Handwerk pfuschen würde.»

«Oh, ich verstehe.»

Der Rabbi lächelte. «Aber da wir nun Kollegen sind, habe ich einen besseren Grund, die Zeremonie durchzuführen, und dazu einen, den Rabbi Selig gewiß verstehen wird.»

«Na, das ist aber schön. Wohnen Sie immer noch in Barnard's Crossing? Ich sah Sie aus der U-Bahn kommen, also nehme ich an, daß Sie heute mit dem Zug oder dem Bus gekommen sein müssen. Wollen Sie jeden Tag die öffentlichen Verkehrsmittel benutzen?»

«Nein, ich hatte vor, meistens mit dem Auto zu fahren. Aber heute wollte ich gern den Zug nehmen, um den Stoßverkehr zu vermeiden. Meistens werde ich nicht so früh kommen. Mein Unterricht beginnt erst um elf. Ich dachte nur, daß ich am ersten Tag zu Unterrichtsbeginn da sein sollte. Ich hatte keine Ahnung, daß der Zug so überfüllt sein würde. Der Schaffner hat es nicht mal geschafft, meinen Fahrschein zu kontrollieren.»

«Ja, das ist mir auch einmal oder zweimal passiert. Ich verbringe die Wochenenden bei den Lerners und nehme darum am Montagmorgen den Zug. Es ist lästig. Sie sollten sich hier in der Stadt eine kleine Zweitwohnung nehmen, für den Fall, daß wir im Winter schlechtes Wetter haben.»

«Ich schätze...»

«Sehen Sie mal, Rabbi, ich wohne in Beacon Street. Es ist ein großes Mietshaus, nichts Besonderes, aber gemütlich. Ziemlich viele Mieter ziehen im Winter nach Florida, und einige vermieten ihre Wohnungen in den Wintermonaten. Es ist gleich um die Ecke von Harvard Street, wo es einen koscheren Fleischer und eine Synagoge gibt und direkt auf der anderen Straßenseite die Bushaltestelle. Und die Mieten sind in der Regel nicht sehr hoch, wie ich höre, weil die Leute ihre Wohnungen nicht gern unbeaufsichtigt zurücklassen. Jemand, der in der Wohnung wohnt, ist wie ein Hausmeister. Ich habe erst neulich mit einem der Mieter gesprochen ...»

«Es lohnt sich gewiß, darüber nachzudenken.»

«Wenn Sie wollen, halte ich meine Ohren offen und lasse Sie's wissen, falls ich etwas höre.»

Der Rabbi lächelte. «Das ist nett. Ich wäre Ihnen dankbar.»

Kapitel 11

Das Büro, das früher von einem halben Dutzend Englischlehrern benutzt wurde, war für ein College-Büro recht groß. Dort standen vier Schreibtische und zwei Tische, alle alt und vom jahrelangen Gebrauch zerkratzt. Der Rabbi warf einen prüfenden Blick auf den Raum und das Mobiliar und entschied sich dann für den Schreibtisch neben dem Fenster mit dem bequemsten Stuhl. Es war ein großer Ledersessel mit einem gepolsterten Rücken und einem drehbaren Sitz, der sich neigte, wenn er sich zurücklehnte. Er stellte mit Befriedigung fest, daß die Schubladen des Schreibtisches leer und einigermaßen sauber waren.

Die Tür öffnete sich, und eine junge Frau, noch keine dreißig, kam herein. Sie war mager und klein, mit einem schmalen, sommersprossigen Gesicht und rötlichblondem Haar. «Oh, ich wußte nicht, daß jemand hier ist, sonst hätte ich angeklopft», sagte sie.

«Das ist schon in Ordnung.»

«Sie müssen der Rabbi sein, der die neue Judaica-Abteilung leiten wird.»

«Ich bin Rabbi Small, David Small.»

«Soll ich Sie Rabbi Small oder Professor Small nennen?»

«Ich reagiere auf beides», sagte er lächelnd.

«Ich bin Sarah McBride, Englische Abteilung.» Sie deutete auf einen Schreibtisch auf der anderen Seite des Raumes. «Diesen Schreibtisch habe ich letztes Jahr benutzt. Ich habe ein paar Papiere in der Schublade gelassen. Vielleicht sind sie noch da.»

«Ich glaube, es ist alles nach oben in das Büro der Englischen Abteilung geschafft worden», sagte er, «aber sehen Sie nach.»

Sie ging zum Schreibtisch und zog die Schublade heraus. «Nein. Verschwunden. Sie sind wahrscheinlich oben, so wie Sie sagen.» Sie lehnte sich an den Schreibtisch und blickte ihn an. «Wie groß wird Ihre Abteilung sein?»

Der Rabbi zuckte die Achseln. «Das wird davon abhängen, wie groß das Interesse für dieses Gebiet ist. Ich fange erst mal alleine an. Ich halte in diesem Jahr einen Kurs und gehe davon aus, daß er so klein sein wird, daß wir uns hier im Büro treffen können, rings um einen Tisch, wie bei einem Seminar, vielleicht. Es wird ein Einführungskurs sein...»

«Wann findet er statt?»

«Er ist vorgesehen für Montag, Mittwoch, Freitag um elf.»

«Um elf habe ich frei. Hätten Sie etwas dagegen, wenn ich bei Ihrem Kurs zuhören würde?»

«Überhaupt nicht. Ich freue mich darüber, Sarah McBride.» Er sprach den Namen genießerisch aus. «Kein jüdischer Name, vermute ich.»

Sie lächelte. «Nein, nicht jüdisch. Vielleicht genau das Gegenteil.»

«Was meinen Sie damit, wenn Sie sagen, Sie wären das Gegenteil von jüdisch?» fragte der Rabbi verblüfft.

«Antisemitisch.» Sie lächelte spitzbübisch.

«Und Sie wollen bei meinem Kurs zuhören...»

«Um herauszufinden, warum», sagte sie rasch.

«Ich begreife nicht.»

«Nun, wissen Sie, ich habe einen geheiratet.»

«Sie haben einen Juden geheiratet?»

«Richtig.»

«Und jetzt leben Sie getrennt? Geschieden?»

Sie schüttelte den Kopf. «Nein, immer noch glücklich verheiratet.»

«Hat Sie ein Rabbi getraut? Ein Priester? Ein Pfarrer?»

«Keiner von den dreien. Ein Friedensrichter. Lew sagte, ein Rabbi würde uns niemals trauen, es sei denn, ich konvertierte, und er sei sicher, auch ein Priester würde alle möglichen Bedingungen stellen, also ...»

«Es störte Sie?»

«Nicht wirklich. Wissen Sie, zunächst hatten wir eine Beziehung.»

«Sie meinen, daß Sie zusammenlebten?»

«Genau.»

«Ohne kirchlichen Segen?»

Sie kicherte. «Was für ein altmodischer Ausdruck.»

«Ja, vermutlich», sagte er mit einem Seufzer. «Und nach einer Weile beschlossen Sie zu heiraten?»

«Das ist richtig. Wissen Sie, wir haben ungefähr ein Jahr zusammengelebt, und alles war prächtig. Also beschlossen wir zu heiraten. Aber es ist nicht dasselbe. In einer Beziehung sind beide Partner frei. Der eine hat keinen Anspruch auf den anderen, also behandelt er den anderen rücksichtsvoll. Wenn Sie aber verheiratet sind, haben Sie einen Anspruch, und wenn er eingefordert wird, ist der andere leicht gekränkt.»

«Ich verstehe Sie nicht.»

«Nun, da wäre zunächst einmal die Sache mit den Wohnungen. Lew ist Anwalt, und er praktiziert in Salem, wo er geboren und aufgewachsen ist. Und er wohnt in Barnard's Crossing. Er hat dort ein Haus gekauft. Ich habe eine Atelierwohnung hier in Boston und kann die Schule zu Fuß erreichen. Als wir noch eine Beziehung hatten, war ich manchmal in Barnard's Crossing – meistens an den Wochenenden und natürlich im Sommer. Und zweimal die Woche kam er in die Stadt, und wir gingen essen und nachher ins Kino. Dann übernachtete er natürlich bei mir. Und wenn ich viel zu tun hatte, sagen wir zur Prüfungszeit, sahen wir uns zwei Tage überhaupt nicht. Ich meine, jedesmal, wenn wir zusammenkamen, war es so, als finge die Liebe von vorn an.

Aber als wir verheiratet waren, glaubte er, wir müßten immer zusammensein. Er will, daß ich meine Wohnung aufgebe und nach Barnard's Crossing ziehe.»

«Ein sehr hübscher Ort, um dort zu wohnen», bemerkte der Rabbi.

«Oh, sicher, aber alles macht keinen Spaß mehr; es ist Gewohnheit und Bequemlichkeit.»

«Und Sie bevorzugen etwas Unbequemes?»

«Nun, für mich ist es nicht so bequem. Ich muß eine Stunde früher aufstehen, um zur Schule zu kommen. Wir haben es eine Zeitlang versucht, aber wenn zwei Menschen viel zusammen sind, gehen sie sich leicht auf die Nerven.»

«Und er begann Ihnen auf die Nerven zu gehen?»

«Nun, der Unterschied unserer Weltanschauungen hat auch damit zu tun. Als wir zusammenlebten, war mir bewußt, daß ich eine Sünde beging. Ich ging zur Beichte, gestand meine Sünde und tat dafür Buße. Aber dies war anders. Das andere konnte man als einen vorübergehenden Drang, als plötzliches Abweichen von der Norm betrachten. Aber Lew zu heiraten, das hieß eine Verpflichtung eingehen. Es beunruhigte mich, und ich ging nicht mehr zur Beichte. Es war, als führte ich eine rein weltliche Ehe und hatte der Kirche den Rücken zugewandt.»

«Hat er dasselbe empfunden?»

«Nicht im geringsten. Wäre es so gewesen, hätte ich mich besser gefühlt. Aber er war höchstens ein bißchen darüber besorgt, was seine Verwandten wohl denken könnten. Seine unbeschwerte Art brachte mich in Rage. Wenn ich etwas Böses dachte, wußte ich sofort, daß ich gesündigt hatte. Aber er nicht. Er hatte erst das Gefühl, gesündigt zu haben, wenn er wirklich etwas Falsches getan hatte. Er sagte, das sei der Glaube der Juden. Stimmt das?»

Der Rabbi nickte langsam und bedächtig. «Ja, denn uns ist bewußt, daß der menschliche Geist einen eigenen Willen hat. Wenn er nicht auf eine bestimmte Idee konzentriert ist, wandert er in zu viele Richtungen. Das gehört zur Natur des Menschen, und wir dürfen nicht gegen die Realität ankämpfen. Wir versuchen weder das Denken noch Bücher zu zensieren. War das der einzige Unterschied?»

«Oh, nein, es gab alle möglichen, sogar das Essen. Nicht, daß er es damit sehr genau nahm. Ich meine, er machte kein Theater mit all diesem koscheren Zeugs und zwei verschiedenen Geschirren, aber es gab Sachen, die er nie essen würde. Wenn wir essen gingen, und ich bestellte Austern als pikante Vorspeise, wendete er sich ab. Er konnte nicht hinsehen, wenn ich sie aß. Und nachdem wir verheiratet waren, und ich machte Frikadellen oder Schweinekoteletts, konnte er sie nicht essen. Er sagte, er wäre nicht hungrig.»

«Anerzogene Eßgewohnheiten sind schwer abzulegen, denke ich», sagte der Rabbi.

«Ja, aber merkwürdigerweise mag er Hummer. Aber nur im Restaurant. Er läßt nicht zu, daß ich sie kaufe und zu Hause koche.»

«Was ist also passiert?»

«Ich behielt meine Wohnung und lebe während der Woche dort, manchmal mit Lew und manchmal allein.»

«Ich verstehe, und weil Sie manchmal mit Ihrem Ehemann nicht auskommen, wurden Sie Antisemitin?»

Sie lachte. «Oh, das habe ich nur behauptet, um Sie auf die Palme zu bringen. Ich dachte, Sie würden sich vielleicht ärgern.»

«Ich verstehe. Und wenn ich grantig geworden wäre, hätten Sie an meinem Kurs nicht teilgenommen?»

«Oh, ich denke schon. Ich will wirklich gern erfahren, was bei euch Juden anders tickt.»

«Tickt?»

«Ja, was euch von uns unterscheidet. Ich denke, es könnte vielleicht daran liegen, daß ihr nicht an Dinge glaubt, an die wir glauben.»

«Das verstehe ich leider nicht.»

«Uns bringt man zum Beispiel bei, daß wir als Kinder an den Weihnachtsmann glauben. Und erst wenn wir vier oder fünf Jahre alt sind, glauben wir nicht mehr an ihn. Kennen Sie so etwas Ähnliches?»

«Nein», erwiderte der Rabbi mit einem Augenzwinkern.

«Gut. Dann lehrt man uns die Geschichte von Adam und Eva. Weil sie den Apfel aßen, wurden alle Generationen der Menschheit in Sünde geboren, und wenn sie nicht getauft werden, müssen sie nach ihrem Tode für immer in der Hölle schmoren. Gewöhnlich sind wir erst im Teenageralter, bevor wir alles verstehen können, und einige von uns glauben weiter an diese Symbole, wenigstens an Sonntagen. Da haben Sie vor uns einen Vorsprung: Sie müssen nicht an etwas glauben, wenn es keinen Sinn ergibt. Für Sie ist das Leben so einfach. Sie müssen nicht den ganzen Tag Angst vor der Hölle haben. Es gab da irgendeinen Heiligen im Mittelalter, der niemals lachte, und er sagte: ‹Mein Herr ist gekreuzigt worden, und ich soll lachen?› Wir müssen mit dem Gefühl leben, daß alles, was uns Spaß und Freude macht, möglicherweise Sünde ist und mit der Hölle bestraft wird. Das wäre nicht so schlimm, wenn Ihre Religion eine aus dem Fernen Osten wäre, sagen wir der Buddhismus, aber unsere leitet sich von der euren ab, und eure Propheten sind auch die unseren. Aber ihr könnt das Leben genießen, wir dagegen nicht. Also sind wir neidisch auf euch. Vielleicht ist das die Ursache für den Antisemitismus.»

Er lächelte. «Und Sie glauben, wenn Sie an meinem Kurs teilnehmen, könnten Sie lernen, nicht zu glauben?»

«Sie nehmen mich auf den Arm», sagte sie, «aber ich denke, ich könnte vielleicht lernen, Lew besser zu verstehen.»

Kapitel 12

Drei der vier Schreibtische und die Tische waren entfernt und ein großer rechteckiger Tisch aufgestellt worden. Man hatte ein Dutzend Stühle um den Tisch gestellt, und der Rabbi rollte seinen Drehstuhl heran. In einer Ecke stand eine Wandtafel. Der Rabbi schrieb seinen Namen darauf und erklärte: «Ich bin Rabbi David Small.»

Er warf einen Blick auf die Namensliste und sagte: «Nach

dieser Liste nehme ich an, daß Sie alle Juden sind.» Er lächelte. «Wir haben also einen *Minjan.*»

«Wir sind nur neun», wandte einer ein.

«Und ich bin der zehnte», sagte der Rabbi. «Der zehnte Mann eines *Minjan* zu sein ist leider eine der Aufgaben des amerikanischen Rabbi geworden.»

«Aber zwei sind Mädchen», widersprach derselbe Student.

«Stimmt, aber das ist im liberalen Judentum durchaus in Ordnung. Und sollten Orthodoxe unter Ihnen sein, gibt es keinen Grund zur Mißbilligung, weil wir nicht hier sind, um zu *dawenen*, sondern um zu studieren.»

In diesem Augenblick öffnete sich die Tür, und Sarah McBride trat atemlos ein. «Entschuldigung», sagte sie, «aber ich wurde aufgehalten.»

«Das ist schon in Ordnung», sagte der Rabbi. «Das ist Mrs. McBride, die, wie manche von euch vielleicht wissen, zur Englischen Abteilung gehört. Sie wird bei dem Kurs unser Gast sein. Und jetzt werde ich Ihre Namen vorlesen, und Sie stehen bitte auf oder heben die Hand, wenn Ihr Name genannt wird.»

Er stellte nicht ohne Interesse fest, daß einige derjenigen, die jüdische Vornamen hatten, diese nicht anglisiert hatten. Moische wurde nicht zu Morris oder Maurice wie noch vor einer Generation oder zu Moses, wie es vor mehreren Generationen gewesen war, und Izhak wurde nicht zu Isaak oder Isidor oder Irwin. Er dachte zuerst, das deute auf ein größeres Selbstbewußtsein hin, bis ihm einfiel, daß Spanier dazu neigten, bei José zu bleiben und die Italiener Mario den Vorzug vor Mark gaben.

«Ich habe diese Tafel aufstellen lassen, damit ich hin und wieder etwas für Sie notieren kann, das Sie abschreiben können – meistens werden es die Namen von Büchern oder Schriftstellern sein. Aber im Augenblick wäre es mir lieber, wenn Sie sich keine Notizen machen würden. Am Anfang möchte ich, daß jeder von Ihnen kurz niederschreibt, welche religiöse Erziehung er genossen hat. Listen Sie auf, welche religiösen Schulen oder Sonntagsschulen Sie besucht haben, wie lange und welchen Stoff Sie behandelt haben.»

«Und wenn wir keine besucht haben?»

«Dann schreiben Sie das natürlich hin. Aber Sie könnten zu Hause unterwiesen worden sein. Ich möchte, daß Sie mir davon berichten.»

«Wie lang soll der Aufsatz sein?»

«Zu welchem Termin?»

«Hören Sie», sagte der Rabbi, «wir wollen daraus keine große Sache machen. Der Text kann so lang sein, wie Sie wollen: ein Dutzend Seiten oder eine einzige Seite oder nur ein Absatz. Ich will keinen Essay über Ihre persönliche Religion, nur einen Hinweis auf Ihre Kenntnisse über das Judentum. Und, nebenbei gesagt, Sie brauchen nicht die Hand zu heben, wenn Sie etwas sagen oder eine Frage stellen wollen. Wir sind hier wie ein Ausschuß, der eine Sitzung abhält, und darum sollte die übliche Höflichkeit genügen, die Sie in einer kleinen Gruppe normalerweise befolgen würden. Lassen Sie mich jetzt erklären, was ich in diesem Kurs vorhabe. Ich möchte die grundlegenden jüdischen Ideen erklären, über die sich sachkundige – nicht unbedingt gelehrte – Juden im allgemeinen einig sind. Sachkundige, nicht gelehrte Juden. Diese Unterscheidung ist wichtig.

Wir sind ein altes Volk mit einer mehrere tausend Jahre alten Geschichte, und weil wir Diskussion und Widerspruch niemals mißbilligt, geschweige denn verboten haben, ist es unvermeidlich, daß es viele verschiedene Ansichten darüber gibt, was Juden glauben sollten. Aber der Grundcharakter des Glaubens geht über Meinungsverschiedenheiten hinweg, und unsere elementaren Glaubensanschauungen sind dieselben. Unsere Religion beginnt mit Kapitel 20 im Exodus und ...»

«Beginnt sie nicht mit der Genesis, mit Adam und Eva?»

Der Rabbi lächelte. «Nein, das sind Mythen und Sagen, die versuchen, unseren Ursprung auf Erden zu erklären. Alle Menschen möchten zwei Dinge wissen: Wie die Menschen hier auf die Erde gekommen sind und wie das Böse entstand. Die alten Griechen zum Beispiel führten den Ursprung des Menschen auf Prometheus zurück und erklärten die Anwesenheit des Bösen mit der Sage von Pandoras Büchse. Es ist vielleicht bezeichnend, daß wir es mit dem Ungehorsam gegenüber Gottes Geboten erklären. Die Geschichten von Abraham, Isaak und Jakob und später Joseph haben jedoch eine gewisse historische Gültigkeit. Auf jeden Fall glauben wir, daß wir von den sogenannten Vätern abstammen, genauso wie wir glauben, daß wir von Gott auserwählt sind, ein Licht unter den Völkern zu sein.»

«Glauben Sie das?»

Der Rabbi zuckte die Achseln. «Jedes Volk pflegt im Hinblick auf den Rest der Welt ein besonderes Sendungsbewußtsein. Die Griechen glaubten, sie allein wären zivilisiert und alle anderen Völker seien Barbaren oder Wilde. Die Römer hielten es für ihre Pflicht, die Segnungen Römischen Rechts und Römischer Ordnung über den Rest der Welt zu verbreiten. Die Spanier sahen es als ihre Aufgabe, den Katholizismus auszubreiten, und die Engländer meinten, daß sie die Vorteile des Viktorianismus auf Indien oder Afrika übertragen müßten. Unser eigenes Land glaubt an seine Mission, die Demokratie verbreiten zu müssen, genauso wie erst kürzlich die Russen die Verbreitung des Kommunismus als ihre Aufgabe ansahen. Und dann ist da der Islam, der ebenfalls meint, eine besondere Mission zu haben. Der große Unterschied besteht darin, daß uns aufgetragen wurde, durch die Kraft des Beispiels zu wirken, nicht durch das Schwert. Es mag Ihnen lächerlich vorkommen, daß ein Allmächtiger Gott aus der Menschheit eine bestimmte Gruppe auswählte, aber Tatsache ist, daß diese Gruppe es glaubte und mehr oder weniger danach handelte.»

Ein Student fragte vorsichtig: «Ist das die offizielle Meinung?»

«Was meinen Sie mit ‹offiziell›?» fragte der Rabbi.

«Nun ja, die abgesegnete Version der jüdischen Kirche oder der Synagoge.»

«Wenn Ihnen ein offizielles Glaubensbekenntnis vorschwebt», erwiderte der Rabbi, «dann lassen Sie sich sagen, daß wir keines haben. Jede Synagoge ist autonom. Und jeder Jude interpretiert das Gesetz, wie er es für richtig hält. Wir haben Gesetze, die unseren Umgang mit anderen regeln, aber wir sind frei, unseren Verstand ohne Einschränkung oder Zensur zu gebrauchen. Ein anderer Rabbi oder irgendein anderer Jude findet meine Interpretation vielleicht völlig unannehmbar, aber er würde mein Recht auf meine Meinung nicht bestreiten.»

«Und Frauen, haben sie das Recht, das Gesetz zu interpretieren?» fragte eine der Studentinnen.

«Sie sind Ms. Goldman? Das ist keine faire Frage, sie wurde nicht gestellt, um mir eine eindeutige Antwort zu entlocken sondern um auf die Diskriminierung von Frauen im Judentum hinzuweisen. Die Diskriminierung wird gern in solchen Dingen wie der Trennung der Geschlechter in der Synagoge gesehen...»

«Die Frauen müssen auf einem Balkon, noch dazu hinter einem Vorhang sitzen», sagte Ms. Goldman empört.

«Nur in orthodoxen Synagogen», erklärte der Rabbi, «und außerdem in altmodischen. Man glaubte, der Anblick der Frauen könnte die Männer von ihren Gebeten ablenken. Man könnte auch sagen, das sei schmeichelhaft für die Frauen. Es ist noch gar nicht lange her, daß praktisch alle Colleges entweder nur Männer oder nur Frauen zuließen; bloß staatliche Colleges kannten die Koedukation.»

«Mein Großvater erzählte, daß auch in den Public Schools die Geschlechter getrennt waren», warf ein Student ein. «Die Mädchen saßen auf der einen, die Jungen auf der anderen Seite des Klassenzimmers.»

«Ja, da war eine Abbildung in dem Lehrbuch, das wir letztes Jahr benutzten», sagte ein anderer.

Der Rabbi nickte. «Genügt Ihnen das als Erklärung, Ms. Goldman? Wenn Sie die Sache eingehend betrachten, werden Sie feststellen, daß die Frauen im Judentum eine Stellung haben, die viele als bevorzugt ansehen würden. Das Herz unserer Religion schlägt nicht in der Synagoge, sondern zu Hause, und dort herrscht eindeutig die Frau. Und dann ist da noch die Sache mit der *Ketuba*. Weiß jemand, was eine *Ketuba* ist?»

«Es ist ein Ehevertrag, oder?» sagte ein Student.

«Das ist richtig, Mr. ... äh?»

«Ritter. Ascher Ritter.»

«Sie haben ganz recht, Mr. Ritter. Aber es ist ein einseitiger Vertrag. Er zählt die Pflichten des Bräutigams auf und die Versprechen, die er der Braut macht, aber es gibt keine entsprechende Liste von Verpflichtungen und Versprechungen der Braut gegenüber dem Bräutigam.»

«Aber er kann sich von ihr scheiden lassen, wenn er will», sagte die andere Studentin.

«Nur dann, wenn sie bereit ist, die Scheidungsurkunde anzuerkennen, Ms. Sachs. Das gilt seit der Gesetzgebung des Rabbi Gershom im elften Jahrhundert. Ursprünglich waren wir, wie alle anderen Gesellschaften der damaligen Zeit, eine polygame Gesellschaft. Aber wir haben unsere Gesetze geändert oder sie neu interpretiert, um sie modernen Denkweisen anzupassen. Und diese Veränderungen geben uns einen Einblick in das allgemeine Verhalten unseres Volkes.

In diesem Kurs geht es nicht in erster Linie um Deutung oder Forschung, sondern um das Denken. Vieles, von dem, was wir wissen oder zu wissen glauben, gründet sich auf etwas, das wir gehört oder gelesen haben. Ich glaube, das ist das Problem bei der modernen Wissenschaft und dem Collegestudium bis zur Promotion. Ich werde Sie auffordern, über den Stoff, mit dem wir uns befassen werden, nachzudenken, anstatt auswendig zu lernen, was irgend jemand darüber gesagt hat. Also wäre es mir lieber, wenn Sie sich keine Notizen machen würden. Hören Sie auf das, was ich sage oder was einer Ihrer Klassenkameraden sagt. Und haben Sie keine Angst, mir zu widersprechen. Ich werde es als Kompliment ansehen, wenn Sie nachdenken und zu einer anderen Schlußfolgerung kommen.»

Er hielt inne und blickte sie an, um zu sehen, ob sie ihn verstanden hatten. «Und um Ihnen Gelegenheit zum Üben zu geben, hier ist Ihre Aufgabe für das nächste Mal...»

«Sie haben uns bereits eine Aufgabe fürs nächste Mal gegeben.»

«Das war keine richtige Aufgabe; bloß eine Gelegenheit für Sie, sich mir vorzustellen. Aber gut, diese Aufgabe ist für Montag in einer Woche. Ich möchte, daß Sie sich ein wenig an dem Stoff versuchen, den wir behandeln werden. Laut Jesaja sollen wir das Licht unter den Völkern sein. Also, sind wir es gewesen? Ich möchte, daß Sie darüber nachdenken und sich vorbereiten, bei unserem Treffen am Montag darüber zu diskutieren.»

Während sie das Klassenzimmer verließen, unterhielten sich die Studenten über die Klasse und den Rabbi. «Was meinst du? Glaubst du, er wird uns arbeiten lassen?»

«Hm, der Bursche, der meinen Studienplan unterschrieben hat, mein Berater, sagte, er glaube nicht, daß der Rabbi es uns leichtmachen würde.»

«Hör mal, es ist nur ein Einführungskurs. Wenn du auf der hebräischen Schule gewesen bist, was kann er dir beibringen, was du nicht schon weißt?»

«Warum dann den Kurs belegen?»

«Nun, vielleicht packt er es ja ganz anders an. Außerdem wird es meinem alten Herrn gefallen.»

«Da hast du recht. Kann sein, daß ich meiner Mutter davon erzähle, Sie kann dann in ihrer Bridge-Runde damit angeben.»

Kapitel 13

Sarah McBride blieb zurück, um sich für ihre Verspätung zu entschuldigen. «Tut mir leid, daß ich mich verspätet habe, Rabbi, aber am ersten Unterrichtstag ist im Englisch-Büro der Teufel los. Ich schätze, in den anderen Büros ist es genauso. Aber Professor Kent wollte unbedingt ein Buch haben, einen Katalog oder so was, und ich hatte gerade Zeit.»

«Er hatte mächtig zu tun, wie?»

«Nein, er war bloß mächtig herrisch. Gewöhnlich spielt Professor Miller seinen Dienstboten, aber Miller ist Studienberater für die Buchstaben *L* bis *P*, und er soll die Studienpläne der Studenten prüfen, um zu beurteilen, ob sie für die Kurse, die sie belegt haben, qualifiziert sind. Also konnte er nicht weg.»

«Professor Kent ist der Leiter Ihrer Abteilung?»

«Nein, das ist Bob Sugrue. Professor Kent ist – nun ja, eine wichtige Persönlichkeit. Ich weiß nicht, warum. Ich bin noch ziemlich neu hier, aber aus der Art, wie er sich verhält und wie die anderen sich ihm gegenüber verhalten, läßt sich schließen, daß er wichtig ist.»

«Und Professor Miller ist sein Assistent?»

«Ich glaube, nicht offiziell, aber sie sind häufig zusammen.» Sie warf einen Blick auf ihre Uhr. «Oh, ich muß mich beeilen, wenn ich noch etwas zu essen kriegen will. Ich habe einen Kurs um eins. Was ist mit Ihnen? Gehen Sie in die Cafeteria?»

«Ich fürchte, nein. Ich kann nicht...»

«Oh, Sie müssen ja koscher essen. Aber es gibt dort Salate und Suppen. Die sind doch in Ordnung, oder?»

«Vermutlich, aber wenigstens heute werde ich bloß ein Sandwich essen, das mir meine Frau gemacht hat.»

«Gut, dann gehe ich.» An der Tür blieb sie stehen. «Oh, Professor Fine hörte, daß ich bei Ihrem Kurs Gast bin, und bat mich, Sie zu grüßen und Ihnen auszurichten, daß er vorbeikommen wird. Er ist auch Berater. Sie kennen ihn, nicht wahr?»

«Er hat ein Mädchen aus Barnard's Crossing geheiratet, und ich habe die Hochzeitszeremonie vollzogen.»

Er hatte kaum sein Sandwich verspeist, als Professor Roger Fine den roten Kopf durch die Tür steckte und rief, als der Rabbi die Plastikverpackung seines Sandwiches zerknüllte: «Glückwunsch, Rabbi. Sind wir also wieder Kollegen! Ich sehe, daß Sie mit Ihrem Lunch fertig sind. Wollen wir nicht in der Fakultäts-Cafeteria eine Tasse Kaffee trinken?» Der Rabbi stand auf. «Hört sich gut an.» Und als sie der Tür zustrebten, fragte er Fine: «Brauchen Sie Ihren Stock nicht mehr?»

«Nur bei größeren Entfernungen. Ich brauche ihn, wenn ich herkomme und wenn ich heimgehe, aber nicht im Gebäude. Bei Gott, ich kann jetzt eine Tasse Kaffee gut vertragen. Im Englisch-Büro steht eine elektrische Kaffeemaschine, aber die Tassen sind nie richtig gewaschen, bloß ausgespült, und außerdem will ich von meinem Schreibtisch weg. Ich bin Studienberater – für alle Studenten, deren Namen mit *A* beginnen, bis zum Buchstaben *E*. Studenten aus den Oberklassen wissen besser Bescheid, aber die Anfänger glauben, daß ich da bin, um ihnen wirklich einen Rat zu geben. ‹Ich möchte mich mit der Umwelt beschäftigen, soll ich Französisch oder Spanisch belegen?› Heutzutage geht's allen um die Umwelt, um Wale und Delphine und die getüpfelte Eule.»

«Ich schätze, jede Generation muß ihr eigenes Thema haben. Zu meiner Zeit waren es die Bürgerrechte und die Schwarzen», bemerkte der Rabbi.

Die Fakultäts-Cafeteria war fast leer, als sie ankamen.

«Kaum Leute hier», stellte der Rabbi fest. «Liegt's am Essen?»

«Oh, nein. Es liegt an der Zeit. Um die Mittagszeit hätten Sie Mühe, einen Tisch zu finden. Aber gegen eins ist es wie jetzt, so gut wie leer. Gegen drei wird es noch mal voll, und das geht bis sieben, wenn die Spätnachmittags- und Abendkurse laufen.»

«Kurse am späten Nachmittag, eine besondere Gruppe?»

«O ja. Weiterbildungskurse. Meistens Schullehrer. Wenn sie Kurse nehmen, bekommen sie mehr Gehalt und erhöhen ihr Ansehen. Und weil wir leicht erreichbar sind, vor allem mit der Straßenbahn, haben wir reichlich Zulauf. Natürlich kommen auch Leute zu uns, die keine Lehrer sind, zum Beispiel Pensionäre.»

Sie gingen zur Theke, nahmen ihren Kaffee in Empfang und setzten sich an einen kleinen Tisch in der Mitte des Raumes. Ein weiteres Paar trat ein, und Fine murmelte: «Das komische Gespann.»

Der Rabbi sah auf. «Das komische Gespann?»

«Ja, Miller und Kent. So nennen wir sie. Sie sind immer zusammen.»

Professor Kent nahm ihre Anwesenheit mit einem Nicken zur Kenntnis, doch sein jüngerer Begleiter, Professor Miller, winkte und rief: «Hallo, Roger!». Statt sich zu ihnen zu setzen, marschierte Professor Kent entschlossen in die entfernte Ecke des Raumes, während Miller zur Theke ging, um für beide Kaffee zu holen.

«Komisch wegen des Altersunterschiedes?»

«Nun ja, auch deswegen. Aber Kent gibt ständig damit an, welche wichtigen Leute er kennt, weil er mit der letzten Clark verheiratet war, und Miller ist ein Niemand aus North Dakota oder Nebraska. Aber ich kann Miller irgendwie verstehen. Kent wohnt in dem großen Haus an der Ecke und war mit Matilda Clark verheiratet, also glaubt Miller, er gehöre jetzt auch zu den höheren Kreisen. Und er glaubt, Kent habe ihm die Festanstellung verschafft, und ist darum dankbar.»

«Und hat er ihn durch Kents Einfluß bekommen?»

Fine zuckte die Achseln. «Ich weiß es nicht. Laut Bob Sugrue, unserem Chef, der mit einem Mitglied des Treuhänderausschusses befreundet ist, behandelt das College Kent mit Samthandschuhen, wegen des Hauses, in dem er wohnt. Es wurde dem College von seiner Frau testamentarisch vermacht, aber Kent kann alles über den Haufen werfen; Wittumsrechte oder so was. Also lassen Sie ihn im Amt, obwohl er das Pensionsalter längst überschritten hat. Und wenn sich ein weibliches Mitglied der Abteilung über sexuelle Belästigung beklagte, weil er ein alter Lustmolch ist, war es die Frau, die gehen mußte. Wir hatten drei Frauen, und jetzt haben wir nur noch eine, Sarah McBride. Und ich warte auf den Tag, an dem Lew ihn aufsucht und ihm droht, er würde ihm den Arm brechen, wenn er nicht aufhöre, seine Frau zu begrabschen.»

Kapitel 14

Als das Internationale Fernlehrinstitut mit Hauptsitz in St. Louis beschloß, in London eine Zweigstelle einzurichten, verfolgte man die Hoffnung, diese vielleicht zur Zentrale zu machen, weil London seriöser klang als St. Louis. Michael Canty, der, seit er vor fünf Jahren die High School abgeschlossen hatte, bei der Gesellschaft gearbeitet hatte, war es gelungen, sich in die kleine Truppe einzuschmuggeln, die über den Teich geschickt wurde. Er hatte als Bürojunge angefangen und arbeitete inzwischen als niederer Angestellter im Schriftverkehr. Während er vorher Botengänge gemacht, Akten abgelegt, Staub gewischt hatte und Kaffeeholen gegangen war, korrigierte er jetzt Prüfungsunterlagen und schrieb Briefe. Für keine dieser Tätigkeiten waren besondere Kenntnisse erforderlich: Die Antworten der Studenten wurden mit den richtigen Antworten verglichen; und die Briefe bestanden aus vorgefertigten Abschnitten, die zu einem ermunternden oder lobenden Brief zusammengefügt wurden. Er mietete ein Zimmer in einer Pension, nicht weit vom Büro entfernt. Dort befand sich eine Doppelkochplatte und sogar ein paar Töpfe und etwas Geschirr, aber abgesehen von einer gelegentlichen Kanne Tee, aß er in einem der zahlreichen Pubs oder billigen Restaurants in der Nähe. Am Abend suchte er sich eine kostenlose Unterhaltung, einen Vortrag, einen Gottesdienst oder besuchte die Zuschauergalerie des Unterhauses, wenn das Parlament tagte. Bei seinem Gehalt konnte er sich keinen Besuch in einem Theater oder Nachtclub leisten. Gelegentlich gelang es ihm, die Bekanntschaft eines Mädchens zu machen, und hin und wieder konnte er eines überreden, eine Nacht mit ihm zu verbringen.

Gelegentlich wurde sein Gehalt erhöht, aber das war kaum der Rede wert, denn das Unternehmen florierte nicht. Als man nach sieben Jahren beschloß, die Londoner Zweigstelle zu schließen, wohnte Mike Canty noch immer in derselben Pension.

Er selbst jedoch hatte sich verändert. Mit der Zeit hatte er seinen aufdringlichen Midwestern-Akzent abgelegt, zuerst unbewußt und dann bewußt, als ihm klar wurde, daß der Akzent in England gesellschaftliche Bedeutung hatte. Besonders unzufrieden war er mit seinem Namen Mike Canty. Er hatte das Gefühl, er klinge zu sehr nach Unterschicht. Er probierte die Nachnamen Canté und Cantay. Schließlich änderte er ihn in Malcolm Kent.

Er hätte nach St. Louis zurückkehren können und war sich ziemlich sicher, daß man ihm in diesem Fall einen Posten in der Zentrale anbieten würde. Aber er hatte mehr als zehn Jahre bei dieser Gesellschaft gearbeitet, und was hatte ihm das eingebracht? Andererseits, welche Aussicht hatte er als Amerikaner, eine Stellung bei einer englischen Firma zu bekommen? Nein, er würde in die Staaten zurückkehren, aber nicht nach St. Louis, sondern nach New York oder Boston oder Philadephia, in irgendeine Stadt an der Küste. Schließlich entschied er sich für Boston, weil es dorthin von Heathrow einen Direktflug gab und weil er gehört hatte, Boston sei so etwas wie eine englische Stadt.

Er fand ein Zimmer auf Beacon Hill und verbrachte ein paar Tage damit, die Stadt zu erkunden. Es war Ende August und das Wetter mild. Bewaffnet mit einem Stadtplan, besuchte er die öffentlichen Gärten, die Esplanade und den städtischen Park, wo Leute hinter tragbaren Pulten standen und Passanten Vorträge über Marxismus, streitbares Christentum oder die Erde als Scheibe hielten, genauso wie im Londoner Hyde Park.

Doch es wurde ihm rasch klar, daß er eine Arbeit finden mußte. Er studierte die Stellenangebote in den Zeitungen und suchte alle Stellenvermittlungen auf, die er in den gelben Seiten des Telefonbuches finden konnte.

Er hatte nichts gelernt, genaugenommen verfügte er über keinerlei Fertigkeiten. Für Schreibarbeiten nahm man lieber Frauen. Für Arbeiten, die körperliche Kraft oder Zähigkeit erforderten, war er nicht gebaut. Seine Körpergröße lag ein wenig unter dem Durchschnitt, und er war hager und knochig. Sein schmales Gesicht mit den tiefliegenden Augen, der kurzen geraden Nase und dem ausgeprägten Kinn war anziehend, ja sogar markant, aber es verschaffte ihm keine Stellung.

In einer Reihe von Anzeigen wurden Handelsvertreter gesucht, doch sie wurden meistens auf Kommissionsbasis bezahlt und mußten in der Regel einen Wagen besitzen.

In der Sonntagszeitung bemerkte er eine kleine, unscheinbare Anzeige der «Williams Lehrervermittlung, Geschäftsführerin Ada Williams». Er entdeckte keinen Hinweis, daß Stellen verfügbar waren, und vermutete, daß man eine Gebühr zahlen mußte, wenn man sich eintragen ließ. Doch als er sich eines Tages in der School Street befand, wo die Vermittlung ihr Büro hatte, beschloß er nachzufragen. Schließlich war ihm der Lehrbetrieb nicht fremd, dachte er.

Die Vermittlung bestand aus zwei Räumen: Im Vorzimmer, das vermutlich von einer Sekretärin benutzt wurde, stand ein Schreibtisch, einige hölzerne Armsessel. Aber es war Mittag, und sie war möglicherweise gerade zum Lunch gegangen. Die Tür zum eigentlichen Büro stand offen, und eine große, stattliche Frau saß hinter einem Mahagonitisch, bat ihn hereinzukommen und Platz zu nehmen. Er erklärte ihr, daß er für ein

Fernlehrinstitut in London gearbeitet, sich jedoch mit dem persönlichen Unterrichten nie befaßt hätte. Er ließ durchblicken, daß er Lektionen und Prüfungen ausgearbeitet hatte, obgleich seine Arbeit in Wirklichkeit reine Schreibarbeit gewesen war.

«Ihr Fachgebiet war Englisch?»

«Ja, Sprache und Literatur.»

«Haben Sie je Kurse in Pädagogik besucht?»

«Pädagogik?»

Sie lächelte. «Ich sehe, daß das nicht der Fall ist. Dann können Sie leider nicht an einer Public School unterrichten, nicht in diesem Staat, denn dazu brauchen Sie eine pädagogische Ausbildung.» Er sah so enttäuscht aus, daß sie hinzufügte: «Sie könnten natürlich einen Weiterbildungskurs an einem unserer Colleges belegen oder zur Sommerschule gehen.»

«Aber dann wäre ich erst nächstes Jahr qualifiziert.»

«Für ein College ist natürlich keine pädagogische Ausbildung erforderlich und auch nicht für Privatschulen. Colleges verlangen in der Regel jedoch einen akademischen Grad», sagte sie.

«Und Privatschulen?»

«Die zahlen leider nicht sehr viel.»

«Das macht mir nichts aus. Für mich wäre es ein Anfang, und ich könnte die Erfahrung nutzen, wenn ich mich um eine andere Stelle bewerbe. Es ist einfach so, daß ich gern etwas anpacken möchte.»

Sie nickte, um ihr Mitgefühl zu zeigen, denn er wirkte so eifrig, so begierig. «Es ist spät im Jahr, und im Augenblick habe ich keine Stelle in meiner Kartei. Natürlich könnte sich in letzter Minute etwas ergeben: Ein Lehrer wird krank oder scheidet wegen einer anderen Stelle aus.» Sie zögerte einen Augenblick und verdrängte dann mit einem entschiedenen Kopfschütteln einen Gedanken, der ihr in den Sinn gekommen war. Dann sagte sie: «Aber die Chancen, daß eine Stellung hereinkommt, sind so minimal, daß ich glaube, es würde sich für Sie nicht einmal lohnen, sich vormerken zu lassen. Die Gebühr beträgt zehn Dollar, aber ich nehme nicht an...»

«Nicht, wenn es so unwahrscheinlich ist.» Er stand auf. «Ich danke Ihnen, daß Sie sich die Zeit genommen haben.»

«Dazu bin ich da.»

Er war an der Tür, als sie rief: «Oh, Mr. Kent, mir ist da gerade etwas eingefallen.»

Er drehte sich erwartungsvoll um.

«Ich war vor zwei Wochen auf einer Konferenz und traf dort auf Millicent Hanbury vom Windermere College. Sie erwähnte, die Zahl der Einschreibungen steige und daß sie vielleicht einen weiteren Lehrer für die englischen Anfängerkurse braucht. Windermere gehört nicht zu meinen Klienten, und sie bat mich nicht darum, einen Lehrer zu finden. Ich bin nicht sicher, ob sie weiß, daß ich eine Lehrervermittlung betreibe. Aber es wäre eine Chance. Es war früher ein Mädchenpensionat, eine Art Junior College. Es hatte ein sehr kleines festes Lehrerkollegium. Die meisten Kurse wurden von hiesigen High-School-Lehrern abgehalten, die eine oder zwei Klassen unterrichteten und dann an ihre normalen Schulen zurückkehrten. Dann wurde es ein Vierjahrescollege für Mädchen, und ich schätze, daß sie höhere Anforderungen stellten. Dann führten sie die Koedukation ein, und die Zahl der Einschreibungen wuchs. Das College liegt in der Innenstadt an der Clark Road, in der Nähe des Kenmore Square.»

«Soll ich zuerst anrufen und um einen Termin bitten?»

«Wenn Sie anrufen, wird die Sekretärin Sie wahrscheinlich abwimmeln. Warum gehen Sie nicht einfach hin?»

«In Ordnung, das werde ich.»

«Falls Sie einen Posten bekommen sollten, Mr. Kent, unsere Gebühr beträgt zehn Prozent vom ersten Jahresgehalt.»

«Die werde ich mit großem Vergnügen bezahlen.»

«Und natürlich die zehn Dollar Eintragungsgebühr.»

Die Möglichkeit, geschweige denn die Wahrscheinlichkeit, daß er einen Posten bekam, so dachte er, war vage, sonst hätte Ada Williams die Zehndollargebühr sofort von ihm verlangt. Aber da der Tag warm und angenehm war, konnte er ebensogut zum Kenmore Square gehen; er hatte ja sonst nichts zu tun.

Während er dahinschlenderte, dachte er über das Gespräch nach. Wenn es einen Job gab und er eine Chance hatte, würde er zweifellos nach seinem letzten College und seinem akademischen Grad gefragt werden. Das war so gut wie sicher, wenn auch nur aus dem Grund, daß diese Informationen neben seinem Namen im Vorlesungsverzeichnis erscheinen mußten. Also beschloß er zu lügen.

Er hatte das Gefühl, daß es ziemlich ungefährlich war. Wenn man ihn nach seinem Diplom oder seiner Examensurkunde fragte, würde er behaupten, daß sie sich in seinem Überseekoffer befänden, der mit dem Schiff von England unterwegs sei. Würden sie die Universität anrufen oder ihr ein Telegramm schicken? Höchst unwahrscheinlich, aber sie könnten einen Brief schreiben. Es würde eine Woche dauern, bis der Brief in England ankam, und Wochen, vielleicht Monate, bis die Universität antworten würde. Selbst dann, wenn man ihm den Brief der Universität unter die Nase hielt, konnte er immer noch erklären, daß er seinen Namen von Michael Canty in Malcolm Kent geändert habe und der akademische Grad seinem Geburtsnamen zuerkannt worden sei. Die Korrespondenz würde weitergehen, und wenn sie schließlich beendet war, würde das Semester so weit vorgeschritten sein, daß man nicht wagen würde, ihn rauszuwerfen.

Clark Street war eine kurze, dreispurige Straße mit einer Reihe dreigeschossiger rötlichbrauner Sandsteinhäuser auf jeder Seite. Sie waren alle gleich groß, mit Ausnahme eines Eckhauses, das beinahe doppelt so groß wie die anderen zu sein schien. Doch zunächst beanspruchte das Gebäude mit der Aufschrift «Verwaltung» sein Interesse, und er ging direkt darauf zu.

Er bemerkte sofort, daß sein englischer Akzent auf Millicent Hanbury anziehend wirkte. «Miss Eastland ist die Leiterin der Englischen Abteilung», sagte sie, «und normalerweise wäre sie diejenige, die mit Ihnen sprechen würde, aber sie ist nicht da und wird erst einen Tag vor Schulbeginn zurück sein, also hat sie mich gebeten, einen Kandidaten auszusuchen. Es geht nur um die Englischkurse für Anfänger, und es ist natürlich keine Dauerstellung.»

«Ich werde sie nehmen, wenn ich sie bekomme», sagte er.

«Und Sie haben Ihr Examen gemacht am ...?»

«Londoner Polytechnikum.»
«B. A. oder B. S.?»
«B. A., aber meinen Magister habe ich an der Universität Liverpool gemacht», setzte er hinzu, um alles komplizierter zu machen.

Die Lehrer, die Englisch für Anfänger unterrichteten – sie waren keine Professoren –, hatten ein eigenes Büro, weil zu dem Kurs Besprechungen mit Studenten über ihre Aufsätze gehörten. Die Tatsache, daß die Englischlehrer ein Büro teilten, führte zu einer engen Verbrüderung. Sie unterhielten sich häufig über ihre jeweiligen Schulen, über Professoren, bei denen sie studiert hatten, oder über die verschiedenen Voraussetzungen für das Hochschulstudium.

Kent hingegen hielt sich gern abseits von seinen Kollegen. Wenn man ihm eine direkte Frage stellte, pflegte er sie einsilbig zu beantworten. Und er lungerte nicht im Büro herum, es sei denn, er wartete auf einen Studenten. Statt dessen besuchte er die Schulbibliothek und las oder schlenderte an den Regalen entlang und zog ein Buch heraus, das ihm interessant erschien. Seine Kollegen führten seine Zurückhaltung auf die Tatsache zurück, daß er ein bißchen älter war – sie hatten ihren Abschluß erst im vorigen Jahr gemacht – oder weil er vielleicht ein Engländer war. Einige hielten ihn für einen geborenen Miesepeter, andere meinten, er verbringe so viel Zeit in der Bibliothek, weil er dort Forschungen betreibe. Jedoch der wirkliche Grund, warum er sich mit ihnen nicht auf eine Unterhaltung einließ, war seine Furcht, er könne etwas sagen, das darauf schließen ließ, daß er nie an einem College gelehrt hatte. Das war unangenehm für ihn, denn er war von Natur aus gesellig und gesprächig. Folglich setzte er sein Londoner Leben fort: Er besuchte Vorträge, Konzerte und Abendgottesdienste der örtlichen Kirchen.

Nach ein paar Jahren stieg er vom Lehrer zum Assistenzprofessor auf. Jetzt, als Professor Kent, unterrichtete er sowohl englische Literaturgeschichte als auch Englisch für Anfänger. Im Laufe der Jahre hatte sich das Prestige der Schule stetig, wenn auch beinahe unmerklich, verbessert. Wer in den Lehrkörper aufgenommen werden sollte, mußte zumindest einen Doktortitel aufweisen, und nach einer Weile erwartete man in zahlreichen Abteilungen auch, daß der Dozent zum Nachweis seiner wissenschaftlichen Befähigung in wissenschaftlichen Zeitschriften publizierte. Das Niveau der Schule, das früher dem der örtlichen Junior Colleges entsprochen hatte, sollte dem eines staatlichen Vierjahrescolleges ebenbürtig sein. Dann trat der Direktor, Allen Treadwell Chisholm, in den Ruhestand, und Donald Macomber, ein Historiker von einigem Ansehen, trat an seine Stelle. Obgleich die Schule immer noch als Ausweichmöglichkeit für Studenten galt, die nicht zu den Eliteschulen der Gegend zugelassen wurden, zog sie auch Studenten an, für die sie die erste Wahl war, einerseits, weil die Studiengebühren niedrig waren, andererseits, weil die Zulassungsbedingungen einfacher waren.

Aber während sich der Status des Colleges verbesserte, verschlechterte sich zugleich das Image von Kent. Als er zum Lehrkörper gestoßen war, hatte er theoretisch mit den anderen Mitgliedern der Abteilung, die entweder High-School-Lehrer oder Lehrer an örtlichen Colleges gewesen waren, mehr oder weniger auf derselben Stufe gestanden. In der Englischen Abteilung hatte es keinen Dr. phil. gegeben; der Direktor war ein High-School-Rektor und Millicent Hanbury die Leiterin der Abteilung Leibeserziehung gewesen.

Doch mittlerweile besaßen fast alle Professoren den Doktortitel, und die meisten hatten in wissenschaftlichen Zeitschriften veröffentlicht. Es gab sogar einige, die von ihren Kollegen an anderen Colleges hochgeschätzt wurden. Und Professor Kent? Er blieb im Amt, weil es keinen Grund gab, ihn zu entlassen. Und dann begegnete er Matilda Clark. Sie war die Urenkelin von Ezra Clark, der die braunen Sandsteinhäuser an der Straße hatte bauen lassen, die nach ihm benannt war, und der nicht nur einer der Gründer Windermeres, sondern der Stifter eines der Häuser in der Clark Street gewesen war, des größten Schulgebäudes des Colleges. Matilda Clark war eine unverheiratete Frau, mit fünfzig Jahren fast sechs Jahre älter als er und wohnte in dem großen Eckhaus, in dem sie geboren worden war.

An einem kalten Wintertag, als er über die Clark Street ging und sich gegen den Wind vorwärts kämpfte, sah er, wie sie sich an das Treppengeländer zu ihrem Haus klammerte. Er eilte hinzu und fragte, ob er ihr helfen könne. Sie nickte dankbar, und er half ihr die Treppe hinauf. Sie gab ihm ihren Schlüssel, und er schloß die Tür auf. Als sie im Gebäude waren, bot sie ihm voll Dankbarkeit eine Tasse Tee an.

«Ich bin manchmal ein bißchen kurzatmig», erklärte sie, als sie ihn in ein kleines nichtssagendes Zimmer hinter der Eingangshalle führte.

«Das ist jeder von Zeit zu Zeit», erwiderte er tröstend.

«Tatsächlich? Dies war mein Arbeitszimmer, als ich zur Schule ging», sagte sie, «und ich esse gern hier, weil es an die Küche grenzt. Wenn Sie hier warten wollen, werde ich das Teegeschirr bringen. Es wird nicht lange dauern.»

Als sie gegangen war, schaute er sich im Zimmer um. Ein paar Sessel und ein Tisch, an dem sie vermutlich früher ihre Schulaufgaben gemacht hatte. An der Wand stand ein kleines Bücherregal, und er ging hinüber, um einen Blick auf die Bücher zu werfen. Es waren die Bücher, die sie auf der Grundschule und wahrscheinlich auf der High School benutzt hatte. Er zog ein Exemplar von *Macbeth* heraus, blätterte es durch und versuchte die Bleistiftbemerkungen an den Rändern zu entziffern, als sie zurückkehrte. Sie trug ein Tablett mit zwei Tassen, jede mit einem Teebeutel, und einem Teller mit Gebäck.

«Sie verwenden keine Teekanne?» fragte er.

«Zuviel Arbeit», antwortete sie.

«Haben Sie denn keine Hilfe?»

«Nein, ich sorge gern für mich selbst. Wenn ich den Haushalt und das Kochen nicht hätte, was würde ich den ganzen Tag anfangen?» Sie bemerkte das Buch in seiner Hand und sagte: «Das ist Shakespeare. Möchten Sie es ausleihen?»

Es kam ihm in den Sinn, daß er, wenn er das Buch auslieh, wiederkommen konnte, und also sagte er: «Ja, diese Ausgabe ist mir nicht bekannt.»

«Dann nehmen Sie es mit.»

«Ich werde es morgen zurückbringen.»

«In Ordnung.»

«Morgen habe ich um vier Uhr Unterrichtsschluß. Dürfte ich Sie besuchen und Tee machen, englischen Tee, in einer Teekanne, mit Milch?»

«Oh, das wäre nett.»

Während sie beim Tee plauderten, wurde ihm klar, daß sie einfältig war, und ihm wurde klar, welche ungeheuren Möglichkeiten ihre Einfältigkeit eröffnete.

Am nächsten Tag stellte er sich kurz nach vier Uhr im Clarkschen Haus ein, das entliehene Buch unter dem Arm und in einer Tragetasche eine Büchse mit englischem Tee und eine Teekanne aus Porzellan. Als sie ihm die Tür öffnete, sagte er: «Ich bin gekommen, um das Buch zurückzubringen und Ihnen eine Tasse original englischen Tee zu bereiten. Sie haben doch Milch?»

«Ja, ich habe Milch. Kommen Sie herein.»

In der Küche blieb sie bei ihm, während er erläuterte: «Das Wasser muß sprudeln. Das ist wichtig. Und dann muß der Tee sieben Minuten ziehen. Und dann geben Sie bloß einen Spritzer Milch in die Tasse. Die Milch absorbiert das Tannin, verstehen Sie? Also, wenn Sie jetzt ins Arbeitszimmer gehen, werde ich unseren Tee servieren.»

Sie nippte vorsichtig an der Tasse, die er vor sie hinstellte.

«Oh, wie gut», rief sie aus.

«So sollte Tee zubereitet werden», sagte er.

Während sie ihren Tee trank, schwatzte sie über Freunde, mit denen sie aufgewachsen war, über wohltätige Organisationen, die sie unterstützte, weil bereits ihr Vater und ihr Großvater sie unterstützt hatten. Und er hörte zu, hin und wieder einen oder zwei Sätze einwerfend, um sie zum Fortfahren zu ermuntern. Er blieb bis kurz vor sechs, und ging dann, um ein wenig zu Abend zu essen. Anschließend ging er in eine Bar für Singles und gabelte eine Frau auf, die er dazu überredete, mit ihm nach Hause zu kommen.

Er kam fast jeden Tag und blieb gelegentlich zum Abendessen. Sie erwartete, daß er jeden Tag kam, und als er ihr einmal erklärte, er könne nicht zum Tee kommen, weil eine wichtige

Sitzung der Abteilung stattfinde, an der er teilnehmen müsse, sagte sie: «Dann kommen Sie zum Lunch. Ich erwarte Sie.»

Sie saßen beim Lunch, als er hörte, wie der Postbote die Post durch den Briefschlitz schob. Er ging zur Vordertür, hob sie auf und brachte sie zum Tisch. Zum größten Teil waren es Reklamesendungen, aber ein Umschlag sah wichtig aus, und er machte eine neugierige Bemerkung.

Sie öffnete den Brief und sagte: «Es ist eine Einladung. Ich bekomme recht häufig Einladungen.»

«Gehen Sie hin?»

«Manchmal. Oh, diese kommt von den Sloans. Er war bei irgendeinem Geschäft der Partner meines Vaters. Diese Einladung ist für den vierundzwanzigsten, abends.»

«Werden Sie hingehen?»

«Er ist gerade zum Präsidenten des Museumskuratoriums ernannt worden. Ich gehe nicht gern ohne Begleitung, schon gar nicht abends.»

«Ich könnte Sie begleiten.»

«Es ist offiziell.»

«Nun, ich besitze einen Smoking.»

«Aber nur, wenn es Ihnen nichts ausmacht. Früher standen wir den Sloans schrecklich nahe. Ich werde eine Menge Leute treffen, die ich schon lange kenne, aber für Sie könnte es fürchterlich langweilig werden; es werden eine Menge Reden gehalten.»

«Das stört mich nicht, wenn Sie glauben, daß es Ihnen Spaß machen wird.»

Obgleich er seine Besuche im Haus der Clarks zu einer Zeit machte, wenn die meisten Mitglieder der Abteilung heimgegangen waren, hatten ihn einige Lehrer, die Weiterbildungskurse gaben, das Haus verlassen sehen. Er spürte, daß ihm das auf sonderbare Weise eine neue Bedeutung verliehen hatte. Wenn er über die Leute sprach, die er getroffen hatte – denn nach der Gesellschaft bei den Sloans hatte er Matilda Clark bei anderen Anlässen begleitet –, hörten seine Kollegen ihm aufmerksamer zu. Als die Presse zum Beispiel über die Veränderungen berichtete, die Harvey Challenger im System der öffentlichen Bibliotheken plante, und seine Kollegen der Englischen Abteilung darüber diskutierten, war er in der Lage zu sagen: «Der Mann ist ein Idiot.»

«Sie kennen ihn?»

«Ich begegnete ihm auf einer Party.»

Aber es war mehr als das. Augenscheinlich waren es nicht die wichtigen Leute, die er durch Matilda Clark kennenlernte, sondern seine Freundschaft mit der Dame selbst, die ihm Bedeutung verlieh. Ihm kam der Gedanke, man könnte annehmen, daß er beim Treuhänderausschuß Einfluß habe. Er beschloß, einen Test zu machen.

Bei ihrem nächsten Treffen bemerkte er, man habe ihm einen Posten im Mittleren Westen angeboten und er denke daran, ihn anzunehmen.

«Nein, das dürfen Sie nicht machen. Sie dürfen Windermere nicht verlassen.»

«Es geht mir hier nicht sehr gut. Ich bin bloß Assistenzprofessor, und nach all den Jahren, die ich dort tätig bin, habe ich noch nicht einmal eine feste Anstellung.»

«Wie? Das ist schrecklich. Ich sage Ihnen was: Ich werde mit Charlie Dobson sprechen.»

«Charlie Dobson? Wer ist das?»

«Er hat diese große Cadillac-Vertretung an der Commonwealth Avenue, und er sitzt im Treuhänderausschuß.» Sie dachte einen Augenblick nach und sagte dann: «Die nächste vierteljährliche Sitzung des Ausschusses ist in zwei Wochen, also werde ich ihn morgen besuchen. Er wird aber ein bißchen Zeit brauchen, sich mit den anderen Mitgliedern abzustimmen.»

Unter den zahlreichen Bekanntmachungen, die auf die Sitzung folgten, war auch die, daß Assistenzprofessor Malcolm Kent zum außerordentlichen Professor mit fester Anstellung berufen worden sei.

Mit dieser Beförderung und der damit verbundenen Festanstellung brauchte er keine Sorgen mehr zu haben, daß man seine fehlende akademische Qualifikation aufdeckte. Selbst wenn man durch einen unglücklichen Zufall erfuhr, daß er keinen akademischen Grad hatte: Würde das College es wagen, seiner Entlassung zuzustimmen, nachdem er dort so viele Jahre unterrichtet hatte und jetzt außerordentlicher Professor war? Das hätte Auswirkungen auf den akademischen Ruf aller Studenten gehabt, die durch seine Ausbildung gegangen waren.

Da er jetzt zum Teil im Hauptkurs unterrichtete, konnte er in das reguläre Büro der Englischen Abteilung umziehen, wenngleich er im Büro der Englischlehrer einen Schreibtisch behielt. Seine neuen Kollegen waren mehr oder weniger so alt wie er selbst, und er verbrachte dort ziemlich viel Zeit und beteiligte sich an den Diskussionen.

Er galt dort als eine Art Nervensäge, da er unausgesetzt über die Leute schwadronierte, die er kannte, doch seine Kollegen waren vorsichtig genug, ihren Widerwillen nicht zu zeigen, weil sie glaubten, er habe bei den Treuhändern Einfluß und ein herabsetzendes Wort von ihm könne sich auf ihre Beförderungschancen auswirken. Man glaubte, sein Einfluß rühre von seiner Freundschaft mit Matilda Clark her, die keiner von ihnen kannte, deren Machtstellung aber allen bewußt war. Auch er hatte seit seiner Beförderung keinen Zweifel mehr an ihrem Einfluß und war sorgsam darauf bedacht, sich ihre Freundschaft zu erhalten. Es verging kaum ein Tag, an dem er sie nicht besuchte, und wenn nur für ein paar Minuten, um einen Ausschnitt aus einer Illustrierten oder Zeitung vorbeizubringen, der sie vielleicht interessieren konnte. Und sie schien gleichermaßen begierig, ihn zu sehen. Er war ein Mann, mit dem sie tratschen konnte oder der nur stumm bei ihr saß, wenn sie einen Fernsehfilm anguckte.

Einmal, als sie Tee tranken und über einen Empfang plauderten, an dem sie am Vorabend teilgenommen hatten, fragte er: «Diese Freunde von dir, stellen sie dir jemals Fragen nach mir?»

«Natürlich.»

«Und was erzählst du ihnen?»

Sie kicherte. «Ich erzähle ihnen, du wärst mein Verlobter.»

«Und was sagen sie dazu?»

«Oh, sie finden das wunderbar und wollen wissen, wann wir heiraten.»

«Nun, und wie denkst du darüber?»

«Übers Heiraten? Es wäre ganz hübsch; du wärst die ganze Zeit hier. Aber ich glaube, ich könnte diese – du weißt schon –, diese häßlichen Sachen nicht ertragen.»

«Welche häßlichen Sachen?»

«Du weißt schon, im Bett.»

Hätte sie den geringsten körperlichen Reiz auf ihn ausgeübt, hätte er vielleicht versucht, sie davon zu überzeugen, daß das, was im Bett passierte, nicht häßlich war. Statt dessen nickte er ernst und sagte: «Ich empfinde dasselbe wie du. Das ist wirklich was für junge Leute, die Kinder haben wollen.»

Am Ende des Schuljahres, als er achtundvierzig und sie vierundfünfzig Jahre alt war, wurden sie durch einen Friedensrichter des Obersten Gerichts von Massachusetts getraut. Und offensichtlich als Hochzeitsgeschenk des Colleges erhielt er seine Bestallung zum ordentlichen Professor. Weil man es mehr oder weniger von ihnen erwartete, verbrachten sie ihre Flitterwochen an der Penobscot Bay in Maine. Als sie nach dem Dinner in ihr Zimmer kamen, war er nicht überrascht festzustellen, daß sie die Hotelleitung veranlaßt hatte, ihr riesiges Doppelbett durch zwei Einzelbetten zu ersetzen. Als sie nach Boston zurückkehrten und er in das Clarksche Haus einzog, war er nicht unzufrieden, als er sah, daß sie zwei getrennte Schlafzimmer beziehen würden.

«Du liest sicher gern in der Nacht», erklärte sie, «und das Licht hält mich wach.»

«Schon gut. Es ist vermutlich besser so.»

Die Ehe wurde nie vollzogen. Es war eher eine geschäftsmäßige Partnerschaft als eine Ehe. Er nahm sein Frühstück und seinen Lunch im Speiseraum der Englischen Abteilung ein, kam aber am späten Nachmittag zum Tee nach Hause. Dann las er oder bereitete in der Abgeschiedenheit seines Schlafzimmers seine Vorlesungen vor, während sie sich damit beschäftigte, das Dinner vorzubereiten. Als er vorschlug, man könne vielleicht eine Haushälterin einstellen, sagte sie: «Und was mache ich dann? Ich mache gern den Haushalt. Dann habe ich eine Beschäftigung. Was soll ich denn sonst anfangen?»

Hin und wieder gingen sie in ein Restaurant und anschließend ins Kino oder Theater.

Zu Beginn ihrer Bekanntschaft hatte er angenommen, sie habe ein Einkommen, das dem prächtigen Haus, in dem sie wohnte, entsprach. Als ihre Freundschaft jedoch intensiver wurde, hatte sie ihm mehr und mehr vertraut, und er entdeckte, daß vom Clarkschen Vermögen nicht mehr als ein bescheidenes Einkommen übrig war.

«Papa hat sein ganzes Vermögen, mit Ausnahme dieses Hauses, dem College vermacht. Und die schicken mir jeden Monat einen Scheck. Leibrente nennen sie das. Ich schätze, er hat gedacht, wenn er mir sein Paket von Aktien und Wertpapieren hinterließe, könnte ich damit nicht umgehen. Ich würde nicht wissen, wann ich verkaufen und was ich behalten müßte, wenn sie mal für eine Weile fallen. Er hatte jemand, der das für ihn erledigte, eine Firma, aber er glaubte nicht, daß sie diese Geschäfte für mich in derselben Weise führen würden. Ich meine, er kontrollierte sie dauernd, und sie mußten alles mit ihm absprechen. Aber das könnte ich natürlich nicht.»

Wenngleich enttäuschend, war der monatliche Scheck recht beträchtlich. Gewiß, einen Teil davon verwendete sie für die wohltätigen Einrichtungen, die ihr Vater und auch ihr Großvater immer unterstützt hatten; es war eine Art familiärer Tradition. Trotzdem, es blieb noch genug übrig, zusammen mit seinem eigenen Gehalt und der Tatsache, daß er keine Miete mehr zu zahlen hatte, daß er sich ein behagliches Leben machen konnte. Tatsächlich kam er sich durchaus wohlhabend vor. Weil er sich wie ein Dandy fühlte, war er nun in der Lage, seine Garderobe beträchtlich zu vergrößern.

Dann stellte der Frisiersalon, in dem er Stammkunde war, eine Nagelpflegerin ein. Sie war klein und anschmiegsam und trug kurzes blondes Haar. Er schätzte, daß sie noch nicht dreißig war. Sie flirtete mit ihren Kunden, besonders mit denen, die gute Trinkgelder gaben. Er ließ sich jedesmal, wenn er zum Haarschneiden kam, von ihr maniküren, und er gab reichlich Trinkgeld.

Wie die meisten Frisiersalons war auch dieser montags geschlossen, weil man dort den ganzen Samstag arbeitete, und für Kent war von besonderem Interesse, daß sie montags den ganzen Tag frei hatte. Nach kurzer Zeit war er eher ein Freund als ein Kunde geworden, und anstatt ihr Trinkgelder zu geben, brachte er ihr kleine Geschenke, ein Paar Ohrringe, eine Anstecknadel, und schob sie ihr unauffällig über den Tisch zu. Und dann duzten sich Malcolm und Lorraine.

Eines Tages lud er sie an einem Montag zum Lunch ein, und als sie zustimmte, sagte er, er werde sie von ihrer Wohnung abholen. Er erschien kurz vor neun, als sie noch immer im Nachthemd war und hastig einen Morgenmantel überwarf.

«Wie spät ist es? Ich habe noch nicht gefrühstückt. Ich dachte, du sagtest etwas von Lunch?» sagte sie.

«Oh, sagte ich Lunch? Ich meinte Brunch. Und ich habe alles mitgebracht, damit du nichts vorzubereiten brauchst», sagte er fröhlich und begann eine Papiertüte auszuleeren, die er mitgebracht hatte: dünne Scheiben Pumpernickel, Brötchen, Räucherlachs, Käse und eine Flasche Wein. Er rief die Englische Abteilung an und bat sie, eine Notiz auszuhängen, daß er seinen Unterricht um zehn nicht halten könne, und im weiteren Verlauf des Tages rief er erneut an und sagte auch seinen Nachmittagsunterricht ab. Sie gingen nicht zum Lunch, sondern begnügten sich mit dem, was er mitgebracht hatte, und den Vorräten in ihrem Kühlschrank, und sie kam nicht dazu, sich anzuziehen.

Als er kurz nach vier heimkam, sah er müde aus, und seine Frau fragte, ob er einen anstrengenden Tag gehabt hätte. Er schüttelte trübselig den Kopf und sagte: «Ich habe den ganzen Tag in der Widner Library verbracht. Es gab ein Problem, das ich einfach lösen mußte.»

Wenn er auch dachte, der Montag sei Lorraines Tag, und alles daransetzte, sie jeden Montag zu sehen, war es nicht wie beim ersten Mal. Immerhin war er Mitte Fünfzig, und sie war noch nicht dreißig; was sie verlangte, ging über seine Kräfte. Wenn er sich also jetzt mit ihr zum Lunch verabredete, kam er gegen Mittag. Anstatt die Englische Abteilung anzurufen und seinen

Nachmittagsunterricht abzusagen, benutzte er ihn als Vorwand zum Aufbruch. Gewöhnlich saßen sie in ihrer Wohnung oder in einem Restaurant, und sie erzählte von ihren Kunden oder von Ereignissen im Geschäft, von den Friseuren, ihren Eifersüchteleien und was sie sagten, wenn ein Kunde ein Trinkgeld gegeben hatte, das sie für zu niedrig hielten.

Er fand das interessant, und er entwickelte eine echte Zuneigung zu ihr, die nichts damit zu tun hatte, daß er mit ihr ins Bett ging. Sie war für ihn wie eine jüngere Schwester oder eine Tochter geworden. Er war nicht im geringsten verärgert, als sie ihn eines Montagmorgens im Büro anrief und ihn bat, nicht zu kommen. Er nahm an, daß sie etwas zu tun hätte, vielleicht Einkäufe zu erledigen. Er sah sie am folgenden Freitag im Frisiersalon, und als sie seine Nägel machte, sagte sie: «Oh, ich kann dich am nächsten Montag nicht treffen, Malcolm. Macht es dir was aus?»

«Nein. Wie es der Zufall will, habe ich eine Menge Arbeit.»

Am Montag danach bat sie ihn, daß sie sich im Restaurant träfen, statt sie in ihrer Wohnung abzuholen. «Ich bin am Morgen dort in der Nähe. Dort ist ein Schneider, der etwas an einem Kleid ändert, das ich gekauft habe.»

Den ganzen Lunch hindurch plapperte sie, wie sie es gewöhnlich tat. Als der Kaffee serviert wurde, fragte er: «Du hast am vergangenen Montag einen anderen getroffen?»

Einen Augenblick blieb sie stumm, während sie nachdachte. Dann nickte sie.

«Und am Montag davor?»

«Ja. Tony.»

«Tony? Wer ist Tony?»

«Tony Donofrio aus unserem Geschäft. Er will mich heiraten.»

«Und willst du ihn heiraten?»

«Ich bekomme ein Kind.»

«Von mir oder von ihm?»

«Ich weiß es nicht», jammerte sie.

Er trommelte auf den Tisch, als er fragte: «Weiß dieser Tony über uns Bescheid?» Merkwürdigerweise war er keine Spur eifersüchtig. Er vermutete, daß das mit Tony schon eine ganze Zeit so ging. Vielleicht gab es noch andere Männer. Schließlich hatte sie nicht nur montags Zeit.

«Er glaubt, daß wir Verwandte sind, daß du der Vetter meiner Mutter bist.»

Er nickte. «Sehr gut.» Und ihm wurde klar, daß das in der Tat gut war. Sonst konnte es peinlich werden. Sie konnte anfangen, ihn zu Hause anzurufen, oder gar Matilda aufsuchen und sie drängen, sich von ihm scheiden zu lassen.

«Bald wirst du nicht mehr zur Arbeit gehen können. Kann er dich unterstützen?»

«Ach, Tony meint, wir sollten zusammen ein Geschäft aufmachen. Er als Damenfriseur. Das hat er ursprünglich gelernt. Und ich werde die Maniküren machen. Er hat einen Freund, der in Lynn ein Geschäft hat – eigentlich ein Freund seines Vaters –, und der ist ziemlich alt und will sich in Florida zur Ruhe setzen. Es liegt direkt neben dem Bahnhof, und wir brauchen ihm bloß das Inventar zu bezahlen. Er hat zwei Stühle, und Tony sagt, sie wären in gutem Zustand, praktisch neu.»

«Aber direkt am Bahnhof, ist das ein guter Standort für einen Friseur?»

«Oh, aber das wäre das Schönste an der ganzen Sache, sagt Tony. Sieh mal, gleich im nächsten Block ist eine Schuhfabrik, und sie wandeln sie in Eigentumswohnungen um, die sie schnell losschlagen werden, weil sie nicht zu teuer sind. Also wird es dort gleich um die Ecke zweihundert Kunden geben, die zu Fuß gehen können und nicht erst einen Parkplatz suchen müssen. Tony feilscht mit dem alten Kauz. Er will ein bißchen mehr, als wir haben, und er will für die Differenz keinen Schuldschein annehmen und alles in bar. Aber sobald wir uns einig sind, wollen wir heiraten.»

«Um welche Differenz geht's denn?»

«Um etwa tausend Dollar. Wenn wir die Bank dazu bringen könnten...»

«Würdet ihr nach Lynn ziehen?»

«Ja, Tony wohnt dort. Sein Vater arbeitet beim städtischen Straßenbauamt. Da kennt er eine Menge Leute. Er denkt, er kann sich's vielleicht von seinem Vater leihen oder von seinen Freunden.»

«Ich werde euch das Geld leihen.»

«Wirklich? Mann, Malcolm. Das ist wunderbar. Ich werd's Tony morgen sagen. Er wird begeistert sein.»

«Und ich werde keine Zinsen von euch verlangen.» Er dachte einen Augenblick nach und sagte: «Ihr werdet einen Schuldschein unterschreiben, du und dieser Tony, wie hieß er noch?»

«Donofrio.»

«Du und Tony Donofrio. Auf sechs Monate. Wenn ihr es bis dahin nicht zurückzahlen könnt, werde ich die Frist verlängern. Ich will nur sicherstellen, daß alles so läuft, wie ihr es plant.»

«Großartig! Du kommst doch zur Hochzeit, oder?»

«Ich werde es versuchen.»

«Und ... äh ... Mrs. Kent?»

Er schüttelte langsam den Kopf. «Das glaube ich nicht. Es geht ihr nicht gut. Krebs.»

Sie lag ein Jahr im Sterben, und während ihrer gesamten Krankheit kümmerte sich das College um sie. Als sie merkte, daß sie die Hausarbeit nicht mehr erledigen konnte, sorgten sie für eine Haushälterin, eine Mrs. Bell, die jeden Tag kam, um sauberzumachen und die Mahlzeiten zu kochen. In kritischen Phasen stellten sie Krankenschwestern ein, die sie pflegten. Als sie im Alter von sechzig Jahren starb, wurden die Flaggen auf den College-Gebäuden auf halbmast gesetzt.

Mit ihrem Tod erlosch die Leibrente, aber das war für Kent kein großer Verlust. Den größten Teil des Geldes hatte sie den Einrichtungen zukommen lassen, die ihr Vater und ihr Großvater unterstützt hatten, und den Rest größtenteils für sich selber verbraucht. Finanziell ging es ihm ziemlich gut, denn er erhielt jetzt das Gehalt eines ordentlichen Professors und hatte keine Miete zu zahlen. Das College ließ Mrs. Bell weiterhin täglich für etwa eine Stunde kommen, um das Haus sauberzuhalten und gelegentlich für ihn zu kochen.

Nach dem Tod seiner Frau fühlte sich Kent seltsam allein. Er hatte sie nicht sehr geliebt, doch sich an sie gewöhnt, und jetzt vermißte er sie, so wie man vielleicht seinen bequemen Lieblingssessel oder ein Paar Hausschuhe vermißt. Er konnte immer darauf zählen, daß sie zu Hause war, so daß er sich nie allein gefühlt hatte.

Er hielt sie für nicht besonders intelligent und für nicht sehr belesen: Ihre Lektüre beschränkte sich auf Illustrierte mit vielen großen Bildern, die er für kitschig hielt. Doch sie wußte ziemlich viel über die wichtigen Familien Bostons und konnte über sie berichten. Manchmal gingen sie zum Dinner in ein Restaurant in der Nähe oder ins Kino, doch meistens blieben sie zu Hause; größtenteils schwiegen sie, doch gelegentlich erzählte sie bei einer Tasse Tee oder Kaffee von Leuten, die sie von früher kannte. Sie erspähte einen Namen in der Zeitung, und dann erzählte sie ihm von der Zeit, als sie als kleines Mädchen mit ihrem Vater im Landhaus dieser Person gewesen war. Und er hatte keine Freunde im College. Für seine Kollegen war er ein Langweiler. Da seine Fachkenntnisse unbedeutend waren, sprach er ungern über Bücher und Literatur. Alles, was er sagte, roch nach Prahlerei. Er prahlte mit den wichtigen Leuten, die er kannte, mit irgendwelchen wichtigen Veranstaltungen, die er besucht, was er zu einem Kongreßmitglied oder Ausschußvorsitzenden gesagt hatte. Und sie mieden ihn, weil sie ihn fürchteten: Er hatte irgendwie Einfluß, einen «Draht» zu den Mitgliedern des Treuhänderausschusses; sie waren nicht sicher, warum, außer daß seine Frau dabei eine Rolle spielte, und er konnte ihn vielleicht zu ihrem Nachteil nutzen. Die Donofrios in Lynn betrachtete er als seine Familie, und er wurde zum Dinner eingeladen, um die Geburt ihrer Tochter Josephine zu feiern. «Wäre das Kind ein Junge gewesen, hätten wir ihn Malcolm genannt», hatte Lorraine ihm gesagt. Und später zu jedem ihrer Geburtstage. Als das Kind sprechen lernte, brachten sie ihm bei, ihn «Onkel Malcolm» zu nennen, aber er spürte, daß Tony keine große Zuneigung zu ihm empfand, ihm vielleicht sogar mißtraute.

Gelegentlich kam Tony nach Boston, um Geld von ihm zu leihen, für eine unvorhergesehene Klempnerrechnung, für eine Heizölrechnung, um eine Versicherungsprämie zu begleichen.

Es war selten eine große Summe, meistens ein paar hundert Dollar. Da er nach vier Uhr nachmittags keine Kundinnen mehr annahm, verließ er das Geschäft, ging zu Fuß das kurze Stück zum Bahnhof und nahm den Zug um zwanzig nach vier. In Boston trank er irgendwo eine Tasse Kaffee, um die Zeit totzuschlagen, und traf um Viertel nach fünf in der Englischen Abteilung des Colleges ein. Dort wartete er, bis Kent seinen 14-Uhr-Unterricht beendet hatte. Manchmal war Kent früher fertig, und dann begab sich Tony in seine Wohnung. Er meldete sich niemals an, weil er fürchtete, Kent könne Arbeit vorschützen, um ihn nicht empfangen zu müssen. Obgleich Tony so alt war wie Lorraine, sah er älter, zumindest erwachsener aus. Er war ein großer, muskulöser Mann mit dunklen Augen in einem breiten Gesicht. Sein glänzend schwarzes Haar war so gekämmt, daß ihm eine Tolle in die Stirn hing. Er hatte das kantige Kinn und die breite Nase eines Boxers. Der Kittel, den er im Geschäft trug, hatte kurze Ärmel, so daß seine kräftigen behaarten Unterarme zu sehen waren, die seine Kundinnen sehr bewunderten.

Als er zum ersten Mal auftauchte, war Roger Fine der einzige, der sich im Büro aufhielt. Er fragte höflich: «Kann ich etwas für Sie tun?»

«Ich möchte zu Professor Kent.»

«Er müßte jeden Augenblick hier sein. Sind Sie ein Freund?»

«Er ist der Onkel meiner Frau.»

«Oh. Nun, sein Unterricht ist um fünf zu Ende. Da drüben, das ist sein Schreibtisch. Setzen Sie sich doch dorthin und warten Sie, bis er kommt.»

Kent begrüßte ihn herzlich und fragte nach Lorraine und dem Kind. Darauf gingen sie zu dem Eckhaus, und bei einem Glas Wein erklärte Tony, daß er wieder mal knapp bei Kasse sei, und sprach von seinen Zukunftsplänen. Das Treffen endete in der Regel damit, daß Kent ihn in ein italienisches Restaurant zum Dinner einlud, wo Tony gierig und schweigend aß, während Kent in seinem Gericht herumstocherte und redete. Tony war wenig unterhaltsam und ließ Kent mit dem Gefühl zurück, er habe mit sich selber gesprochen. Sein Verlangen nach Freundschaft, Kameradschaft, nach einem Wesen, mit dem er sprechen konnte, war stark und wurde erst erfüllt, als er sich mit Thorwald Miller anfreundete.

Kapitel 15

Es war nach acht Uhr, als Rabbi Small, angetan mit Gebetsriemen und Gebetsschal, die Morgengebete sprach. Er stand im Arbeitszimmer seines Hauses, das Gesicht natürlich nach Osten gewandt. Er hatte verschlafen, und darum war es zu spät, zum *Minjan* zu gehen, der um sieben begann. Als er das Gebet *Schema Jisrael* begann, wurde er in seiner Meditation plötzlich durch den Krach des Gärtners gestört, der den Rasen des Hauses auf der anderen Straßenseite mähte. Mit einer Willensanstrengung beendete er das Morgengebet und begab sich dann, nachdem er seinen Gebetsschal abgelegt, zusammengefaltet, wieder in den blausamtenen Beutel getan und die ledernen Gebetsriemen zusammengerollt hatte, in die Frühstücksnische, die an die Küche grenzte.

Miriam hatte bereits gegessen. Nun servierte sie ihm sein Frühstück, Eier und Toast, goß Kaffee ein, füllte ihre eigene Tasse noch einmal und setzte sich ihm gegenüber. Sie konnte sehen, daß er über den Lärm draußen verärgert war, und sagte: «Es dauert nicht lange; nur solange er vorne den Rasen mäht. Wenn er auf der Rückseite mäht, kannst du ihn noch hören, aber es ist nicht so schlimm.»

«Ich frage mich, ob du bemerkt hast, wie sich dieser Ort verändert hat, seit wir vor fünfundzwanzig Jahren herkamen», sagte er. «Damals benutzten die Leute Handmäher, und das Klipp-klipp des Messers, wenn sie auf ihrem Rasen hin- und hergingen, war kein unangenehmes Geräusch. Und wenn sie ihre Hecken schnitten, benutzten sie Handscheren. Jetzt wird alles mit Maschinen gemacht, und es wird nicht mehr zusammengeharkt, sondern elektrisch aufgesaugt. Es scheint, als ob man den ganzen Morgen kein anderes Geräusch hört als das vom

Rasenmähen oder Heckeschneiden. Gestern nachmittag war ein fürchterlicher Krach...»

«Das waren die Rinaldos von nebenan, die den großen Baum auf ihrem vorderen Rasen gefällt haben, den der Sturm beschädigt hatte», sagte sie.

«Nun, ich erinnere mich, daß man das früher mit einer Handsäge zu machen pflegte, mit einer von diesen Bauchsägen, die dich nicht störten, wenn du lesen wolltest, und du mußtest nicht schreien, wenn du dich unterhalten wolltest. Und der Verkehr – ist dir aufgefallen, wieviel Verkehr es inzwischen hier gibt? Wo kommen all diese Autos her?»

«Ich vermute, es liegt daran, daß viele dieser großen alten Häuser in der City und auf dem Point in Eigentumswohnungen umgewandelt worden sind. Also gibt es da, wo früher ein oder zwei Autos waren, jetzt ein Dutzend. Worauf willst du hinaus, David?»

Er schob seinen Teller beiseite und lehnte sich zurück. «Ich habe darüber nachgedacht, ob wir nicht daran denken sollten, in die Stadt zu ziehen...»

«Und Barnard's Crossing zu verlassen?»

«Ich habe daran gedacht, dieses Haus zu behalten, für den Sommer und die Wochenenden. Ich dachte, wir könnten vielleicht eine kleine Wohnung in Boston nehmen, eine Atelierwohnung...»

«Damit du nicht jeden Tag zu fahren brauchst?»

«Das würde eine Rolle spielen, natürlich. Aber ich dachte auch daran, daß es nicht leicht ist, ein Rabbi im Ruhestand zu sein und am selben Ort wohnen zu bleiben, nachdem der neue Rabbi da ist. Seit ich nicht mehr im Amt bin, habe ich drei Trauungen vorgenommen. Ich wollte es nicht, aber die Eltern der Braut waren in allen drei Fällen hartnäckig. Ich hatte sie getraut, und sie wollten, daß der Rabbi, der sie verheiratet hatte, auch ihre Tochter verheiratete. Obwohl Rabbi Selig einverstanden war – zumindest erhob er keine Einwände –, fühlte ich mich nicht gut dabei.»

«Du könntest jederzeit ablehnen.»

«Es ist nicht nur das. Die Gemeinde erwartet von mir, daß ich vor dem Schrein zusammen mit Rabbi Selig auf dem Almemor sitze, bei den Gottesdiensten am Freitagabend, am Sabbat und bei allen Gottesdiensten, die oben vor dem Allerheiligsten abgehalten werden. Letzten Freitag kam nach dem Gottesdienst bei der Zusammenkunft im Gemeindesaal ein Mitglied zu mir, um mir zu sagen, er habe bemerkt, daß ich mit dem, was Rabbi Selig in seiner Predigt gesagt hätte, nicht einverstanden gewesen sei. Wie konnte er das wissen? Er hätte mich beobachtet, während der Rabbi predigte, und an meinem Gesicht sehen können, daß ich an den Bemerkungen des Rabbi Anstoß genommen hätte. Und ich konnte ihn von dieser Meinung nicht abbringen. Dabei hatte ich in Wirklichkeit kaum hingehört, was der Rabbi sagte, und es nach einer Weile ganz aufgegeben. Es ist nicht leicht, etwas mitzubekommen, wenn du hinter dem Sprecher sitzt. Das Mikrophon transportiert den Ton ganz woandershin. Ich hatte währenddessen an etwas ganz anderes gedacht.»

«Aber wir würden alle unsere Freunde verlieren, wenn wir in die Stadt zögen», wandte sie ein.

«Welche Freunde? Du weißt, daß wir hier in Wirklichkeit nicht viele haben. Wir wurden häufig eingeladen, weil ich der Rabbi war und nicht weil sie uns mochten. Und dir ist vielleicht aufgefallen, daß die Zahl der Einladungen bereits abgenommen hat. Außerdem ist gesellschaftlicher Verkehr größtenteils eine Sache des Wochenendes, und an den Wochenenden sind wir ja hier, zumindest wenn das Wetter gut ist.»

«Es sieht so aus, als hättest du deine Entscheidung bereits getroffen», bemerkte sie.

«Oh, ich würde keine Entscheidung wie diese treffen, ohne alles mit dir zu besprechen», sagte er rasch.

«Es wäre vielleicht eine ganz nette Abwechslung», räumte sie ein, «aber bei den heutigen Preisen dieses Haus zu verkaufen...»

«Oh, ich hatte nicht vor, Barnard's Crossing zu verlassen. Ich wollte lediglich für die Dauer des Schuljahres etwas mieten.»

«Und im Sommer kommen wir zurück?»

«Und an den Wochenenden.»

«Du meinst, wir fahren Freitagnachmittag hierher und am Montagmorgen nach Boston zurück?»

«Oder am Sonntag, da ist weniger Verkehr.»

«Das wird nicht funktionieren, David. Dein Unterricht geht am Freitag durch bis mittags. Dann wirst du, schätze ich, manchmal noch bleiben müssen, um Fragen zu beantworten oder bloß um dich zu unterhalten. Es wäre ein Uhr, bis du heimkämst, und bis du etwas gegessen hast und wir zur Abfahrt fertig sind, wäre es zwei. In dieser Zeit könnte ich den Sabbat nicht vorbereiten.»

«Also gut, dann werden wir an den Wochenenden nicht fahren. Bloß in den Ferien, am Erntedankfest und zu Weihnachten.»

«Du scheinst es schrecklich eilig zu haben.»

«Nun ja, ich würde Rabbi Selig wirklich gern das Feld räumen. Ich fühle mich nicht wohl, seit er das Amt übernommen hat. Und ich schätze, daß es für ihn auch nicht allzu angenehm ist. Aber ich dachte, ich müsse das einfach ertragen. Und dann kam Mordecai Jacobs – du kennst ihn, der Bursche, der das Lerner-Mädchen heiraten wird – er wohnt in einem Mietshaus nahe Coolidge Corner. Er sagte, einige der Mieter zögen den Winter über nach Florida und wären bereit, ihre Wohnungen während ihrer Abwesenheit zu vermieten. Nun, gestern sprach er mich an und sagte mir, er habe mit jemandem gesprochen, dessen Wohnung direkt unter der seinen liege, und als er ihnen erzählte, er kenne einen Rabbi, der vielleicht daran interessiert sei, ihre Wohnung den Winter über zu mieten, waren sie ziemlich angetan. Du mußt wissen, sie sind gesetzestreu, und wenn ein Rabbi ihre Wohnung übernähme, bräuchten sie ihr Geschirr und Silberzeug nicht wegzuschaffen.»

«Wann können wir die Wohnung besichtigen?»

«Jacobs sagt, jeden Morgen. Heute, wenn du willst.»

«Ich werde mich anziehen.»

Kapitel 16

«Also, am Freitag ziehen wir um», verkündete der Rabbi.

«Warum am Freitag?» fragte Miriam. «Warum nicht am Sonntag, wie ursprünglich geplant?»

«Weil wir, wenn wir Freitag hier wären, zum Abendgottesdienst gehen müßten, was bedeuten würde, daß ich mit Rabbi Selig vorne neben dem Schrein sitzen und anschließend mit ihm in den Gemeindesaal zur Zusammenkunft gehen müßte. Für uns beide hat das jedesmal zu einer gewissen Irritation geführt. Ich möchte so rasch wie möglich verschwinden.»

«In Ordnung, dann fange ich wohl besser an zu packen.»

«Was gibt es da zu packen? Nimm bloß die Kleider und das Zeug mit, das du für eine oder zwei Wochen brauchst.»

«Aber das Geschirr, Töpfe und Pfannen...»

«Wir brauchen sie nicht, Miriam. Die Rosenblums führen eine koschere Küche.»

«Aber wenn ich bloß ein paar Kleider mitnehme – was ist, wenn ich für diesen Anlaß ein besonderes Kleid brauche...?»

«Wir können jederzeit Sonntagmorgen rausfahren.»

Am Donnerstag beim morgendlichen *Minjan* erwähnte er im Gespräch mit Rabbi Selig beiläufig, daß er am nächsten Morgen nach Boston ziehen werde. Er glaubte, bei seinem jüngeren Kollegen Erleichterung zu verspüren, obwohl Selig sagte: «Ich werde Sie hier in Barnard's Crossing vermissen, Rabbi. Ich habe mich immer sicherer gefühlt, weil ich wußte, daß ich auf Ihre Erfahrung mit der Stadt und der Gemeinde zurückgreifen konnte.»

«Nun, wir werden nicht weit weg sein und von Zeit zu Zeit zurückkommen.»

Am Freitag morgen sprach der Rabbi seine Morgengebete abermals zu Hause. Dann, nach einem gemütlichen Frühstück, luden sie die Kleider in den Wagen, die sie in den folgenden zwei Wochen benötigen würden, und fuhren los. Miriam achtete wie gewöhnlich darauf, während der Fahrt nicht mit ihm zu sprechen, doch als sie vor ihrem neuen Heim in der Beacon Street ankamen, sagte sie: «Du fährst manchmal ein bißchen schnell.»

«Aber ich habe die Geschwindigkeitsbegrenzung nicht überschritten. Ich versuch sie nur einzuhalten. Und auf der Boston Road ist um diese Zeit wenig Verkehr.»

«Nun, du hast es in eineinviertel Stunden geschafft.»

«Die State Road ist kürzer. Ich hätte es in einer Stunde schaffen können, wenn ich die genommen hätte, aber dort ist viel mehr Verkehr.»

Sie brachten ihre Taschen nach oben und hängten ihre Kleider in die Schränke, die man für sie leer geräumt hatte. «Alles, was ich jetzt tun muß, um zur Schule zu kommen, ist, über die Straße zu gehen, eine Straßenbahn zum Kenmore Square zu nehmen und zwei Blocks bis zur Clark Street zu gehen. Dafür brauche ich insgesamt nicht länger als fünfzehn Minuten.»

«Das ist wunderbar», rief sie. «Gehst du jetzt?»

«Könnte ich eigentlich.»

«Soll ich dir ein Sandwich machen?»

«Wozu? Ich komme zum Lunch nach Hause. Nicht jeden Tag, obwohl ich hier essen, zur Schule zurückkehren und dort zwei Stunden herumlungern könnte. Es ist nur so, daß ich gern zu Hause bleibe, wenn ich mal zu Hause bin. Aber am Freitag findet nachmittags nur in wenigen Klassen Unterricht statt, und die Schule ist praktisch ausgestorben.»

Er kam, wie er gesagt hatte, um halb eins nach Hause. «Ich hatte daran gedacht, zum Lunch etwas Einfaches zu machen, David», sagte sie, als er sich an den gedeckten Küchentisch setzte. «Sardinen oder Thunfisch oder etwas aus der Büchse. Aber ich bin einkaufen gegangen, und es gibt hier alles. Also habe ich ein paar gefrorene Blintses gekauft.»

«Und hast du für heute abend etwas einkaufen können?»

«Kein Problem. Eigentlich ist es viel einfacher als in Barnard's Crossing und bequemer. Du wirst heute abend ein richtiges Sabbatmahl bekommen.»

«Gut. Und du hattest keine Schwierigkeiten mit den Küchengeräten oder dem Ofen?»

«Nein, es ist alles wunderbar. Und wie war dein Unterricht? Sind alle gekommen? Ich erinnere mich, daß du beim letzten

Mal Schwierigkeiten mit den Studenten beim Freitagsunterricht hattest.»

«Ja, aber das lag daran, daß der Unterricht um ein Uhr anfing. Aber bei dieser Klasse ist der Unterricht vor Mittag zu Ende, und deshalb müssen sie nicht losflitzen, um rechtzeitig zu ihren Wochenendverabredungen zu kommen. Ich glaube, die Tatsache, daß wir nur so wenige sind und alle um einen Tisch herum sitzen, hat vielleicht etwas damit zu tun. Es erzeugt eine Art von Verantwortung. Und diese Studenten sind mehr am Thema interessiert. Sie haben alle irgendeine religiöse Schule besucht, und alle sind konfirmiert oder haben ihre *Bar Mizwa* hinter sich. Zwei von ihnen sind in Israel gewesen. Du weißt, ich wollte, daß sie ein paar Sätze über ihre religiöse Herkunft zu Papier bringen, und jeder hat einen Aufsatz geschrieben. Das ist ein bißchen ungewöhnlich. Gewöhnlich gibt es immer einen oder zwei, die mit einer Ausrede kommen, sie hätten es nicht fertig. Ein Mädchen hat sogar einen Abschnitt in Hebräisch geschrieben.»

«Was ist mit dieser Gasthörerin, dieser McBride?»

«Na, die hat natürlich keinen Aufsatz geschrieben.»

«Aber sie ist doch gekommen? Hat sie Interesse? Glaubst du, daß sie bei der Stange bleiben wird?»

«Ich... ich denke schon. Aber ich werde nicht ganz schlau aus ihr. Als sie am Dienstag in mein Büro kam, sagte sie, sie wolle etwas aus ihrem alten Schreibtisch holen. Aber ich hatte den Eindruck, daß sie nur gekommen war, um mich zu taxieren. Am Mittwoch kam sie zur ersten Stunde zu spät. Sie schien besorgt, aber als sie nach dem Ende der Stunde dablieb, um ihre Verspätung zu erklären, schien sie es ernst zu meinen. Als ich ihr gestern auf dem Flur begegnete und sie grüßte, nickte sie bloß und ging schnell weiter. Heute morgen kam sie wieder zu spät und sah ein wenig unglücklich aus, aber dann entspannte sie sich wieder. Ich schätze, daß sie die Situation merkwürdig findet, mit einer Schar von Jugendlichen um einen Tisch zu sitzen, die allesamt Juden sind.»

«Vielleicht ist es Morgenübelkeit», sagte Miriam. «Es hört sich so an.»

«Morgenübelkeit? Du glaubst, sie könnte schwanger sein? Hm, vielleicht nimmt sie deshalb am Kurs teil, damit sie entscheiden kann, in welcher Religion ihr Kind erzogen werden soll.»

Kapitel 17

Anders als die täglichen Abendgottesdienste begann der Freitagabendgottesdienst um halb neun, nach dem Abendessen, und nicht um sieben, und statt der üblichen zwölf oder fünfzehn Personen – oder, wenn das Wetter schlecht war, statt des erforderlichen Minimums von zehn – nahmen gewöhnlich zweihundert Leute daran teil. Der Gottesdienst wurde im Allerheiligsten und nicht wie an den anderen Wochentagen im Gemeindesaal abgehalten. Rabbi Selig, im traditionellen Gewand mit langem weißen Gebetsschal und hoher weißer *Jarmulke*, hielt eine kurze Predigt, und als der Gottesdienst vorüber war, begaben sich alle zum Tee oder Kaffee und Kuchen in den Gemeindesaal. Der Anlaß war mehr geselliger als religiöser Art, und die Männer kamen mit ihren Frauen und ihren erwachsenen Söhnen und Töchtern.

Die Brüder Harris, Ronnie und Ben, waren ohne ihre Frauen gekommen. Sie hatten vorher in Ronnies Haus zu Abend gegessen, das übliche Sabbatmahl, bestehend aus Fisch, Suppe und gebratenem Huhn. Mit seinen fünfundvierzig Jahren war Ronnie sechs Jahre älter als sein Bruder Ben, und da er in seinen Gewohnheiten konservativer war, fand das Sabbatmahl häufiger in seinem Hause statt.

Sie hatten vorgehabt, nach dem Essen zu viert zum Freitagabendgottesdienst zu gehen, aber Ronnies Frau hatte gesagt, sie sei müde und würde gern zu Hause bleiben, und Bens Frau glaubte bei ihr bleiben und ihr Gesellschaft leisten zu müssen. Also waren die beiden Brüder allein gegangen. Und jetzt, kurz nach zehn, als sie über den Parkplatz zu ihrem Wagen gingen, bemerkte Ben: «Der Rabbi sah heute abend nicht gut aus, irgendwie blaß.»

«Er hat eine Erkältung, vermute ich. Er hat neben dem Schrein ein paarmal geniest. Was erwartest du anderes? Wenn du bei diesem Wetter joggst, mußt du ja eine Erkältung kriegen.»

«Vom Wetter kriegt man keine Erkältung. Du bekommst sie von den Bazillen, die in einem Raum voller Leute herumschwirren, weil jemand eine Erkältung hat und hustet oder niest.»

«Ja wirklich? Und warum kriegen Leute im Winter Erkältungen und nicht im Sommer? Und wie sieht es aus, wenn ein Rabbi in kurzen Hosen oder in diesen schlabbrigen Jogginghosen draußen auf der Straße rumläuft?»

«Na und? Das macht er in seiner Freizeit. Auf dem *Almemor* sieht er aus wie...»

«Wie ein Kantor, mit diesem Umhang und der hohen *Jarmulke*.»

«Besser als Rabbi Small, wenn er in seinem zerknitterten Anzug und mit seinen staubigen Schuhen da oben stand.»

«Rabbi Smalls Schuhe waren staubig, weil er immer zu Fuß zum Tempel ging. Er fuhr am Sabbat nicht», sagte Ronnie streng.

«Er hätte sie wenigstens abputzen können, bevor er auf den Almemor stieg.»

«Auf die Idee ist er offenbar nie gekommen. Weißt du, er war immer ein Rabbi, vierundvierzig Stunden am Tag, nicht nur, wenn er predigte.»

«Ja gut, du mußt zugeben, daß die Kids Rabbi Selig mögen. Er spielt mit ihnen Basketball.»

«Ja, als meine Kinder zur hebräischen Schule gingen, mochten sie Rabbi Small. Und weißt du, warum? Nicht weil er mit ihnen spielte, sondern weil er mit ihnen sprach, als wären sie Erwachsene. Und das gefiel ihnen.»

«Es kommt mir so vor», sagte Ben, «daß du Rabbi Small nicht leiden konntest, als er noch hier war.»

«Vielleicht, weil er so ein komischer Kauz war. Ich meine, persönlich mochte ich ihn nicht, aber als Rabbi hatte ich an ihm nichts auszusetzen. Rabbi Selig dagegen ist ein netter, freundlicher Mann. Wenn er mein Steuerberater wäre oder mein Arzt oder wenn ich Geschäfte mit ihm machen würde, wäre er in Ordnung, einfach prima. Aber als mein Rabbi... Sieh doch mal, sein engster Freund hier in Barnard's Crossing ist dieser Anwalt, Lew Baumgold, der kein Mitglied der Gemeinde ist und nicht die Gottesdienste besucht, nicht mal an hohen Feiertagen. Und außerdem ist er mit einer Schickse verheiratet.»

«Er verkehrt mit Lew, weil sie zusammen joggen. Und was die Schickse angeht, die unterrichtet am Windermere. Und außerdem ist sie mit Rabbi Small befreundet; sie nimmt an seinem Kurs über jüdische Philosophie teil. Das weiß ich von Cy Kaplan, dessen Sohn da hingeht.»

«Im Ernst? Vielleicht hat sie vor, zu konvertieren.»

«Könnte sein. Und das ist vielleicht der Grund, warum Rabbi Selig so freundlich zu Lew Baumgold ist.»

Kapitel 18

Sie nahmen an drei Seiten des rechteckigen Tisches ihre Plätze ein, während der Rabbi seinen Sessel vom Schreibtisch an die vierte Tischseite rollte. «Ich dachte, wir könnten in dieser Stunde zwanglos über unser Thema diskutieren, über das ich Sie bat nachzudenken, über den Ausspruch von Jesajah, die Juden sollten ein Licht unter den Völkern sein. Möchte jemand etwas dazu beitragen?»

«Nun, da gibt's Einstein und... und Freud und... und...»

«Nein, das sind bloß einzelne Menschen, die zufällig Juden waren», wandte ein Student ein.

«Und Marx und ein Haufen anderer. Von einzelnen Menschen hätte Jesajah das nicht gefordert. Er meinte die ganze Rasse», sagte ein anderer.

«Das ist richtig, weil man in allen Rassen geniale Persönlichkeiten findet. Es sind Ideen, die er meinte, nicht die Vollkommenheit einzelner Personen.»

Der Rabbi nickte zustimmend. «Und diese Ideen mußten Ideen sein, die alle Juden hegten, die allgemein anerkannt waren oder denen nachgelebt wurde», sagte der Rabbi. «Aber es mußten auch Ideen sein, die andere Nationen übernehmen konnten, sonst wäre das Licht für sie nicht von Nutzen. Ist das richtig?»

«Klar, ein Licht ist nutzlos, wenn man blind ist.»

«Oder eine Binde vor den Augen trägt.»

«Oder in die andere Richtung guckt.»

«Also, welche Ideen entwickelten die Juden, die von anderen Nationen akzeptiert wurden?»

«Nun, die Vorstellung von einem Gott, Monotheismus», schlug ein Student vor.

«Ja, aber auch die Christen und die Moslems haben den Monotheismus», entgegnete ein anderer.

«Aber sie haben ihn von uns.»

«Das beweist also, daß sie das Licht sahen.»

«Und was war der Vorteil des Monotheismus?» fragte der Rabbi. «Wenn man annimmt, daß Licht besser ist als Dunkel, was haben die anderen Nationen durch diese Erleuchtung gewonnen?»

«Wo es mehr als einen Gott gibt, können sie sich uneinig sein.»

«Gewiß, das sieht man bei Homer in der *Ilias*, wo die Götter auf verschiedenen Seiten stehen.»

«Ein Gott ist wie ein Schiedsrichter oder ein Unparteiischer. Also ist etwas entweder richtig oder falsch. Mit einem Gott haben wir Gerechtigkeit.»

«Sehr gut», sagte der Rabbi. «Sonst noch etwas?»

«Was ist mit dem Sabbat?»

«Was meinen Sie?»

«Nun, er setzte eine Art Ruhetag fest. Für die Christen ist das der Sonntag, und für Moslems ist es der Feitag, aber haben wir nicht die allgemeine Grundlage dafür geliefert?»

Der Rabbi stand auf und sagte: «Ich werde das erst mal an die Tafel schreiben.» Erst schrieb er: «Monotheismus». Darunter setzte er: «Sabbat».

«Noch etwas?» fragte er.

«Wir jagen nicht und erschießen keine Tiere zum Vergnügen, und eine Menge Leute fangen an, genauso zu denken.»

«Wir schießen sie nicht mal, um uns davon zu ernähren, weil sie dann *trefe* wären.»

«In England gibt es eine Bewegung gegen die Fuchsjagd.»

«Ja, und was ist mit den Walen?»

«In Ordnung», sagte der Rabbi und schrieb «Tiere». «Es ist nicht nur, daß wir sie nicht schießen», fügte er hinzu. «Wir vermeiden es, sie zu quälen. Wir spannen keinen Esel mit einem Ochsen zusammen ins Joch. Wir legen dem Ochsen keinen Maulkorb an, wenn er hilft, unser Getreide zu dreschen. Wir nehmen keine Eier aus dem Nest, wenn die Henne da ist.»

«Arbeit», rief jemand.

«Was ist damit?»

«Für Arbeit mußt du den allgemein gültigen Lohn zahlen, und die Arbeiter können sich in einer Gewerkschaft zusammenschließen.»

«Und sie müssen in bar bezahlt werden; und sie müssen nicht in einem firmeneigenen Geschäft kaufen.»

«Und die Fähigkeit zu lesen und schreiben? Ist diese Fähigkeit für uns nicht der Gradmesser der Zivilisation? Und wir verfügen seit ein paar tausend Jahren über diese Fähigkeit.»

«Sauberkeit, Händewaschen vor dem Essen. Ich las irgendwo, im Mittelalter sei Schmutz ein Zeichen von Heiligkeit gewesen.»

«Vergnügen; wir sollen uns vergnügen.»

Als das Klingelzeichen das Ende der Stunde verkündete, rannten sie nicht wie üblich hinaus, sondern erhoben sich langsam von ihren Plätzen, immer noch weiterdiskutierend. Sarah McBride harrte aus, und als alle gegangen waren, sagte sie als Antwort auf den fragenden Blick des Rabbis: «Wie halten Sie's mit dem Konvertieren?»

«Die Diskussion im Unterricht...»

Sie schüttelte den Kopf. «Ich habe seit einiger Zeit darüber nachgedacht.»

«Wir bekehren nicht, zum Teil, weil es uns verboten wurde, und zum Teil, weil es nicht notwendig war; der rechtgläubige Nichtjude steht bei uns auf derselben Stufe wie der gesetzestreue Jude.»

«Ich habe nicht an mich selber gedacht», sagte sie. «Ein Kind wäre leichter aufzuziehen, wenn beide Eltern dieselbe Religion hätten.»

Der Rabbi nickte. «Ich verstehe. Nun, bei uns ist die Konversion in erster Linie Aufnahme, Aufnahme in den Stamm. Es ist nicht nur, daß Sie jetzt etwas anderes glauben. Wir haben einen Pakt mit Gott geschlossen, einen richtigen Vertrag, der ihn und uns bindet. Also muß der Bekehrte einer von uns sein; nicht bloß jemand, der denkt wie wir. Zum Beispiel gehört die Änderung des Namens dazu. In der Regel ist das Abraham für Männer und Sarah für Frauen.» Er lächelte. «Aber da Ihr Name Sarah ist, sind Sie bereits auf der Hälfte des Weges.»

«Mehr ist damit nicht verbunden? Eine Änderung des Namens?»

«Oh, nein. Es gibt Konversionsseminare, zu denen ein Studienkurs gehört, der etwa sechs Monate dauert. Darauf folgt eine Prüfung und schließlich die Beschneidung für den Mann und ein rituelles Bad für die Frau.»

«Würde dieser Kurs, an dem ich bei Ihnen teilnehme, den gleichen Wert haben wie ein Konversionsseminar?»

Der Rabbi schüttelte den Kopf. «Nein, Konversionsseminare sind ganz anders; sie befassen sich mit der wirklichen Praxis, der Befolgung der Gesetze, mit den Feiertagen und wie sie zu begehen sind. Sie unterscheiden sich völlig von dem, was ich mit meinem Kurs beabsichtige. Wenn Sie ein Konversionsseminar besuchen, werden Sie wahrscheinlich am Ende viel mehr über die Praxis der Religion wissen als Ihr jüdischer Partner.»

«Dann...» Entmutigt breitete sie mit einer fragenden Gebärde die Arme aus.

«Es sei denn, er würde mit Ihnen gemeinsam das Seminar besuchen. Das ist nicht ungewöhnlich.»

«Ich versteh es nicht. Wenn er nicht mehr weiß als ich und wenn ich, nachdem ich einen sechsmonatigen Kurs gemacht habe, erheblich mehr weiß als er, dann...»

«Ich bin Ihrem Gatten nie begegnet, doch aus dem wenigen, das Sie mir erzählt haben, kann ich einiges schließen. Er wuchs in einer gesetzestreuen Familie auf, das entnehme ich der Schilderung seiner Eßgewohnheiten. Ich vermute, daß er ein praktizierender, wenn auch kein gesetzestreuer Jude ist. Er denkt völlig anders als Sie. Sie erzählten, Sie hätten nach einem bösen Gedanken das Gefühl, gesündigt zu haben, und würden zur Beichte gehen und Buße dafür leisten. Er hat erst dann das Gefühl der Sünde, wenn er einer Person wirklich ein Unrecht zugefügt hat; es käme ihm nie in den Sinn, daß er durch Gebet oder Buße Vergebung erlangen könnte, sondern nur durch die Person, der er unrecht getan hat.

Er hat keine Angst vor der Hölle, und er erwartet, wenn er stirbt, kein ewiges Leben im Himmel. Der Glaube, der für Sie so wichtig ist, hat für ihn wenig Bedeutung. Er kann an die Existenz Gottes glauben oder nicht, und sollte er gar, nachdem er irgendein philosophisches Werk gelesen hat, zu dem Schluß kommen, er sei ein Atheist, würde das sein Verhalten in keiner Weise beeinflussen.»

Er deutete auf die Wandtafel. «Denken Sie an einige der Dinge, die im Unterricht genannt wurden, zum Beispiel ans Lesen und Schreiben. Wenn sein Kind an seinen Schulaufgaben kein Interesse zeigte, würde ihn das sehr beunruhigen. Und wenn man es von der Schule weisen würde, erschiene ihm das als eine Tragödie. Das sind jüdische Verhaltensweisen, die er ebenso verinnerlicht hat wie seine Eßgewohnheiten.»

«Aber ich wäre genauso aufgebracht, wenn mein Kind von der Schule fliegen würde oder nicht lesen könnte.»

«Aber hätte Ihr Urgroßvater auch so empfunden, oder hätte er gedacht, das Lesen sei eine Aufgabe des örtlichen Priesters?»

«In Ordnung. Sie sagen, daß wir Lesen und Schreiben durch euch gelernt haben. Das meinen Sie mit dem Licht, das Israel unter die Völker bringen soll. Okay. Ob wir diese Dinge nun von euch oder ob wir sie selber erworben haben, ist kein Unterschied. Inzwischen sind unsere Verhaltensweisen die gleichen.»

«Nein, nein, nein», sagte der Rabbi kopfschüttelnd. «Sie sind völlig verschieden. Sie beten, das heißt bitten, flehen. Wir *dawenen*. Der Ursprung dieses Wortes ist unklar, aber es bedeutet soviel wie Dank sagen für empfangene Wohltaten. Es ist stark vereinfacht, aber wenn Sie sagen: ‹Unser täglich Brot gib uns heute›, sagen wir: ‹Gesegnet seist du, o Herr, der du auf der Erde Brot wachsen ließest›. Wir nennen es beten, weil wir kein besseres Wort haben und weil es nach außen hin eurem Beten entspricht.

Mildtätigkeit. Sie ist für uns beide wichtig. Aber Sie spenden aus Herzensgüte, während es für uns eine Art Steuer ist, die wir aus Scham oder unter Zwang entrichten. Selbst wenn wir unsere überlieferten Begriffe benutzen, neigen die Christen dazu, sie mit etwas in ihrer Religion gleichzusetzen, das in Wahrheit etwas ganz anderes ist. Eine Synagoge ist nicht das Gegenstück einer Kirche, und ein Rabbi entspricht nicht eurem Priester oder Pfarrer. Als Rabbi bin ich eine rein weltliche Gestalt, ohne irgendeine liturgische Funktion. Ich bin ein Rabbi, weil ich unsere Gesetze studiert, eine Prüfung abgelegt habe und für geeignet befunden wurde, in Fällen, die mir vorgetragen werden, Recht zu sprechen. Ich segne keine Menschen oder Dinge. Hin und wieder segnen die *Kohanim*, die Abkömmlinge Arons, die häufig Cohen oder Kahn, Katz oder Kagan heißen, die Gemeinde.»

«Und Lew weiß das alles, weil seine Familie ein koscheres Haus führte?»

«Ich bin sicher, daß ihm bewußt ist, daß es etwas anderes ist, für das Rote Kreuz zu spenden oder für den U. J. A. Und da er in einer Synagoge war, ist ihm gewiß auch klar, daß der Rabbi keine liturgische Aufgabe hat. Wenn er jemals in einer Kirche war, muß ihm der Unterschied zwischen eurem Beten und unserem *dawenen* aufgefallen sein. Ja, ich bin sicher, vieles von dem, was ich Ihnen sagte, ist ihm bewußt.»

«Dann sollte ich mit ihm vielleicht über dieses Konversionsseminar sprechen. Vielleicht könnte ich ihn dazu bringen, mit mir hinzugehen. Wissen Sie, ich erwarte nämlich ein Kind.»

«Herzlichen Glückwunsch. Wann ist die ...?»

«Die Geburt? Irgendwann im Mai oder Anfang Juni.»

Merkwürdigerweise beschäftigte den Rabbi auf seinem Heimweg am meisten der Gedanke, Miriam mitteilen zu können, daß sie recht gehabt hatte.

Kapitel 19

Während für Rabbi Small die Bequemlichkeit, nur eine kurze Fahrt mit der Straßenbahn vom College entfernt zu wohnen, eine Verbesserung darstellte, eröffnete Miriam der Umzug nach Brookline eine völlig neue Welt. Da sie nicht Auto fuhr, war sie vom Rabbi, der nicht gern fuhr, abhängig oder auf Freunde angewiesen gewesen, die zufällig dasselbe Ziel hatten, oder sie hatte den Bus nehmen müssen, der nur jede Stunde fuhr. Doch jetzt brauchte sie bloß über die Straße zu gehen, in eine Straßenbahn zu steigen, die alle paar Minuten kam, und war in der Stadt mit allen ihren Annehmlichkeiten.

Dennoch blieben sie mit Barnard's Crossing in Verbindung. Al Bergson kam mindestens einmal in der Woche vorbei, um über alles Interessante zu berichten, das im Tempel passiert war. Seine Frau telefonierte fast täglich mit Miriam und traf sich hin und wieder mit ihr in der Stadt, um einzukaufen, ein Museum oder ein Konzert zu besuchen. Einmal machte Chief Lanigan, der in der Stadt zu tun hatte, am späten Nachmittag kurz am College halt, und der Rabbi überredete ihn, zum Dinner mit nach Hause zu kommen. Anschließend blieb er noch zwei Stunden, erfreute sie mit Neuigkeiten aus der Stadt, erzählte ihnen von Aktivitäten des Stadtrates, des Schulausschusses oder von Vorfällen, mit denen sich die Polizei zu befassen hatte. Es war an einem Sonntagmorgen, als Miriam erklärte: «David, ich habe nicht genug anzuziehen. Ich brauche einfach mehr Kleider.»

«Kein Problem», entgegnete er. «Wir werden morgen nach Barnard's Crossing fahren, und du kannst deine Herbst- und Wintersachen holen und die Kleider zurückbringen. Um die Wahrheit zu sagen, ich brauche auch ein paar Bücher.»

«Sollen wir die Bergsons anrufen?»

«Nein, besser nicht. Sie würden sich verpflichtet fühlen, uns zum Tee einzuladen, und bis wir fahren, wird es dunkel sein.»

«Aber wenn sie uns sehen ...»

«Wir können sagen, wir wären spontan losgefahren, hätten einen Ausflug gemacht und wären rein zufällig durchgekommen.»

«In Ordnung», sagte sie zweifelnd.

Sie fuhren kurz nach dem Lunch los und kamen gegen zwei Uhr in Barnard's Crossing an. Der Rabbi fuhr in die Garage, und sie betraten das Haus durch den Hintereingang. Sie waren fast damit fertig, den Wagen mit den Dingen, die sie brauchten, zu beladen, als es an der Vordertür läutete. Es war Al Bergson.

«Ben Halprin sagte, er hätte einen Wagen in der Garage gesehen, also bin ich rübergekommen, um nachzusehen.»

«Nun...»

«Ich dachte, daß vielleicht jemand versucht, einzubrechen, denn ihr hättet mich ja angerufen, bevor ihr losgefahren wärt.»

«Ich hab's versucht», sagte der Rabbi, «aber es war dauernd besetzt.»

«Das war natürlich Madame.»

«Also dachten wir, sobald wir hier fertig wären, vorbeizukommen und euch zu überraschen.»

«Seid ihr hier fertig? Dann laßt uns gehen.»

«Wir können nicht lange bleiben», sagte der Rabbi. «Ich möchte nicht im Dunkeln zurückfahren.»

«Na, trinkt bei uns einen Kaffee. Edie hat einen Strudel gebacken, der himmlisch schmeckt.»

Als sie ihren Kaffee tranken und Strudel aßen, sagte Edith Bergson: «Hört mal, ihr zwei, ich dachte, ihr würdet an den Wochenenden herkommen. Vermißt ihr Barnard's Crossing nicht?»

«Oh, doch», erwiderte der Rabbi, «aber an den Wochenenden ist es schwierig. Am Freitag wäre es für Miriam zu spät, den Sabbat vorzubereiten. Und am Sonnabend fahre ich vor Sonnenuntergang nicht, und das hieße, in der Dunkelheit zu fahren, was ich gerne vermeide. Also hatten wir vor, sonntags herauszukommen, über Nacht zu bleiben und am Montagmorgen zurückzufahren. Aber die letzten Sonntage waren verregnet, und dann faulenzen wir und lesen die Sonntagszeitung.»

«Aber am Freitag nach dem Erntedankfest ist keine Schule. Das sind vier freie Tage. Ihr kommt doch zum Erntedankfest, oder?»

«Ja, das hatten wir vor.»

«Gut, dann erwarten wir euch am Erntedanktag zum Dinner», sagte Edith mit einer Miene, die keinen Widerspruch duldete.

Als sie losfuhren, wurde es bereits dunkel. Solange sie fuhren, sprach Miriam nicht mit ihm, denn er war am Steuer immer angespannt, um so mehr, wenn er bei Dunkelheit fahren mußte. Aber als sie wieder in ihrer Wohnung waren und die mitgebrachten Sachen weggeräumt hatten, sagte sie: «Du hast nicht nur einmal geschwindelt, sondern dann noch einmal, und am Ende hat es nicht funktioniert. Wir müssen zu den Bergsons fahren und im Dunkeln zurück.»

«Ja», sagte er, «ich schätze, das kommt dabei heraus, wenn man schwindelt.»

«Und woher wußtest du, daß Edith telefonieren würde?»

«Ich wußte es nicht, und Al wußte es auch nicht. Wir haben es beide bloß angenommen.»

Sie lachte. «Na ja, zumindest ist am Erntedanktag für uns gesorgt.»

Kapitel 20

Obwohl es den ganzen Tag bewölkt gewesen war, begann es erst nach Anbruch der Dämmerung zu regnen, gegen fünf, als Susan Selig von ihrem juristischen Seminar aus Salem zurückkehrte. Ihr Mann war im Tempel, und sie nahm an, daß er in etwa einer Stunde nach Hause kommen würde. Im Gegensatz zu dem Seminar, an dem sie vor Jahren in Connecticut teilgenommen hatte, das fast hundert Personen besuchten und das sich auf Vorlesungen beschränkte, nahmen am Kurs in Salem nur etwa ein Dutzend Personen teil, und es fanden auch Diskussionen statt. Sie war mit einem jungen Kollegen, der frisch von der Universität kam, in einen Disput geraten, aus dem er als Sieger hervorgegangen war. Demzufolge war sie ein wenig unzufrieden. Und müde.

Da sie noch Essen vom Vortag hatten, das sie nur aufzuwärmen brauchte, beschloß sie mit dem Dinner zu warten, bis ihr Mann heimkam. Sie ging ins Schlafzimmer, setzte sich auf das Bett und schleuderte ihre Schuhe weg. Dann legte sie sich aufs Bett, den Kopf auf dem Kissen. Nach einer Weile beschloß sie, es sich im Nachthemd und Bademantel richtig gemütlich zu machen und ein bißchen zu faulenzen, bis ihr Mann zurückkam.

Obwohl das Haus abgelegen war und auf der Schlafzimmerseite einige hundert Meter weit kein anderes Haus stand, zog sie das Rouleau herunter, denn sie hatte während des größten Teils ihres Lebens in Miethäusern gewohnt, und es war ihr selbstverständlich. Der Regen war dichter geworden, und dann gab es einen plötzlichen Wolkenbruch und einen Blitz; und sie sah am unteren Ende des Rouleaus in einem Spalt ein Augenpaar, das sie anstarrte.

Merkwürdig ruhig ging sie in die Diele zum Telefon und wählte 911.

Jemand nahm fast im selben Augenblick den Hörer ab. «Sergeant Riordan.»

«Hier ist Susan Selig ...»

«Die Frau vom Rabbi?»

«Richtig.»

«Was kann ich für Sie tun, Mrs. Selig?»

«Es ist jemand auf der Veranda und starrt in mein Schlafzimmer.»

«Sind Sie allein?»

«Ja.»

«Der Streifenwagen ist in Ihrer Nähe. Ich kenne die Adresse, und in einer Minute wird das Auto da sein. Es ist nur ein Katzensprung. Also verlassen Sie das Haus nicht. Warten Sie einfach ab und gehen Sie nicht ins Schlafzimmer.»

Professor Kent kam nur mühsam aus seiner knienden Position hoch, als er den Wagen in die Einfahrt kommen sah. Im Licht der Scheinwerfer des Streifenwagens blinzelnd, sagte er: «Ich war auf dem Weg zu meinen Freunden, den Millers, in der Evans Road und habe auf der Veranda vor dem Sturm Schutz gesucht.»

Sergeant Aherne stieg aus dem Wagen. Er ließ den Strahl seiner Taschenlampe von oben nach unten übers Kents Gestalt wandern und richtete ihn dann auf dessen Knie, auf denen der Schmutz der Veranda zu sehen war. «Und Sie knieten nieder, um für Ihre Rettung aus dem Regen zu danken?»

Professor Kent grinste unsicher. «Nein, Officer, ich glaubte ein Geräusch zu hören, äh – so ähnlich wie ein Schrei. Also kniete ich nieder, um zu sehen, ob jemand in Schwierigkeiten ist.»

Aherne ging zum Streifenwagen zurück und sprach mit seinem Kollegen, der am Steuer saß. Dann machte er mit dem Strahl der Taschenlampe ein einladende Bewegung. «Sie wollen zu den Millers? In Ordnung, steigen Sie ein.»

«Oh, ich danke Ihnen. Vielen Dank», sagte Kent und nahm auf dem Rücksitz Platz.

Aherne ging zur Vordertür des Hauses und läutete. Mrs. Selig im Bademantel öffnete die Tür, ließ aber die Kette vorgelegt. «Sergeant Aherne, Madame. Wir haben den Mann im Streifenwagen. Er sagt, er wolle zu den Millers in der Evans Road. Er hat vor dem Wolkenbruch auf Ihrer Veranda Schutz gesucht. Er behauptet, daß er einen Schrei gehört hat und deshalb durch das Fenster gesehen hat, ob jemand in Schwierigkeiten ist. Hatten Sie Ihr Radio oder Fernsehgerät eingeschaltet?»

«Nein.»

«Na, das habe ich mir gedacht. Der Rabbi ist im Tempel?»

«Ja, es sei denn, er besucht jemanden.»

«Aber Sie erwarten ihn in Kürze?»

Sie blickte auf ihre Uhr. «Er müßte jede Minute hier sein.»

«Wir könnten ein paar Minuten warten», schlug er vor.

«Oh, ich denke, daß das nicht nötig ist. Ich glaube nicht, daß ihn noch jemand begleitet hat.»

«Also gut, aber sollte Ihr Mann sich verspäten und Sie sich unbehaglich fühlen, könnte ich vorbeikommen und einen Polizisten dalassen, der wartet, bis Ihr Mann heimkommt.»

«Oh, das ist sehr freundlich von Ihnen, Sergeant, aber wirklich, ich glaube nicht, daß es nötig sein wird.»

«Sollten Sie Ihre Meinung ändern, sagen Sie uns Bescheid.»

Im Streifenwagen hielt Kent es für notwendig, Konversation zu betreiben. «Ich bin Professor Kent, und Professor Thorvald Miller ist mein Fachkollege am Windermere College. Ich komme häufig übers Wochenende her. Der Familie meiner Frau hat dieses Land früher gehört. Um genau zu sein, sie haben dieses Haus gebaut – das, wo ich Schutz suchte, und das Haus von den Millers ebenfalls. So hatte ich einfach das Gefühl, zu Hause zu sein, verstehen Sie.» Er lächelte. «Darum ziehe ich es auch vor, auf der Hausseite der Hecke hochzusteigen. Die andere Seite, wo wir das Wegerecht haben, ist oft schlammig, wenn es regnet. Aha, da wären wir. Sehr freundlich von Ihnen, mich mitzunehmen. Ich werde...»

«Warten Sie noch einen Augenblick im Wagen», sagte Aherne, stieg aus und ging über die Verandatreppe zur Vordertür. Er läutete, und als Professor Miller erschien, fragte er: «Erwarten Sie heute abend jemanden?»

«Nun... ich...»

Aber Kent rief durch das geöffnete Wagenfenster. «Ich bin's, Thorvald. Die Polizei hat mich hergefahren.»

«Oh, ja, Professor Kent, wir erwarten ihn.»

Aherne kehrte zum Wagen zurück und öffnete die Wagentür. Er wartete, bis Kent über die Verandatreppe und ins Haus gegangen war. Dann setzte er sich wieder in den Wagen, und als sein Kollege losgefahren war, fragte er: «Glaubst du ihm ein Wort davon?»

«Nee.»

«Ich auch nicht.»

«Auf der anderen Seite der Hecke liegen Steinplatten, und sie ist nicht schlammiger als die Hausseite.»

«Ich weiß. Und warum hast du ihn nicht ein bißchen in die Zange genommen?»

«Hätte ich gern, aber weil die Frau vom Rabbi in die Sache verwickelt ist, könnte es eine Menge Ärger geben.»

Kapitel 21

«War irgendwas?» fragte Chief Lanigan den diensthabenden Sergeanten auf dem Weg in sein Büro.

«Ein Anruf von der Frau des Rabbi wegen eines Spanners.»

«Miriam Small hat einen Spanner gemeldet?»

«Nein, die Frau vom neuen Rabbi, Rabbi Selig. Mrs. Selig rief an und sagte, sie wäre in ihrem Schlafzimmer und jemand beobachte sie durch einen Spalt im runtergelassenen Rouleau. Ich benachrichtigte den Streifenwagen, und Tim Aherne schnappte den Burschen. Er sagte, er wollte zu den Millers in der Evans Road, also hat Tim ihn hingebracht.»

«Wo ist Aherne jetzt?»

«Oben an den Kais. Er wird in etwa einer halben Stunde zurück sein.»

«Gut, sagen Sie ihm, daß ich ihn sprechen will, wenn er kommt.» Lanigan ging weiter. Dann blieb er stehen. «Schreiben Sie im Dienstbuch nichts von einem Spanner, sondern machen Sie unbefugtes Betreten daraus.»

«Warum?»

«Wenn in der Zeitung erscheint, daß die Frau des Rabbis einen Spanner gemeldet hat, könnte das 'ne Menge Ärger bringen.»

«Das kapier ich nicht, Chef.»

«Nein? Und wenn es nun eine Nonne gewesen wäre, die ihn gemeldet hätte?»

Der diensthabende Sergeant, der wie Lanigan Katholik war, nickte langsam. «Ja, ich verstehe, was Sie meinen.»

Später, als Aherne bei ihm erschien, ließ sich Lanigan von ihm den Vorfall schildern und sagte dann: «Sind Sie sicher, daß er kniete? Haben Sie gesehen, daß er kniete?»

«Nein. Er muß aufgestanden sein, als er unsere Scheinwerfer die Einfahrt raufkommen sah. Aber als ich ihn mit der Taschenlampe anleuchtete, wischte er sich den Schmutz von der Hose.»

«Und Sie brachten ihn zu den Millers?»

«Stimmt. Aber ich wollte nicht das Taxi für ihn spielen. Ich wollte nur feststellen, ob er erwartet wurde.»

«Und?»

«Ich kann es nicht genau sagen. Aber bevor ich sie fragen konnte, schrie er ihnen aus dem Streifenwagen seinen Namen zu.»

«Ich verstehe. Und die Frau des Rabbi, hat sie sich aufgeregt?»

«Ist mir nicht aufgefallen. Ich bot ihr an, einen Mann bei ihr zu lassen, bis der Rabbi nach Hause kommt, aber sie sagte, das sei nicht nötig, denn sie erwarte ihren Mann jede Minute.»

Lanigan lehnte sich in seinem Armsessel zurück. «Die Millers, wissen Sie etwas über sie?»

«Er ist Lehrer in Boston, glaube ich.»

«Das weiß ich. Er ist nicht verheiratet, aber seine Mutter wohnt bei ihm und führt ihm den Haushalt. Sie wissen nichts über sie, oder?»

Aherne schüttelte den Kopf. «Ada Bronson arbeitet bei ihr; sie könnte was wissen.»

«Ada Bronson? Jimmi Bronsons Frau?»

«Stimmt. Nicht regelmäßig. Sie geht hin und wieder hin, um auszuhelfen. Meistens mittwochs, sagt Jimmi, um ihr beim Saubermachen zu helfen und ihr Gesellschaft zu leisten, weil ihr Sohn mittwochs spät heimkommt.»

«Ich kann mir nicht vorstellen, daß die Millers viel Hilfe brauchen.»

«Ja, aber der alten Dame geht es nicht gut. Hat ziemlich böses Asthma. Manchmal liegt sie bloß im Bett oder auf dem Sofa im Wohnzimmer, und Ada macht die ganze Arbeit, kocht das Essen und so weiter.»

«Wie alt ist sie nach Ihrer Meinung?»

«Millers Mutter?» Ein Achselzucken. «Sechzig, fünfundsechzig.»

«Und dieser Bursche, den ihr geschnappt habt?»

«Sie meinen den Spanner? Könnte ungefähr gleichaltrig sein, vielleicht fünfundsechzig oder siebzig.»

«Dann wollte er vielleicht eher die alte Dame als den Sohn besuchen.»

«Ja, das wäre möglich.»

«Vielleicht werde ich die Millers mal besuchen. Wer war mit Ihnen im Streifenwagen?»

«Bob Slocumbe.»

«Okay. Im Dienstbuch steht ‹unerlaubtes Betreten›. Verstanden?»

«Klar, Chef.»

«Sagen Sie das auch Slocumbe.»

«Okay.»

Kapitel 22

Rabbi Selig kam etwa zehn Minuten nach der Polizei zu Hause an. Wie so oft in Neuengland hatte das Wetter sich aufgeklärt, und der Mond stand hell am wolkenlosen Himmel. Er parkte seinen Wagen in der Garage und kam durch die Hintertür in die Küche. Als er seine Frau in Nachthemd und Bademantel sah, fragte er: «Fühlst du dich nicht wohl?»

«Oh, mir geht's gut. Warum fragst du?»

«Nun, gewöhnlich ziehst du dich früh am Abend nicht so an.»

«Ich hatte ein bißchen Kopfschmerzen nach dem Kurs und dachte, es würde mir bessergehen, wenn ich mich eine Weile hinlegte, aber...»

«Aber was?»

«Oh, Dana.» Ihre Augen füllten sich mit Tränen, und sie erzählte ihm, was passiert war.

«Ich werde auf der Stelle rübergehen und...»

«Oh, bitte nicht, Dana. Nicht jetzt. Du könntest handgreiflich werden.» Trotz der Tränen gelang es ihr zu lächeln. «Und wenn das rauskäme, könnte es jede Menge Ärger geben. Du kriegst vielleicht ein blaues Auge, und wie würde das aussehen? Und was würde die Gemeinde von ihrem Rabbi denken, der mit einem blauen Auge herumläuft? Warte, bis du dich ein bißchen beruhigt hast.»

«In Ordnung, ich werde ihn morgen aufsuchen.»

Er überlegte, ob er zuerst zur Polizei gehen sollte, um zu erfahren, wie man den Vorfall beurteilte, und kam zu dem Schluß, daß die Sache dadurch öffentlich werden würde, was peinlich sein konnte. Also fuhr er am folgenden Abend nach dem Gottesdienst in die Evans Road und parkte seinen Wagen vor dem Haus der Millers. Er läutete, und als Miller die Tür öffnete, sagte er: «Ich bin Rabbi Selig und...»

«Oh, ja, mein Nachbar. Wollen Sie nicht hereinkommen?»

Zögernd trat Rabbi Selig in die Diele.

«Als der ältere Nachbar hätte ich Sie aufsuchen müssen, als Sie einzogen, anstatt auf Ihren Besuch zu warten», sagte Miller.

«Ich komme wegen Ihres Gastes von gestern abend.»

«Das war Professor Kent, ein ausgezeichneter Gelehrter.»

«Nun, ich habe eine Nachricht für diesen ausgezeichneten Gelehrten. Würden Sie ihm sagen, daß ich ihm die Fresse polieren werde, wenn ich ihn noch einmal auf meiner Seite der Hecke sehe.»

Miller lächelte. «Das sind rauhe Töne von einem Geistlichen.»

«Ich bin kein Geistlicher, und ich habe keinen Anspruch auf das Göttliche. Sagen Sie ihm einfach, wenn Sie ihn sehen, daß ich ihm die Fresse polieren werde.»

«Professor Kent ist ein alter Mann, ungefähr siebzig, und Sie sind etwa halb so alt, würde ich sagen. Er wiegt etwa hundertfünfundzwanzig Pfund, und Sie sind ein Schwergewicht. Es würde ziemlich schwierig für Sie, einen Kampf mit einem gebrechlichen alten Mann zu erklären.»

«In Ordnung», sagte Rabbi Selig, «dann werde ich ihm eben nicht die Fresse polieren. Sagen Sie ihm nur, daß ich ihn, wenn er noch einmal auf meiner Seite herumlungert, über die Hecke werfen werde. Wollen Sie ihm das sagen?»

«Oh, ich versichere Ihnen, daß es keine Schwierigkeiten mehr geben wird. Sie müssen wissen, daß der Familie von Professor Kent früher das Land von der Old Boston Road bis runter nach Graners Cove gehörte und daß sie dieses Haus baute und das, in dem Sie wohnen. Genaugenommen gehörte es der Familie seiner Frau, so daß er wahrscheinlich glaubt, daß er in dieser Gegend immer noch sorglos herumlaufen kann. Aber ich habe ihm gestern abend klargemacht, daß das inzwischen nicht mehr geht. Er ist bei uns ein häufiger Gast und verbindet angenehme Erinnerungen mit dem Haus. Normalerweise kommt er mit dem Wagen, weil er ein guter Fahrer ist. Letzte Nacht kam er nicht von zu Hause. Er war in Boston, also nahm er den Bus, anstatt nach Hause zu gehen, um seinen Wagen zu holen. Er wußte, daß ich ihn am nächsten Morgen in die Stadt fahren würde.»

«Schon gut, aber vergessen Sie nicht, ihm zu sagen, daß ich ihn, wenn ich ihn auf meinem Grundstück sehe –» er streckte die Hände aus, als greife er einem Kind unter die Arme, um es hochzuheben «– ihn über die Hecke werfen werde. Wollen Sie ihm das ausrichten?»

«Ich werde es ihm sagen, aber ich versichere Ihnen, daß es nicht nötig sein wird.»

Rabbi Selig nickte, verließ ohne ein weiteres Wort das Haus und stieg in seinen Wagen. Als er nach Hause kam, begrüßte er seine Frau mit den Worten: «Uns wird niemand mehr belästigen, der über unser Grundstück zu den Millers geht.»

Kapitel 23

Als Chief Lanigan anrief, um sich zu erkundigen, ob Miller am Abend daheim sei und Zeit hätte, war Mrs. Miller erfreut. «Sicher geht es darum, daß sie dich bitten wollen, einem städtischen Ausschuß beizutreten, Thor», sagte sie.

«Wahrscheinlicher ist, daß er versuchen wird, mir was zu verkaufen, vielleicht Eintrittskarten für den Polizeiball, oder ich soll irgendwas unterschreiben, eine Eingabe wegen einer Gehaltserhöhung vielleicht.»

Trotzdem empfing er Lanigan freundlich. Seine Mutter, eine große, kräftig gebaute Frau mit aufgedunsenen Wangen und hervortretenden Augen, war überschwenglich. Als sie im Wohnzimmer Platz genommen hatten, stand sie auf, um ihrem Gast einen Teller mit Keksen, dann ein paar Pralinen anzubieten, und fragte jedesmal: «Sind Sie sicher, daß Sie keine Tasse Tee möchten? Oder vielleicht Kaffee? Es macht keine Mühe.»

«Ich bin gekommen, weil ich dachte, wir sollten uns mal kennenlernen», sagte Lanigan.

Mrs. Miller grinste befriedigt und warf ihrem Sohn einen «Ich hab's dir doch gesagt»-Blick zu.

«Wissen Sie», fuhr Lanigan fort, «wir sind eine kleine Stadt, aber das Einzugsgebiet ist sehr groß. Wir sind nicht nur für die Wohngebiete, sondern auch noch für den Hafen zuständig. Da wir nur ein kleines Revier sind, arbeiten wir anders als die Polizei in einer Großstadt. Wir versuchen, über alles auf dem laufenden zu sein, was passiert. Wir sperren die Ohren auf und hören eine Menge Tratsch und Gerüchte, und wenn wir das Gefühl haben, daß sich etwas Ärgerliches zusammenbraut, versuchen wir, es im Keim zu ersticken. Neulich abend bekamen wir einen Anruf von Ihrer Nachbarin, deren Hinterhof an den Ihren grenzt, jemand beobachte sie durch ihr Fenster. Zufällig war unser Streifenwagen in der Nähe, und als er vom Diensthabenden alarmiert wurde, fuhren meine Leute rüber, und es gelang ihnen, den Mann am Fenster zu fassen.»

«Das war Professor Kent», sagte Mrs. Miller, «ein sehr bedeutender Gelehrter, der aus einer wichtigen Familie kommt.»

«Er suchte auf der Veranda Schutz vor einem Wolkenbruch», sagte Thor Miller.

«Als der Beamte seine Taschenlampe auf ihn richtete, war er emsig damit beschäftigt, den Schmutz der Veranda von seiner Hose zu bürsten.»

«Er sagte, er hätte einen Schrei gehört und habe nachsehen wollen, ob es Ärger gebe», erklärte Miller.

«Es hat aber niemand geschrien», sagte Lanigan.

«Er könnte aus dem Radio oder Fernseher gekommen sein», sagte Miller.

«Weder das Radio noch der Fernseher war eingeschaltet.»

«Es könnte das Unwetter gewesen sein», sagte Miller. «Übrigens kam der Ehemann der Dame, ein Rabbi Selig, zu uns, um sich zu beschweren», fuhr er fort. «Professor Kents Familie besaß hier früher eine Menge Land, und er verhält sich immer noch so, als gehöre es ihm.»

«Und hat der Rabbi es gekauft?» fragte Lanigan.

Miller zuckte die Achseln, aber seine Mutter sagte empört: «Er sagte, er werde Professor Miller die Fresse polieren, wenn er ihn noch einmal auf seinem Grundstück anträfe. Und als mein Sohn ihn darauf aufmerksam machte, daß Kent ein alter Mann sei, sagte er, dann werde er ihn eben über die Hecke werfen. Stellen Sie sich das vor: ein Geistlicher, der so was sagt, und das über einen bedeutenden Gelehrten wie Professor Kent.»

«Ist er hier regelmäßig Gast?» fragte Lanigan.

«Er ist Professor am selben College wie mein Sohn, der ebenfalls Professor ist.»

«Aber Mutter!» Dann zu Lanigan: «Er ist mein Kollege und das älteste Mitglied meiner Abteilung. Ich fühle mich geehrt, daß wir uns so nahestehen. Er kommt her, weil seine Familie den Sommer hier zu verbringen pflegte. Tatsächlich hat seine Familie dieses Haus gebaut und auch das, in dem der Rabbi wohnt. Gewöhnlich kommt er mit dem Wagen, aber wenn er aus irgendeinem Grund den Bus benutzt, dann übernachtet er hier und fährt am nächsten Morgen mit mir in die Stadt. Wenn ich's recht bedenke, bleibt er in der Regel über Nacht.»

«Und wenn er den Bus benutzt, steigt er an der Haltestelle vor der Einfahrt des Rabbis aus?»

«Das ist richtig. Man sagte mir, es gebe ein Wegerecht von der Old Boston Road bis nach Graners Cove.»

«Hm, es gibt ein Wegerecht, aber das betrifft die andere Seite der Hecke. Ich schlage vor, Sie sagen ihm, er soll, wenn er den Bus benutzt, an der nächsten Haltestelle aussteigen, wo die Old Boston Road auf die Evans Road trifft.»

«Aber das bedeutet einen langen Fußmarsch», protestierte Mrs. Miller.

«Aber es könnte weniger Ärger bedeuten», sagte Lanigan. «Beim nächsten Mal könnten die Streifenbeamten ihn festnehmen, und er müßte die Nacht statt in Ihrem Gästezimmer in unserer Zelle verbringen.»

Kapitel 24

Der größte Teil des Monats November war kalt und regnerisch gewesen, und in den höheren Lagen Neuenglands hatte es kräftig geschneit; die Skihänge im nördlichen Neuengland wiesen bereits ausreichend Schnee auf, so daß nur vereinzelt Schneekanonen erforderlich waren. Sogar in den westlichen und mittleren Landesteilen hatte es geschneit, während die Küstenregion davon verschont geblieben war, was die Wetterexperten in den Nachrichtensendungen mit der Nähe zum wärmeren Wasser des Ozeans erklärten.

Der Rabbi und Miriam wollten am frühen Nachmittag des Mittwochs vor dem Erntedanktag nach Barnard's Crossing fahren, um den Abend und die Nacht in ihrem Haus zu verbringen und am nächsten Tag, wie sie es versprochen hatten, zum Dinner zu den Bergsons zu gehen oder zu fahren. Aber Dienstag abend hatte der Meteorologe im Fernsehen mit weitausholenden Armbewegungen den Verlauf des Luftstroms verdeutlicht und auf das Aufkommen eines Nordostwindes hingewiesen, der sich möglicherweise zu einem Blizzard ausweiten könne, und als der Rabbi um zehn Uhr zum College aufbrach, fiel bereits Schnee.

«Wenn das Wetter so bleibt, werden wir unsere Pläne ändern müssen», sagte er zu Miriam.

«Es wird vermutlich bald aufhören, David. Sieh doch, der Schnee bleibt nicht liegen. Aber auf jeden Fall ziehst du besser Schuhe mit Gummisohlen an.»

Als er zum Kenmore Square kam, wo er aus der Straßenbahn stieg und zwei Blocks zur Schule ging, blieb der Schnee liegen, und die Schneedecke auf dem Bürgersteig war mehrere Zentimeter dick. Auch der Wind hatte beträchtlich aufgefrischt, und er mußte sich vorbeugen und seinen Hut festhalten.

Als er seinen Arm in den Mantel steckte, kam Lew Baumgold eine Idee, und er griff zum Telefon. «Sarah? Lew. Hör mal, Schatz, ich werde den größten Teil des Tages in Boston sein. Da könnte ich dich vielleicht abholen, wenn ich fertig bin, und wir können zusammen nach Barnard's Crossing fahren.»

«Ich habe eine Stunde um drei, Lew.»

«Um so besser. Ich werde nicht vor vier fertig sein und gegen halb fünf bei der Schule sein. Du bist um vier fertig, also mußt du höchstens eine halbe Stunde in der Cafeteria warten.»

«In Ordnung. Bist du sicher, daß du zum Dinner nicht in Boston bleiben willst?»

«Liebling!» Sein Tonfall verriet Verärgerung. «Ich sagte dir doch, daß wir zum Dinner mit Bob und Louise verabredet sind und daß er einen Tisch im *Salem House* reserviert hat.»

«Ach ja. In Ordnung. Also hol mich gegen halb fünf in der Cafeteria ab.»

«Ich liebe dich.» Und er legte auf.

Sein Partner, Jack Colby, kam ins Zimmer. «Ich hab's gerade im Radio gehört», sagte er. «Sie sagen für heute nachmittag einen ausgewachsenen Nordost voraus. Wenn ich du wäre, würde ich mit der Bahn oder dem Bus fahren. Du würdest wahrscheinlich Schwierigkeiten haben, einen Parkplatz zu finden, wenn es Schnee gibt. Und wenn du einen Parkplatz auf der Straße findest, steckst du vielleicht nachher in einer Schneewehe, wenn's viel Schnee gibt.»

Lew blickte durch das Fenster auf die Straße, die bereits weiß war. «Hm, ich denke, du hast recht. Hast du einen Busfahrplan?»

Thorvald Miller fuhr rückwärts aus seiner Garage und schaltete die Scheibenwischer ein, denn es schneite. Aber der Wischer auf der Beifahrerseite arbeitete nicht richtig und verschmierte die Scheibe. Er stellte den Motor ab, stieg aus und fummelte an der Feder herum, die das Wischerblatt gegen das Glas preßte. Dann stieg er wieder ein und stellte erneut die Scheibenwischer an. Während der Wischer auf der Fahrerseite diesmal richtig zu funktionieren schien, blieb der andere dauernd kleben und bewegte sich nur hin und wieder. Wenn es weiterschneite, war es gefährlich, den ganzen Weg in die Stadt zu fahren. Also fuhr er bloß bis zum nahen Bahnhof Swampscott.

Dort waren alle Parkplätze besetzt, bis auf einen unmittelbar an der Treppe, die zum Bahnsteig führte, der für Behinderte reserviert war. Das «Reserviert»-Schild war leicht mit Schnee bedeckt, und er konnte ja behaupten, das Schild nicht gesehen zu haben, wenn man ihm wegen unbefugten Parkens einen Strafzettel verpaßte.

Nur zwei Studenten erschienen um elf Uhr zum Unterricht. «Sie sind vermutlich durch den Schneesturm aufgehalten worden», sagte der Rabbi. «Wir werden ein paar Minuten warten.»

«Sie werden nicht mehr kommen», sagte einer der Studenten «weil sie alle außerhalb wohnen.»

«Und Sie?»

«Oh, ich komme aus Newton.»

«Und ich komme aus Brookline.»

«Also gut», sagte der Rabbi, «machen wir für heute Schluß, und Sie können früher aufbrechen.» Er wandte sich an Sarah McBride und fragte: «Sind Sie für heute fertig?»

«Nein, ich habe eine Stunde um drei.»

«Ob die Cafeteria jetzt wohl geöffnet ist? Wie wär's mit einer Tasse Kaffee?»

«Ja, gern.»

Während sie zur Cafeteria gingen, sagte sie: «Die meisten Studenten kommen aus der Stadt, und sie schwänzen den Unterricht selten vor einem Feiertag. Das wird auch bei meiner Stunde um drei so sein. Sie haben zufällig eine Mehrzahl von Auswärtigen erwischt, ein paar sind aus New York, und mindestens einer kommt, soviel ich weiß, aus New Jersey.»

«Also ist der Unterricht am späten Nachmittag gut besucht?»

«In der Regel. Professor Kent läßt an diesem Tag immer eine wichtige Klassenarbeit schreiben, damit sie nicht schwänzen. Er hat heute um vier Unterricht.»

Sie erreichten die Cafeteria und holten sich Kaffee.

«Vielleicht sagt er diese Stunde trotzdem ab», fuhr sie fort. «Er nimmt heute an einer großen Party in Breverton teil. Er hat die ganze Woche damit geprahlt. Es ist ein Hochzeitsempfang im dortigen Country Club, und die Braut ist eine Leverett.»

«Tatsächlich! Und sie gibt den Empfang im Breverton Country Club? Ich hatte keine Ahnung, daß das ein so vornehmes Lokal ist.»

«Ist es nicht, und sie stammt aus dem armen Zweig der Leveretts, den Nordküsten-Leveretts. Als ihre Vorfahren von der *Mayflower* stiegen, siedelten sie sich überall an der Nordküste an und wurden Farmer. Die anderen Leveretts ließen sich in und um Boston nieder und wurden Kaufleute und Reeder.»

«Ich verstehe. Und Sie fahren zum Erntedankfest an die Nordküste, oder kommt Ihr Mann nach Boston?»

«Oh, ich schätze, ich werde nach Barnard's Crossing fahren. Lew ist heute geschäftlich in der Stadt, und ich werde wahrscheinlich mit ihm zurückfahren. Er wird mich gegen vier im Büro abholen, wenn er fertig ist. Wenn Sie noch da sind, kommen Sie doch rauf; ich möchte Sie ihm gern vorstellen.»

«Daraus wird leider nichts», sagte der Rabbi. «Ich werde mich jetzt gleich auf den Heimweg machen.»

Als der Rabbi zum Kenmore-Bahnhof ging, kam es ihm vor, als sei der Schneefall dichter und der Wind viel stärker geworden. Obgleich ein großer Teil des Bürgersteigs vor den Geschäften geräumt war, freute er sich über seine Gummisohlen, und als er eine Straße überqueren und über die Hügel klettern mußte, die die Schneepflüge aufgehäuft hatten, wünschte er, daß er Überschuhe angezogen hätte. Die Schneepflüge waren in vollem Einsatz, und Assistent Professor Morris, ein neuer Lehrer, beobachtete düster vom Fenster des Englischen Büros, wie einer von ihnen die Clark Street entlanggerumpelt kam.

«Ich bin verschüttet», verkündete er.

Professor Sugrue, Leiter der Abteilung, stellte sich neben ihn.

«Ich bin sicher, daß Sie einen der Hausmeister überreden können, Ihr Auto freizuschaufeln», sagte er.

«Schon möglich. Aber selbst wenn man mich freischaufelt, wo sollte ich parken?»

«Da haben Sie recht», pflichtete Sugrue bei. «Und wie wollen Sie jetzt nach Hause kommen?»

«Oh, das ist kein Problem. Ich nehme die Straßenbahn.»

In Barnard's Crossing blickte Rabbi Selig auf die weiße Schneedecke hinaus und dachte, daß er endlich Gelegenheit bekommen würde, seinen Schneeräumer zu benutzen. Seine Frau hatte ihren Pelzmantel angezogen und streifte jetzt die Handschuhe über.

«Du gehst heute nicht zu deinem Repetitorium, nicht wahr?»

«Und warum nicht?»

«Na ja, du wirst keine Schwierigkeiten haben, bis zur Straße zu kommen, weil geräumt ist, aber wo willst du parken, wenn du ankommst?»

«Dort, wo ich immer parke, bei der Tankstelle einen halben Block weiter. Die Stunde ist wichtig. Wir schließen gerade die zivilrechtlichen Delikte ab.»

Er beobachtete, wie sie den Wagen die abschüssige Einfahrt hinuntermanövrierte, und dann zog er seinen Mackinaw an und ging hinaus zur Garage. Er rieb sich die Hände und rollte den Schneeräumer aus der Ecke, in der er abgestellt war, zur offenen Tür. Dann packte er den Holzgriff des Starterseils und zog. Der Motor sprang nicht an, aber er stotterte ermutigend. Er rollte das Seil wieder auf und zog noch einmal. Beim dritten Mal sprang der Motor an, und er lauschte dem dröhnenden Brummen, als höre er seine Lieblingssymphonie. Er schob die Maschine aus der Garage in den Schnee, und seine Augen leuchteten vor Vergnügen und Stolz, als er den weißen Schneebogen sah, den die Maschine hochschleuderte. Der städtische Schneepflug, der die eine Hälfte der Straße geräumt hatte, als Susan Selig losfuhr, war inzwischen zurückgekehrt, um sich die andere Straßenseite vorzunehmen, und drückte Schnee in die Einfahrt, aber Rabbi Selig schob seine Maschine in den Schneehügel und konnte problemlos den Zugang zur Straße freiräumen. Als er einen Weg, so breit wie ein Auto, geräumt hatte, machte er Pause und stellte fest, daß Hände und Gesicht froren. Also rollte er die Maschine in die Garage zurück, zufrieden, daß Susan keine Schwierigkeiten haben würde, in die Einfahrt zu fahren, wenn sie heimkam.

Professor Millers 3-Uhr-Klasse war daran gewöhnt, mittwochs das Klassenzimmer früher verlassen zu können, und auch heute enttäuschte er sie nicht; er schloß den Unterricht gute zwanzig Minuten vor dem offiziellen Unterrichtsende. Er eilte ins Büro, um seine Sachen zu holen. Dort wartete Professor Kent auf ihn.

«Oh, da sind Sie ja, Thorvald. Ich habe meine Stunde um vier abgesagt. Ich muß mich umziehen für diese feierliche Sache in Breverton. Wenn Sie also noch ein bißchen ausharren, können Sie mich nach Barnard's Cross rausfahren und...»

«Ich bin mit dem Zug gekommen und fahre mit dem Zug zurück.»

«Wir können meinen Wagen nehmen, lieber Junge.»

«Ja, aber ich habe eine Verabredung, die... die ich nicht absagen kann.»

«Oh, natürlich. Es ist Mittwoch, und Sie haben ja jeden Mittwochnachmittag eine Verabredung. Wann werden Sie schätzungsweise nach Hause kommen?»

«Ich weiß es nicht», sagte Miller und schob sich zur Tür.

«Dann werde ich vielleicht selber fahren. Im Radio sagten sie vor einer Weile, die Hauptstraßen wären geräumt. Vielleicht mache ich bei Ihnen halt und mache Ihrer lieben Mutter einen kurzen Besuch. Wenn Sie dann heimkommen, können Sie mich mit meinem Wagen rasch nach Breverton rauffahren, ihn mit nach Hause nehmen und mich abholen, wenn die Party vorüber ist. Können Sie einen Augenblick rüberkommen, um mir die Schleife zu binden, geht das?»

«Nun ja, aber nur für eine Minute.»

In der Wohnung der Smalls läutete das Telefon, und Rabbi Small hob ab. Es war Bergson, der sagte: «Hören Sie, David, die Straßen sind jetzt zwar frei, aber Sie zögern sicherlich, morgen zu fahren.»

«Stimmt.»

«Im Radio hieß es, die State Road sei frei, aber richten Sie sich darauf ein, eventuell den Zug zu nehmen. Sagen Sie mir Bescheid, mit welchem Zug Sie kommen, und ich werde Sie am Bahnhof abholen. Okay?»

«Schön. Ich werde morgen früh anrufen.»

«Übrigens, David, wir haben auch die Seligs eingeladen. Sind Sie damit einverstanden? Ich meine, ist das für Sie ein Problem? Sie verstehen sich doch gut mit ihnen?»

«Oh, sicher. Ich freue mich darauf, sie zu sehen.»

Als Sarah McBride ein paar Minuten vor vier das Büro betrat, wollte Professor Miller gerade aufbrechen. Das Telefon läutete, und er nahm den Hörer ab. «Für Sie», sagte er und reichte ihr den Hörer.

Es war Lew. «Hör mal, Schatz», sagte er, «ich werde noch etwa eine halbe Stunde hier zu tun haben, vielleicht auch eine Stunde. Ich hole dich in deiner Wohnung ab.»

«Ich könnte ja hinkommen. Bist du im Gericht?»

«Nein, ich bin im Lawyer's Building in Cornhill.»

«Wo hast du geparkt?»

«Ich bin nicht mit dem Auto da. Ich habe den Bus genommen. Wir werden mit dem Bus nach Hause fahren müssen.»

«Du bist fast drei Blocks von der Bushaltestelle in Barnard's Crossing entfernt, und dort liegt der Schnee ziemlich hoch», wandte sie ein.

«Ja, und Endicott haben sie wahrscheinlich nicht geräumt. Hör mal, wir könnten mit dem Zug fahren und am Bahnhof Swampscott ein Taxi nehmen.»

«Als wir letztes Mal mit dem Zug in Swampscott ankamen, mußten wir eine halbe Stunde oder noch länger warten, ehe unser Taxi kam.»

«Du hast recht. Dann gehst du am besten nach Hause. Morgen früh rufst du mich an und sagst mir, mit welchem Zug du kommen kannst, und ich hole dich in Swampscott ab.»

«Ja, ich glaube, das ist besser.»

«Ich liebe dich.»

Als Professor Kent auf Professor Millers Läuten die Tür öffnete, hatte er gebadet, war rasiert und fertig angezogen, bis auf die Frackschleife, deren Enden lose über seinem Hemd baumelten. Professor Miller betrachtete ihn und sagte: «Sehr schön. Ich habe nur zwei Minuten Zeit. Ich finde, Sie könnten wenigstens einmal versuchen, Ihre Schleife selber zu binden. Was wäre, wenn ich's nicht könnte?»

«Es ist diese Sehnenentzündung in meiner linken Schulter», sagte Kent. «Ich kann meinen Arm nicht heben, und wenn das Wetter so schlecht ist wie heute, kann ich ihn kaum über meine Taille heben. Aber ich war mir ja sicher, daß Sie vorbeikommen.»

«In Ordnung, drehen Sie sich um.»

Kent drehte sich um und blickte in den ovalen Spiegel an der Wand, und Miller schlug die Enden der Schleifen übereinander und zog sie zusammen.

«Aua!»

«Ein bißchen eng, oder?» fragte Miller. «Schon gut, ich werde sie ein wenig lockern.» Er machte aus einem Ende eine Schlinge und zog das andere Ende hindurch, um eine zweite Schlinge zu machen. «Na, wie ist das? Das ist eine ziemlich gute Frackschleife, wenn ich mich selber loben darf.»

Professor Kent nickte.

Es war fünf Uhr, als Susan Selig ihren Mann anrief. «Wir machen gerade eine kurze Pause», verkündete sie, «aber wir werden mit dem Zivilrecht fertig werden. Wir feiern immer eine kleine Party, wenn wir mit einem Abschnitt durch sind, und ich bin an der Reihe. Nichts Aufwendiges, bloß Kaffee und Doughnuts. Ist die Einfahrt geräumt?»

«Ich habe sie gleich nach deiner Abfahrt geräumt.»

«Aber seitdem ist eine Menge Schnee gefallen.»

«Dann geh ich eben noch mal raus ... wie viele Leute seid ihr?»

«Etwa ein Dutzend. Warum?»

«Ich meine, wie viele Autos?»

«Oh, fünf oder sechs. Vielleicht auch acht.»

«Dann mache ich besser die ganze Terrasse frei.»

«Es ist doch nicht zuviel Mühe, Liebster?»

«Nein, es macht mir Spaß.»

Er legte auf und ging hinaus, um die Wetterlage zu prüfen. Es kam ihm noch kälter vor als vor Stunden, als er zum ersten Mal geräumt hatte. Er ging ins Haus zurück, und dieses Mal suchte er herum, bis er eine Strickmütze, Fäustlinge und einen Wollschal fand, den er unter seinem Mackinaw um den Hals wikkelte.

Professor Miller fand eine leere Telefonzelle und rief zu Hause an. Auf das «Hallo», das ihm antwortete, fragte er: «Mama?»

«Nein, hier ist Ada Bronson, Professor. Ihre Mutter hat sich hingelegt.»

«Fehlt ihr etwas?»

«Oh, nein, sie ruht sich bloß aus.»

«Ist Professor Kent da?»

«Professor Kent? Nein, außer mir und Ihrer Mutter ist niemand hier.»

«Hat er angerufen?»

«Nicht, seit ich hier bin. Ich bin mittags gekommen.»

«Dann, nehme ich an, wird er direkt nach Breverton gefahren sein. Ich komme mit dem Zug nach Hause. Ich bin heute nicht mit dem Wagen gefahren, weil ich Ärger mit dem Scheibenwischer hatte. Ich habe in Swampscott geparkt. Sagen Sie meiner Mutter, daß ich den Zug um fünf Uhr zweiunddreißig nehme und etwa gegen sechs zu Hause sein werde.»

Es war fast halb sechs, als Professor Miller bei Professor Kent anrufen konnte. Mrs. Bell nahm den Hörer ab.

«Professor Kent ist nicht da», sagte sie. «Er hat eine Party in Breverton, also nehme ich an, daß er dorthin gefahren ist.»

«Hat er jemanden gebeten, ihn hinzubringen, oder hat er versucht, selber hinzufahren?»

«Ich weiß es nicht. Er war fort, als ich ankam.»

«Ob Sie wohl so freundlich wären, Mrs. Bell, in der hinteren Garage nachzusehen, ob sein Wagen da ist? Ich bleibe dran.»

«In Ordnung.» Ein oder zwei Minuten später sagte sie: «Das Auto ist weg. Ich nehme also an, daß er selber gefahren ist.»

«Ich schätze, er hat angenommen, daß ich nicht rechtzeitig zu ihm zurückkommen würde. Es ist ziemlich böses Wetter hier draußen, aber die Hauptstraßen scheinen frei zu sein. Sollte er zurückrufen, richten Sie ihm bitte aus, daß ich angerufen habe.»

Dann wählte Professor Miller seine eigene Nummer, Mrs. Bronson nahm ab.

«Hier spricht Professor Miller. Ist meine Mutter da?»

«Sie hat sich hingelegt.»

«Gut, stören Sie sie nicht. Sagen Sie mir bloß, ob Professor Kent eingetroffen ist.»

«Nein, außer Ihrer Mutter und mir ist niemand hier.»

«Dann nehme ich an, daß er direkt nach Breverton gefahren ist. Sagen Sie meiner Mutter, daß ich den Zug um fünf Uhr zweiunddreißig nehme und kurz nach sechs zu Hause sein werde.»

«Ja, das sagten Sie schon.»

«Oh, ja, ist das wahr? Werden Sie noch dasein, wenn ich heimkomme?»

«Ja, ich denke, Ihre Mutter sähe es gern, wenn ich hierbleibe, bis Sie kommen.»

Der Zug war überfüllt, und er mußte stehen. Er zog seinen Mantel nicht aus, legte aber seine Aktentasche in das Gepäcknetz. Der Zug lief um fünf Uhr fünfundfünfzig im Bahnhof Swampscott ein. Wie gewöhnlich stiegen die meisten aus, und Professor Miller war unter den letzten, die davoneilten. Er ging direkt zu seinem geparkten Wagen und war dankbar, als er sah, daß wegen des Bahnhofsvordaches und möglicherweise wegen der günstigen Windrichtung weit weniger Schnee auf seinem Wagen lag, als er befürchtet hatte.

Neben seinem Auto stehend, sah er zu, wie der Zug den Bahnhof verließ. «Verdammt!» rief er. Der Mann, der neben ihm den Schnee von seinem Auto fegte, blickte ihn fragend an.

«Ich habe meine Aktentasche im Zug liegenlassen. Wie lange braucht er bis Salem?»

Der Mann zuckte die Achseln. «Drei, vier Minuten, schätze ich. Ich habe einen Fahrplan im Auto, falls...»

Miller schüttelte den Kopf. «Nein. Ich nehme nicht an, daß ich rechtzeitig dasein könnte.»

«Der Zug wird wahrscheinlich schon wieder von Salem losgefahren sein, bevor Sie den Schnee von Ihrem Wagen gekratzt haben. Wenn Sie die Gepäckaufbewahrung vom Bostoner Nordbahnhof anrufen, werden die den Schaffner benachrichtigen.»

«Schätze, Sie haben recht.»

Zu Hause angekommen, fragte er seine Mutter, ob Kent angerufen hätte, und als sie verneinte, sagte er: «Wahrscheinlich ist er direkt nach Breverton gefahren. Ich nehme an, daß er sich nach der Party melden wird.»

«Wird er am Erntedanktag zum Dinner kommen?»

«Das hatte er vor, es sei denn, einer seiner hochgestochenen Freunde auf der Party lädt ihn ein.»

«Nun, ich denke, er sollte uns Bescheid geben.»

«Das wird er vermutlich tun, wenn er daran denkt. Hör mal, ich muß beim Nordbahnhof anrufen. Ich habe meine Aktentasche im Zug liegenlassen.»

«Oh, doch wohl nicht die Tasche, die ich dir zu Weihnachten geschenkt habe, Thor?»

«Nein, nicht die Diplomatentasche. Diese alte mit dem zerrissenen Riemen. Würdest du mir wohl die Nummer raussuchen, Mama?»

Antonio Donofrio starrte düster aus dem Fenster des Salons Bixby, während der Schnee fiel. Das Telefon läutete, und Lorraine, seine Frau, nahm den Hörer ab. Einen Augenblick später rief sie: «Noch eine Absage, Tony. Mrs. Stephenson. Sie ist die letzte. Sie sagt, laut Wetterbericht kriegen wir einen Blizzard.»

«Ja, aber laut allen früheren Berichten gilt das für den Westen des Staates. Hier an der Küste erwarten sie weniger Schnee. Aber wir kriegen den ganzen Tag über Absagen. Das liegt daran, daß wir so viele alte Leute als Kunden haben. Ich wette, daß bei ‹Hair Beautiful› niemand abgesagt hat. Die haben eine Menge jüngerer Frauen als Kundinnen, und die lassen sich durch ein bißchen Schnee nicht davon abhalten, am Erntedanktag besonders gut auszusehen. Wir müssen uns auf die jungen Frauen konzentrieren.»

«Und was schlägst du vor?»

«Wir müssen den Laden modernisieren. Schau ihn dir an. Er

sieht aus wie ein – ein Rasiersalon. Er müßte gestrichen werden. Wir brauchen Klubsessel und Illustrierte und Blumen, Bilder und Gemälde.»

«Das ist teuer, Tony.»

«Das kostet nicht die Welt!»

«Oh, nein? Zu deiner Information: Die Bäckerei hat zwölfhundert Dollar für den Anstrich bezahlt. Und die machen nicht gerade rasende Geschäfte.»

«Na gut, sagen wir fünfzehnhundert. Und vielleicht noch mal zweitausendfünfhundert für ein paar neue Möbel. Das sind viertausend. Das ist nicht viel.»

«Und du glaubst, dadurch schaffen wir es, mit ‹Hair Beautiful› zu konkurrieren? Nein, Tony, wir werden immer im Nachteil sein. Weil sie nämlich an der Hauptstraße liegen und wir an einer Seitenstraße.»

«Darum müssen wir Reklame machen. Wir brauchen ein größeres Ladenschild. Vielleicht sogar ein bißchen Werbung im Radio oder Fernsehen. Was würde uns ein Spot im regionalen Fernsehen kosten? Fünfzig Mäuse?»

«Für eine Ausstrahlung. Wir müßten den Spot jeden Tag senden, damit er was nutzt. Wo wollen wir das Geld herkriegen?»

«Vom alten Kent, von wem sonst.»

«Aber ich werde ihn nicht fragen.»

«Dann werde ich's tun. Ich könnte mir denken, daß er es mit Freuden für dich tun würde. Du wärst seine einzige Verwandte, sagte er.»

«Aber wir haben schon so oft von ihm geborgt.»

«Pah, mal hundert, hundertfünfzig, zweihundert.»

«Ja, aber ...»

«Sieh doch mal, wenn ich ihm klarmachte, wie sehr ein kleines Darlehen – nichts anderes als ein Darlehen – uns das Leben leichter machen würde, meinst du nicht, daß er daran interessiert sein würde?»

Lorraine Bixby zuckte die Achseln.

«Paß auf», drängte er, «heute ist der Tag vor dem Erntedankfest. Er wird keine Arbeiten korrigieren oder seine nächste Stunde vorbereiten. Er wird nichts anderes im Kopf haben. Ich könnte ihn einladen, am Erntedanktag zum Dinner zu uns zu kommen.»

«Du willst tatsächlich an einem Tag wie heute fahren?»

«Nein, ich werde den Zug nehmen. Vielleicht brauchst du den Wagen, um für morgen etwas einzukaufen. Ich muß ja bloß zum Bahnhof gehen und den Zug zum Nordbahnhof nehmen. Und von dort kann ich mit der Straßenbahn fahren. Wenn die Züge verkehren, werden die Straßenbahnen auch fahren.»

«Wenn du glaubst, daß es etwas nützt...»

«Schaden kann es auch nicht.»

«In Ordnung. Wann wirst du zurück sein?»

«Wird einige Zeit dauern, wenn ich ihn am späten Nachmittag oder frühen Abend aufsuche und er mich bittet, mit ihm zu essen. Und dann werden wir wahrscheinlich rumsitzen und plaudern. Es könnte also ziemlich spät werden.»

Er ging ins Hinterzimmer, um seinen weißen Kittel auszuziehen. Sie nahm die Gelegenheit wahr, die Schublade der Registrierkasse aufspringen zu lassen und die Tageseinnahmen herauszunehmen; sie ließ nur so viel zurück, um herausgeben zu können. Als er ein paar Minuten später in Straßenkleidung wiederkam, schlenderte er zur Kasse und öffnete sie. Er starrte auf den Inhalt und drehte sich nach ihr um. «Was ist mit dem Geld, das wir heute morgen eingenommen haben?»

«Oh, ich hab's weggepackt», sagte sie unbefangen. «Ich wollte es nicht übers Wochenende in der Kasse liegenlassen.» Die Erfahrung hatte sie gelehrt, daß er, immer wenn er nach Boston aufbrach, gern seine alten Freunde im North End besuchte, um zu zocken und vielleicht sogar mit Mädchen anzubändeln.

Er nahm seine Brieftasche heraus und zählte die Scheine, die sie enthielt. «Macht nichts», sagte er. «Ich kann den Alten jederzeit um fünfundzwanzig oder fünfzig anhauen, wenn's nötig sein sollte. Warte nicht mit dem Abendessen auf mich.»

Kapitel 25

Der Erntedanktag war klar, aber kalt, mit einem scharfen Wind, der von Zeit zu Zeit aufkam und den Pulverschnee hochwirbelte. Wie versprochen, wurden der Rabbi und Miriam in Swampscott von Al Bergson erwartet, der, warm eingepackt, im Auto mit laufendem Motor saß, damit die Heizung in Gang blieb.

«Haben Sie lange gewartet?» fragte Miriam besorgt.

«Nein, ich bin erst vor ein paar Minuten gekommen», sagte Bergson. «Die Züge scheinen pünktlich zu verkehren. Ich werde Sie erst zu Ihrem Haus fahren, damit Sie die Heizung einschalten können. Ich hoffe, Sie haben sie nicht abgestellt.»

«Nein, wir haben den Thermostaten niedrig gestellt», erwiderte Miriam, «aber wir haben sie nicht abgestellt.»

«In diesem Fall hätte Ihnen leicht das eine oder andere Rohr platzen können. Ich habe Billy Ihre Treppe und den Bürgersteig freischaufeln lassen. Er hatte Zeit, denn sie haben das Spiel Barnard's Crossing gegen Swampscott abgesagt. Ich schätze, daß man alle Spiele in der Gegend verschoben oder abgesagt hat. Wenn der Platz einige Zentimeter hoch mit Schnee bedeckt ist, kann man nicht spielen. Sie können mir glauben, daß Edie erleichtert war, obwohl Billy sauer war. Selbst bei prächtigem Wetter ist sie immer nervös und zappelig, bis das Spiel vorüber ist. Hat Angst, daß er sich ein Bein oder sonstwas bricht. Sogar wenn er auf der Bank sitzt, fürchtet sie, er könnte sich erkälten. So, da wären wir. Keine schlechte Sache: Ihr zwei werdet jetzt reingehen und den Thermostaten hochdrehen. Wenn ihr nach dem Dinner zurückkommt, wird euer Haus hübsch warm sein. Ich werde hier draußen warten.»

«Wollen Sie nicht reinkommen?» fragte der Rabbi.

«Nein, David. Ich habe strikte Anweisung von Edie, euch sofort rüberzubringen. Sie sagte: ‹Wenn du sie hinbringst, um die Heizung hochzudrehen, geh nicht rein, weil Miriam mit Sicherheit Tee machen wird.›»

Miriam lachte. «Nun, ich habe keine Teebeutel mitgenommen. In Ordnung, wir sind gleich wieder da.»

«Sie möchten gewiß was trinken, David, nicht wahr?» fragte Bergson, als sie im Haus der Bergsons angekommen waren.

«Sollten wir nicht auf die Seligs warten?»

«Oh, er trinkt nichts Stärkeres als Wein, und ich habe den Verdacht, davon herzlich wenig; bloß so viel, wie nötig ist, um *Kiddusch* zu sprechen. Wahrscheinlich glaubt er, daß es schädlich ist für seine Lunge, seine Muskeln oder sonstwas. Er ist ein sehr gesundheitsbewußter Bursche.»

«Ich werde Edie in der Küche helfen», sagte Miriam und ließ die beiden Männer allein.

«Wie macht er sich?» fragte der Rabbi. «Kommt er mit der Gemeinde zurecht?»

«Die jüngeren Männer mögen ihn sehr, während die älteren denken, es wäre unwürdig für einen Rabbi, sich beim Laufen in Jogginghosen zu zeigen oder gar Jeans zu tragen, wenn er im Garten arbeitet. Und die Frauen nehmen es seiner Frau übel, daß sie nicht zu den *Hadassa*-Treffen kommt oder sich an den Aktivitäten der Schwesternschaft beteiligt.»

«Aber sie wußten, daß sie das nicht tun würde, als sie Selig einstellten.»

«Gewiß, aber es muß ihnen nicht gefallen. Und dann war da diese Spanner-Affäre.»

«Was ist denn das für eine Affäre? Ich habe nichts von einem Spanner gehört.»

«Ihr Freund Lanigan hat es im Dienstbuch unter ‹Unerlaubtes Eindringen› eintragen lassen, und so stand es auch in der Zeitung. Sehr anständig von ihm. Aber die Geschichte kam raus. Sie wissen, wie die Dinge in einer kleinen Stadt laufen. Wie es scheint, war die *Rebezen* eines Abends allein zu Hause, während ihr Mann im Tempel war. Sie sieht, wie sie jemand durch einen Spalt unter dem Rouleau in ihrem Schlafzimmer beobachtet. Also ruft sie die Polizei, und der Streifenwagen kommt und nimmt diesen Spanner fest. Es stellt sich raus, daß es sich um einen unanständigen alten Mann handelt, der einen Nachbarn Seligs auf der Evans Road besuchen wollte.»

«Man denkt also in der Gemeinde, Seligs Frau hätte die Polizei nicht rufen sollen?»

«Nein, aber man meint, das Ganze wäre nicht passiert, wenn sie sich wie eine *Rebezen* aufgeführt hätte. Ah, da sind ja die Seligs.»

Beim Dinner saß Rabbi Selig neben Billy und verwickelte ihn in eine Unterhaltung über Football, voller Mitgefühl, daß Billys Match gegen den Erzrivalen verschoben worden war. Er erzählten von einem Spiel, das sein College-Team gegen seinen Erzrivalen ausgetragen und durch den Freiheitsstatuen-Trick gewonnen hatte.

«Was ist das für ein Trick?» fragte Billy.

«Oh, den kennst du nicht? Der Quarterback tritt ein Stück zurück, anstatt in der Mitte zu lauern, damit der Gegner einen Paß erwartet. Wenn ihm dann der Center den Ball zuwirft, holt er nach hinten aus, als wolle er einen Paß werfen.» Er stand vom Stuhl auf, um den Spielzug zu demonstrieren. «Aber die Außen laufen nicht vorwärts, um den Ball anzunehmen, sondern stellen sich hinter ihn, und einer von ihnen fischt ihm den Ball aus der Hand.» Er nahm seinen Platz wieder ein. «Weißt du, die beiden Außen kreuzen sich, und jeder tut so, als hätte er den Ball. Den Trick kannst du in einem Spiel nur einmal anwenden», sagte Rabbi Selig. «Versuchst du es ein zweites Mal, bist du erledigt.»

Edie Bergson erkundigte sich nach den Small-Kindern, und Miriam erzählte, daß Bathseba das Erntedankfest bei ihren Schwiegereltern in Michigan feiere und Jonathan es bei der Familie seiner Verlobten verbringe.

«Beim letzten Passahfest war es dasselbe», sagte Rabbi Small betrübt.

«Ärgern Sie sich nicht, David», sagte Edie Bergson. «In ein paar Jahren kommen sie zurück, vielleicht mit Kindern.»

Man unterhielt sich über alles mögliche, über die Gemeinde, den Tempel und Windermere, während der Imbiß weitergereicht wurde. Als schließlich der Kaffee kam und Edie Rabbi Small einen Teller mit Keksen anbot, schüttelte er den Kopf und sagte: «Ich habe keinen Hunger mehr, Edie. Das war ein phantastisches Essen.»

«Sie mußte sich besondere Mühe geben», sagte Al Bergson. «Sie mußte zwei Rabbis zufriedenstellen.»

«Es gibt etwas am Erntedankfestessen, das ausgesprochen jüdisch ist», bemerkte Rabbi Small. «Wenn wir *dawenen*, danken oder loben wir Got gewöhnlich für die guten Dinge, die er uns geschenkt hat. Wir haben sehr wenige Bittgebete, und diese werden in der Regel für das ganze Volk gesprochen, zum Beispiel wenn wir für Regen beten oder für unsere Rückkehr nach Jerusalem. Und es ist sündhaft, sich der Speisen und der guten Dinge nicht zu erfreuen, die er uns schenkt. Askese ist nicht unsere Sache.»

«Das ist ein interessanter Gesichtspunkt», sagte Rabbi Selig. «Hätten Sie etwas dagegen, wenn ich das morgen abend in meiner Predigt verwende?»

«Es würde mich freuen, wenn Sie's täten», erwiderte der ältere Rabbi.

Obwohl Miriam standhaft behauptet hatte, sie würden vermutlich eine Woche lang nichts mehr zu sich nehmen können, hatte Edie Bergson ihr ein Päckchen in die Hand gedrückt, «falls ihr noch eine Kleinigkeit möchtet, bevor ihr zu Bett geht». Und am nächsten Morgen, als der Rabbi seine Morgengebete sprach, besorgte sie beim Lebensmittelhändler in der Nähe ein paar Dinge, die sie fürs Frühstück brauchten. Das Abendessen, das Sabbatmahl, würden sie bei den Bergsons einnehmen.

Sie tranken gerade ihre zweite Tasse Kaffee, als es läutete, und vor der Tür stand Chief Lanigan.

«Woher wußten Sie, daß wir hier sind?» fragte der Rabbi.

«David, David, wie oft muß ich Ihnen noch erklären, daß ich alles weiß, was in der Stadt passiert. Ich nahm an, daß Sie kommen würden, als der Beamte im Streifenwagen mir erzählte, Ihre Treppe und Ihr Bürgersteig wären freigeschaufelt. Ich wußte, daß Miriam das Erntedankfestessen nicht vorbereiten konnte, da alle Geschäfte geschlossen waren, und daß Sie mit Sicherheit nicht in ein Restaurant gehen würden. Also waren Sie von jemandem eingeladen worden, und derjenige hatte dafür gesorgt, daß bei Ihnen der Schnee weggeschaufelt wird, so daß Sie herkommen konnten, ohne sich durch den Schnee wühlen zu müssen.»

Der Rabbi nickte. «Stimmt. Wir waren zum Dinner bei den Bergsons. Er ist schließlich Vorsteher des Tempels.»

«Ich weiß. Und Ihr Nachfolger, Rabbi Selig, war ebenfalls dort?»

«Und woher wissen Sie das?»

«Sein Wagen parkte vor Bergsons Haus.» Er nippte an seinem Kaffee, den Miriam ihm, ohne zu fragen, hingestellt hatte, und sagte: «Kennen Sie an Ihrer Schule einen Professor Kent, David?»

«Ich bin ihm begegnet. Sagen Sie, Hugh, sind Sie bloß gekommen, um hallo zu sagen, oder wollen Sie irgendwas erfahren?»

Lanigan schmunzelte. «In erster Linie, um hallo zu sagen, aber es gab da einen kleinen Zwischenfall, der mich interessiert. Ich versuchte, die Sache unter der Decke zu halten, und ließ sie im Dienstbuch als ‹Unerlaubtes Eindringen› eintragen, aber in Wirklichkeit hatte Mrs. Selig einen Spanner gemeldet.»

Der Rabbi nickte langsam. «Ja, Al Bergson hat mir davon erzählt.»

«Hat er Ihnen auch erzählt, daß Rabbi Selig am nächsten Tag Miller aufsuchte und ihm sagte, wenn er diesen Professor Kent noch einmal auf seinem Grundstück anträfe, würde er ihm die Fresse polieren oder ihn über die Hecke werfen?»

Der Rabbi schüttelte den Kopf.

«Nun, es war aber so.»

«Ich bin sicher, daß er nur Spaß gemacht hat. Hat Professor Miller das ernst genommen?»

«Ich glaube es nicht, aber offenbar tut es seine Mutter. Für einen Rabbi ist es vielleicht ein bißchen sonderbar, so was auch nur im Scherz zu sagen. Hätten Sie etwas Ähnliches gesagt, David? Ich meine, als Sie ein junger Mann waren? Als Sie hier anfingen?»

«Nein, ich glaube nicht.»

«Das glaube ich auch nicht», sagte Lanigan. «Und ich glaube auch nicht, daß Pater Joe Tierney, unser Pfarrer, das sagen würde. Aber sein Hilfspfarrer, Pater Bill, vielleicht. Und wissen Sie, warum? Weil er in der Sporthalle trainiert. Er arbeitet sich an diesen Maschinen ab und stemmt Gewichte, genau wie Ihr Rabbi Selig joggt. Wenn man mit dem Körper einen Kult treibt, neigt man dazu, bei Problemen an körperliche Lösungen zu denken.»

«Da haben Sie vielleicht recht», sagte der Rabbi mit einem Lächeln.

Am Sonntag gab es einen spürbaren Temperaturanstieg, und der Schnee begann ein wenig zu schmelzen. Sergeant Aherne saß hinter dem Steuer des Streifenwagens, auf dem Beifahrersitz Officer Ben Otis, der kurz vor seiner Pensionierung stand. Als sie zum Schild am unteren Ende von Rabbi Seligs Einfahrt ankamen, das die Stadtgrenze bezeichnete, sagte Otis: «Könntest du mal kurz anhalten?»

«Wozu?»

«Ich muß mal pinkeln.»

«Mein Gott, jetzt halten wir schon zum dritten Mal. Du mußt ja dauernd.»

«Es sind diese Pillen, die mir der Arzt gegeben hat, angeblich gut für meinen Blutdruck.»

Aherne brachte den Wagen zum Stehen, und Otis sprang heraus und lief hinter das Schild. Einen Augenblick später rief er: «He, Tim, komm mal her.»

«Was ist los?»

«Sieh mal.» Otis deutete auf einen Lackschuh und einen bestrumpften Fuß, der darin steckte.

Aherne kniete nieder und begann mit den Handschuhen den Schnee zu entfernen. Der Umriß eines Körpers war deutlich erkennbar, wenngleich mit Schnee bedeckt. Er säuberte das Gesicht. «Jesus, das ist der Typ, der da oben ins Fenster geglotzt hat.»

«Er muß ausgerutscht, gefallen, mit dem Kopf aufgeschlagen und dann vom Schnee zugedeckt worden sein.»

«Ja, könnte sein. Warte du hier, und ich werde zum Revier fahren.»

Kapitel 26

«Sind Sie sicher, daß dies derselbe Mann ist, den Sie da oben auf der Veranda des Hauses gesehen haben?» fragte Lanigan.

«Oh, das ist er, ganz bestimmt», erwiderte Aherne.

«Und Sie brachten ihn zum Haus der Millers in der Evans Road?»

«Richtig.»

«In Ordnung. Fahren Sie hin und schaffen Sie Miller her.» Dann wandte er sich an den Fotografen und sagte: «Machen Sie ein paar Fotos, ein Stück von der Leiche entfernt.»

«Von der Leiche entfernt?»

«Ja. Stellen sie sich direkt unter den Felsrand und konzentrieren Sie sich auf das Dreieck. Ich möchte festhalten, daß der Schnee dort weicher, frischer Schnee ist. Der Schnee unter dem Felsrand ist Schnee, den der Schneepflug aufgewühlt hat. Ich will, daß das zu sehen ist.»

«Verstanden.»

Lanigan stellte sich neben ihn und gab ihm Anweisungen, aus welcher Perspektive er fotografieren sollte.

Von der Straße kam das Geräusch einer Sirene. Lanigan rief dem Streifenwagen zu: «Haben Sie Miller? Bringen Sie ihn hier rauf.» Zu Miller, der eine Wollmütze, einen dicken Schal um den Hals und an den Füßen Überschuhe trug, sagte er: «Kennen Sie diesen Mann?»

«Es ist Professor Kent, Malcolm Kent, Literaturprofessor am Windermere.»

«Sie scheinen nicht überrascht, ihn so zu sehen.»

«Der Beamte sagte mir, warum Sie mich sprechen wollten.»

«Das hätten Sie nicht tun sollen, Sergeant», sagte Lanigan.

«Machen Sie ihm keinen Vorwurf», sagte Miller. «Ich habe ziemliches Fieber, und ich versichere Ihnen, ich wäre nicht gekommen, hätte er mir nicht gesagt, worum es ging.»

«In Ordnung. Sie können ihn jetzt zurückbringen. Ich werde vorbeikommen und Sie zu Hause aufsuchen», sagte er.

Später, nachdem er Lieutenant Jennings das Kommando übergeben hatte, machte er sich auf den Weg zu Miller. Es war Mrs. Miller, die auf sein Läuten die Tür öffnete. Als sie ihn in das Wohnzimmer führte, wo ihr Sohn war, ermahnte sie ihn: «Setzen Sie ihm bloß nicht zu. Er ist ein kranker, armer Junge.»

«Ach, Mama.»

«Nichts da, ich werde mich hier hinsetzen und zuhören.»

Lanigan lächelte. «Das ist in Ordnung, Mrs. Miller. Ich möchte nur diese Geschichte so rasch wie möglich aufklären.» Er wandte sich an Miller. «Also, haben Sie diesen Professor Kent am Mittwoch erwartet?»

«Ja und nein. Wissen Sie, er wollte zu einem Hochzeitsempfang oben in Breverton, im dortigen Country Club. Also wollte er den frühen Abend bei uns verbringen und vielleicht einen Happen essen, und dann sollte ich ihn hinfahren. Wenn der Empfang vorüber war, wollte er mich anrufen, und ich sollte ihn abholen, um das Erntedankfest bei uns zu feiern. Es sei denn, versteht sich, auf dem Empfang würde ihn jemand einladen, über Nacht zu bleiben.»

«Sieht so aus, als hätte er Ihnen eine Menge Mühe gemacht», bemerkte Lanigan.

«Er hat sich meinetwegen 'ne Menge Mühe gemacht.»

«Wie meinen Sie das?»

«Wie ich es sage. Wissen Sie, ich bin kein Wissenschaftler: Ich habe nie etwas veröffentlicht, und ich wußte nicht, wie lange man mich am Windermere noch behalten würde. Also streckte ich meine Fühler nach einem anderen Job aus – in Arizona, weil ich dachte, das dortige Klima sei gut für das Asthma meiner Mutter.»

«Er denkt immer an mich», warf Mrs. Miller ein.

«Es war ein Zweijahrescollege und dazu ein naturwissenschaftliches Gymnasium. Als ich ihm davon erzählte, befahl er mir, den Posten abzulehnen. Als ich darauf hinwies, daß ich hier nicht fest angestellt sei und jederzeit entlassen werden könne, sagte er, er werde das für mich regeln. Und er hat's getan.»

«Ja, ich verstehe, warum Sie ihm dankbar sind. Und Sie,

Madame, sind Sie froh, daß Ihr Sohn den Job in Arizona nicht angenommen hat?»

«Nun, ich habe dort eine Schwester, die unter Asthma leidet, und sie sagt, das Klima sei gut für sie; es ist so trocken. Eigentlich wollte ich sie morgen besuchen, falls es Thor bessergeht. Aber ich würde Thor um nichts in der Welt im Wege stehen. Mein Thorvald ist immerhin Professor an einem College, dazu noch direkt in Boston; nun... und als Freund von Professor Kent, dessen Familie das College gegründet hat, und die Bekanntschaft all dieser bedeutenden Leute zu machen...» Ihr versagte die Stimme, als sie ihr zukünftiges Leben überdachte.

«Aber ich fuhr am Mittwoch nicht mit dem Auto in die Stadt», fuhr Miller fort. «Weil ich Probleme mit meinem Scheibenwischer hatte, parkte ich am Bahnhof Swampscott und nahm den Zug. Professor Kent schlug vor, seinen Wagen zu nehmen. Das war mir recht, aber ich hatte eine Verabredung und sagte ihm, ich würde später vorbeikommen. Darauf entgegnete er, im Radio hätten sie gesagt, die Straßen wären frei, und er würde vielleicht selber fahren. Ich rief ihn zu Hause an, als ich mit dem Unterricht fertig war, aber er war nicht dort, und ich nahm an, er sei losgefahren. Ich machte mir keine Sorgen, denn er war ein guter Fahrer. Ich rief hier an, um mich zu vergewissern, und Ada Bronson sagte, er sei nicht da, so daß ich glaubte, er sei geradewegs nach Breverton gefahren. Ich nahm den Zug um fünf Uhr zweiunddreißig und kam kurz vor sechs in Swampscott an. Ich war ein wenig besorgt, er könne vielleicht böse auf mich sein, und wartete deshalb bis nach Mitternacht, in der Hoffnung, er werde nach dem Empfang hier aufkreuzen. Als er nicht kam, ging ich davon aus, daß er eingeladen worden war, bei jemandem zum Dinner am Erntedanktag zu bleiben.»

«Und Sie waren nicht besorgt, als Sie das ganze Wochenende nichts von ihm hörten?»

«Er telefonierte eben nicht gerne. Nein, ich war nicht um seine Sicherheit besorgt. Die Straßen waren geräumt worden, und er war ein vorsichtiger Fahrer. Ich stellte mir vor, daß er, als es dunkel wurde, irgendwo parkte und beschloß, den Bus zu benutzen. Er stieg an dem Schild aus, wo er immer ausstieg, wenn er mit dem Bus kam. Dann ging er außerhalb der Hecke hinauf, denn ich hatte ihn davor gewarnt, die Einfahrt zu benutzen, und dort ist er entweder gestolpert oder hat womöglich einen Herzanfall erlitten – es ist dort ziemlich steil, und es war kalt und es schneite –, und er stürzte über den Felsrand.»

«Ich denke», sagte Mrs. Miller mit Nachdruck, «daß er die Einfahrt hinaufkam, als dieser Rabbi ihn sah und ihn über die Hecke warf, so daß er über den Felsrand stürzte.»

«Aber Mama, das war doch bloß ein Spaß.»

«Nun, er hat gesagt, daß er genau das tun würde.»

«Das ist eine furchtbare Beschuldigung, Mrs. Miller», sagte Lanigan ernst, «und Sie täten gut daran, sie nicht zu wiederholen. Man könnte Sie verklagen, und das könnte Sie mehr Geld kosten, als Ihr Sohn in seinem ganzen Leben verdienen dürfte.»

Er war aufgestanden und wollte gerade gehen, als ihm eine Idee kam. «Er trug keine Überschuhe, nicht mal Gummischuhe, als er gefunden wurde, bloß Halbschuhe aus Lackleder. Kommt Ihnen das nicht sonderbar vor?»

«Nein, eigentlich nicht», antwortete Miller. «Er hatte was von einem Dandy, dieser Professor Kent. Es gibt einen überdachten Gang von seiner Haustür zum Schuppen, wo er seinen Wagen unterstellte. Wäre er hierhergefahren, hätte er direkt vor dem Haus geparkt, und bis zur Tür sind es nur eine oder zwei Stufen. Und wenn ich ihn zum Country Club gefahren hätte, wäre ich natürlich bis zur Treppe gefahren, auf der kein Schnee gelegen hätte.»

Lanigan nickte und ging zur Tür.

Kapitel 27

Als Lanigan zum Tatort zurückkam, hatte man die Leiche fortgebracht und die Stelle mit einem gelben Band markiert. Außer den Polizisten standen noch ein paar Leute herum, die als Zeugen beschrieben, wo man die Leiche gefunden hatte, wie sie gekleidet gewesen war und wie sie ausgesehen hatte. Von seinem Auto aus sah Lanigan Rabbi Selig, grüßte ihn und winkte ihn zum Wagen. Er öffnete die Beifahrertür und sagte: «Steigen Sie ein, Rabbi. Ist doch gemütlicher. Sieht draußen mächtig kalt aus.»

«Stimmt. Danke.»

«Haben Sie einen Blick auf die Leiche geworfen, Rabbi?»

«Nein, sie war zugedeckt und wurde gerade weggeschafft, als ich herkam.»

«Nun, es war der Kerl, den wir aufgrund des Anrufs Ihrer Frau festgenommen haben.»

«Der Spanner?»

«Genau.»

Rabbi Selig schüttelte langsam und ungläubig seinen Kopf.

«Wer hat Ihre Einfahrt freigeschaufelt, Rabbi?» fragte Lanigan.

«Ich, aber ich habe eine Maschine.»

«Wirklich? Und wann war das? Um welche Zeit?»

«Ich habe zweimal geräumt; das erste Mal, nachdem meine Frau zum Unterricht nach Salem gefahren war. Das war kurz nach zwei, würde ich sagen. Und ich machte bloß einen Pfad in der Auffahrt frei, damit sie reinfahren konnte. Aber dann rief sie am frühen Abend an und sagte, sie werde ein paar Freunde mitbringen, denn sie hätten ein Thema beendet und wollten ein bißchen feiern. Also räumte ich die ganze Terrasse, denn sie sagte, sie würden mit einem halben Dutzend Autos oder mehr kommen.»

«Und um welche Zeit war das?»

«Warten Sie, der Abendgottesdienst beginnt um halb sieben, also fing ich um halb sechs an und war kurz nach sechs fertig. Ist das wichtig?»

«Ja, es ist wichtig, denn es verrät uns den Zeitpunkt. Er lag nämlich auf geräumtem Schnee, nicht auf gefallenem Schnee.»

«Sie wollen sagen, ich hätte ihn gesehen, wenn ich über die Hecke geguckt hätte?»

«Wahrscheinlich nicht, weil es eine Zeitlang weiterschneite und der Schnee ihn zudeckte. Gehen Sie jeden Abend zum Gottesdienst?»

«Nein, nicht jeden Abend. Manchmal spreche ich die Gebete zu Hause. Wenn ich müde bin oder mich nicht wohl fühle...»

«Warum hatten Sie am Mittwoch das Gefühl, hingehen zu müssen, als das Wetter so schlecht war?»

«Ich mußte hingehen, *weil* das Wetter so schlecht war. Wissen Sie, einige Leute kommen, weil sie trauern oder weil es der Jahrestag des Todes eines Familienmitgliedes ist. Es gibt ein besonderes Gebet, das dann gesprochen wird, aber es kann nur in einem öffentlichen Gottesdienst und nicht allein zu Hause rezitiert werden. Wenn aber das Wetter schlecht ist, ist es manchmal schwierig, zehn Männer zusammenzubekommen, die für einen *Minjan* erforderlich sind. Folglich habe ich es mir zur Regel gemacht, am Gottesdienst teilzunehmen, wenn das Wetter schlecht ist.»

«Und Sie brauchen zehn Männer?»

«Aber ja! Es ist wie ein Quorum oder wie bei einer Jury, die aus zwölf Personen bestehen muß.»

Lanigan nickte.

Es war ein sorgenvoller Rabbi Selig, der in sein Haus zurückkehrte. «Es war dieser Spanner», sagte er zu seiner Frau auf die Frage, was das alles zu bedeuten hätte.

«Oh, nein!»

«Doch. Und er lag auf geräumtem Schnee...»

«Ich weiß, was das bedeutet. Und du hast diesem Miller gesagt, du würdest ihn über die Hecke werfen, wenn er noch mal unser Grundstück betritt. Dana, wir stecken in Schwierigkeiten. Einen Skandal können wir wirklich nicht gebrauchen.»

«Was soll ich unternehmen?»

«Vielleicht suchst du dir einen Anwalt? Wie wär's, wenn du mit Lew Baumgold sprichst?»

«Warum Lew Baumgold?»

«Weil er nicht Mitglied der Gemeinde ist.»

«Ach so.»

Der Rabbi war kaum aus dem Auto gestiegen, als Lieutenant Jennings seinen Platz auf dem Beifahrersitz einnahm. Er war ein großer, schlaksiger Mann von sechzig Jahren mit einem vorstehenden Adamsapfel, der hüpfte, wenn er sprach, und mit wäßrigen blauen Augen. «Also, was machen wir jetzt, Hugh?»

«Wir stellen Fabrikat und Zulassungsnummer seines Autos fest und teilen allen Tankstellen und Polizeirevieren von hier bis Boston mit, daß sie nach dem Wagen Ausschau halten sollen.»

«Wenn er auf der Straße geparkt hat, ist der Wagen zugeschneit, und wir bekommen erst ein Ergebnis, wenn es taut. Und wenn er in einer dieser großen Parkhäuser wie etwa am Flughafen geparkt hat, könnte das auch Tage dauern. Du gibst ihnen die Nummer, und sie behaupten, sie sehen nach. Aber sie haben viel zu tun und warten, bis einer der Angestellten vielleicht während seiner Mittagszeit etwas Zeit hat. Und wenn ein Wagen zum Parken reinfährt und die Motorhaube noch warm ist, steigt er rauf, um sich den Arsch zu wärmen, während er seinen Lunch ißt. Und wenn eine der Türen nicht abgeschlossen ist, steigt der Hurensohn ins Auto und macht dort Mittag.»

«Was schlagen Sie also vor?»

«Hören Sie zu, Hugh, der Bursche kommt aus Boston, und da er einen Smoking trug und wahrscheinlich eine wichtige oder hochstehende Persönlichkeit war, wird Boston den Fall früher oder später übernehmen.»

«Und?»

«Und Bradford Ames ist in der Stadt, der Bezirksstaatsanwalt von Suffolk County. Vielleicht ist er gekommen, um zu sehen, ob der Sturm an seinem Haus auf dem Point Schaden angerichtet hat, oder er hatte zum Erntedankfest ein paar Leute zu sich eingeladen. Sein Wagen ist noch hier, also warum lassen wir ihn nicht die Sache in die Hand nehmen?»

«Oh, ich werd's ihn wissen lassen. Oder er hat vielleicht bereits davon gehört und ruft mich an.»

Kapitel 28

Der Anruf kam kurz nach zehn Uhr abends. Chief Lanigan, bereits im Schlafanzug, Bademantel und Pantoffeln, nahm gerade seinen Schlummertrunk, während er die Sportseiten der Sonntagszeitung durchblätterte. Auf sein Hallo sagte eine Stimme, die er kannte: «Hier ist Luigi, Hugh.»

«Doch wohl nicht der Stellvertretende Bezirksstaatsanwalt Luigi Tomasello?»

«Der und kein anderer, Hugh, wenn Sie der Polizeichef von Barnard's Crossing sind.»

«Von wo rufen Sie an?»

«Vom Büro aus.»

«Haben Sie sonntags nicht frei?»

«Sie haben auch nicht jede Woche sonntags frei, Hugh.»

«Nein, aber ich arbeite gewöhnlich vierzig Stunden in der Woche. Haben Sie das in Lynn noch nicht eingeführt?»

«Hören Sie, Hugh, lassen wir das Geplauder. Ich möchte wissen, ob die Bilder vom Kent-Fall schon entwickelt sind.»

«Das nehme ich an. Ich habe mit dem Fotografen, seit er sie heute morgen machte, nicht gesprochen. Warum?»

«Weil Bradford Ames sie sehen will. Können Sie ihm die Bilder morgen früh als erstes zukommen lassen?»

«Was will er damit? Es ist ein Essex-County-Fall.»

«Nun, inzwischen ist es ein Suffolk-County-Fall.»

«Wie das?»

«Die vorläufige Obduktion ergab kein Wasser in der Lunge, und das hätte man gefunden, wenn er noch gelebt hätte, als er in den Schnee fiel oder gestoßen wurde. Außerdem gibt es eine Quetschung an der Stirn.»

«Die könnte auch vom Sturz herrühren. Genau unter seinem Kopf war es felsig.»

«Gewiß, aber es fand sich auch eine Verfärbung durch Blutgerinnung an seinem Gesäß und auf der Rückseite der Oberschenkel. Er lag auf seiner Vorderseite, also hätte dort auch die Blutgerinnung sein müssen. Das sind bloß vorläufige Ergebnisse. Es kann sich herausstellen, daß es Herzversagen oder ein Schlaganfall war und der Tod folglich durch Erfrieren eingetreten ist. Bradford Ames ist sich da nicht so sicher. Und Sie kennen meinen Chef; jede Gelegenheit, sich vor einem unangenehmen Fall zu drücken, nimmt er wahr. Außerdem könnte dieser Fall eine gesellschaftspolitische Bedeutung bekommen.»

«Wie meinen Sie das?»

«Ach, Sie wissen doch. Wegen dieser Spanner-Geschichte müßte er sich diesen neuen Rabbi vorknöpfen, den ihr habt. Das wiederum könnte die Juden verärgern und ihm bei der nächsten Wahl schaden.»

«Ja, ich verstehe.»

«Wenn Sie es also einrichten könnten, daß er morgen früh als erstes diese Fotos bekommt...»

«Ich werde sie selber vorbeibringen, Luigi. Okay?»

Für den Fall, daß die Smalls noch nicht in die Stadt zurückgefahren waren, rief er an. Miriam war am Telefon. Auf seine Frage erwiderte sie: «Wir fahren morgen früh. Al Bergson hat angeboten, uns nach Swampscott zum Zug zu bringen, aber wir mochten ihm nicht zur Last fallen und fahren mit dem Bus.»

«Keine Sorge, Miriam. Ich muß sowieso nach Boston und werde euch mitnehmen.»

Am nächsten Morgen vor neun Uhr hielt sein Wagen vor dem Haus der Smalls. Er bewegte sich langsam durch den schmalen Graben in dem aufgehäuften Schnee und stieg die Treppe hinauf. Zum Rabbi, der auf sein Läuten die Tür öffnete, sagte er: «Sie haben gehört, was passiert ist?»

«Es kam in den Lokalnachrichten im Radio.»

Lanigan hielt den Aktenordner hoch, den er mitgebracht hatte. «Wollen Sie die Fotos sehen?»

«Nicht unbedingt.»

«Ach, kommen Sie schon. Ist eine zusätzliche Identifizierung. Sie kannten ihn.»

«Bloß flüchtig.»

«Aber gut genug, um ihn wiederzuerkennen.» Er schlug den Aktendeckel auf. «So sah er aus, als wir ihn ausbuddelten. Er lag mit dem Gesicht nach unten. Und so sah er aus, als wir ihn umdrehten. Ist es nicht ein hübsches Kerlchen? Mit seinem Smoking unter seinem feinen Mantel, den eleganten, glänzenden Lackschuhen, als wäre er für seine eigene Totenwache hergerichtet.»

«Keine Gummischuhe oder Überschuhe?»

«Nichts. Miller sagt, er wäre eine Art Dandy gewesen und hätte so was wahrscheinlich nie getragen, es sei denn, es wäre unbedingt nötig gewesen. Hätte Kent vorgehabt, dort vorzufahren, hätte auf der Treppe und dem Stück Bürgersteig kein Schnee gelegen, und das wäre auch der Fall gewesen, hätte er geplant, direkt zum Country Club in Breverton zu fahren.»

Miriam kam mit zwei Tassen Kaffee aus der Küche. «Die letzten», verkündete sie, «bevor ich die Kaffeemaschine spüle.» Sie stellte die Tassen hin und kehrte in die Küche zurück, um das Frühstücksgeschirr abzuwaschen.

Lanigan nahm einen Schluck und sagte: «Boston übernimmt den Fall, und darum bringe ich die Fotos hin, aber es interessiert mich trotzdem, was passiert ist. Ich möchte nun von Ihnen, David, daß Sie sich ein bißchen über Kent umhören...»

«Ich bin nicht bei der Polizei», sagte der Rabbi.

«Sie haben uns schon früher geholfen.»

«Damals war es ein Mitglied meiner Gemeinde, das in den Fall verwickelt war.»

«Machen Sie sich nichts vor, David. Ihre Gemeinde, zumindest ihr Rabbi, ist in die Sache verwickelt. Dieser Bursche wurde dabei erwischt, als er die Frau des Rabbi beim Ausziehen beobachtete. Und, wie Sie sich erinnern, sagte der Rabbi zu Miller, er würde Kent über die Hecke werfen.»

«Aber davon stand nichts in der Zeitung.»

«David, glauben Sie, daß wir in einer kleinen Stadt wie Barnard's Crossing unsere Informationen durchs Zeitunglesen bekommen? Die meisten der örtlichen Neuigkeiten erfahren wir gerüchteweise. Und Sie wissen ja, was aus einer Geschichte wird, die von einer Person an die nächste weitergegeben wird.»

Der Rabbi nickte düster. «In Ordnung. Ich werde meine Ohren spitzen.»

Lanigan knurrte befriedigt. «Ich glaube nie und nimmer, daß Selig ihn über den Felsrand stieß oder ihn auch nur sah. Selig benutzte zweimal eine Schneeräummaschine. Beim erstenmal war es ungefähr zwei Uhr, beim zweitenmal ungefähr halb sechs. Ich stelle mir vor, daß Kent gegen fünf Uhr auftauchte, vielleicht einen Herzanfall erlitt und fiel. Als Selig seine Maschine zum zweitenmal in Gang setzt, ist Kent bereits zugedeckt, wenigstens so weit, daß Selig ihn nicht sehen kann. Und dann wird er unter dem Schnee der zweiten Räumung völlig begraben. Wir wissen das, weil er auf aufgewühltem Schnee lag – und auch davon bedeckt war.»

«Das klingt vernünftig.»

«Gegen halb sieben hörte es auf zu schneien. Hätte es jetzt ein bißchen getaut, wäre ein Teil der Leiche vielleicht zum Vorschein gekommen, aber während des ganzen Wochenendes war es bitterkalt, außer daß wir am Sonntag morgen strahlenden Sonnenschein hatten, als der Streifenbeamte pinkeln ging und seinen Schuh entdeckte. Und so, wie es aussieht, wird die Kälte noch eine Weile andauern.»

Miriam trat wieder ins Zimmer, aber diesmal trug sie Mantel und Kopftuch. «Ich bin fertig», sagte sie.

«Ja», sagte Lanigan und stand auf. «Gehen wir.»

Kapitel 29

Sobald Bradford Ames erklärt hatte, daß Suffolk County für den Fall Kent zuständig sei, nahm er umgehend Verbindung mit Detective Sergeant Schroeder von der Bostoner Mordkommission auf, mit dem er am liebsten zusammenarbeitete. Weil er aus einer wohlhabenden Familie stammte, war Bradford Ames, ein dicklicher, untersetzter Mann von fünfundfünfzig, dem seine teuren Kleider nie richtig zu passen schienen, in der Lage gewesen, sich das juristische Fachgebiet auszusuchen, das ihn am meisten interessierte. Er war in erster Linie an Strafrecht und Prozeßführung interessiert und arbeitete aufgrund des Einflusses einer Familie noch vor seiner Zulassung als Anwalt im Büro des Staatsanwaltes. Und dort war er geblieben, Jahr für Jahr, während sein Einfluß ständig wuchs. Staatsanwälte kamen und gingen. Sie waren in erster Linie politische Beamte, und wenn sie schlau waren, und das waren die meisten, ließen sie sich von ihm beeinflussen und profitierten von seinen Ideen.

Sergeant Schroeder, ein großer, dünner mürrischer Mann, dessen schwarzes kurz geschorenes Haar inzwischen an den Schläfen ergraute, war genauso alt wie Ames, und obwohl er mit dem Staatsanwalt weder dessen Sinn für Humor noch dessen Enthusiasmus teilte, war er sich wohl bewußt, welch günstige Auswirkungen es auf seine Stellung bei der Bostoner Polizei hatte, daß Ames eine Vorliebe für ihn hegte.

«Es geht um den Fall Kent, Sergeant», sagte Ames. «Wir übernehmen ihn. Ich habe gerade mit dem Stellvertretenden Staatsanwalt Tomasello von Essex County gesprochen, und er sagt mir, daß wir die Fotos morgen früh bekommen werden. Chief Lanigan – Sie kennen ihn doch? – wird sie wahrscheinlich selber bringen. Ich möchte, daß Sie jetzt im College herausfinden, wer Kent zuletzt gesehen hat.»

Das Büro der Englischen Abteilung lag im zweiten Stock des Verwaltungsgebäudes, und am Montag morgen, als Sergeant Schroeder ein paar Minuten vor zehn auftauchte, herrschte dort geschäftiges Treiben. Verschiedene Mitglieder der Abteilung holten sich Bücher und Notizen, um dann wieder hinaus zum Unterricht um zehn Uhr zu eilen. Da er nicht in Uniform war, nahmen die Lehrer an, er sei vielleicht ein Buchvertreter, der zu Professor Sugrue wollte, dem Leiter der Abteilung. Er griff in seine Tasche und holte die Lederhülle heraus, in der seine Dienstmarke befestigt war, damit er sie vorweisen und einen der Lehrer befragen konnte, doch das hektische Treiben ging weiter, und binnen zwei Minuten war nur noch ein Lehrer übrig, und dieser wollte gerade das Zimmer verlassen.

«He, bloß eine Minute...» rief er.

Aber der andere sagte: «Tut mir leid, Mister, aber ich habe keine Zeit. Ich habe eine Stunde an der Wentworth, und die Schule liegt am Ende der Straße. Professor Sugrue wird in ein paar Minuten hier sein. Er ist vermutlich der Mann, den Sie sprechen wollen.» Und er flitzte aus der Tür und war verschwunden.

Sergeant Schroeder war verärgert. Er war es nicht gewohnt, daß man ihn als Amtsperson mißachtete. Also schlenderte er im

Büro herum, studierte das Schwarze Brett, blickte neugierig in alle Schriftstücke, die aufgeschlagen auf Tischen lagen, und war gerade dabei, den handgeschriebenen Brief eines Studenten zu lesen, der zu erklären versuchte, warum er eine Arbeit nicht rechtzeitig abgeben könne, als Professor Sugrue eintrat.

Der Sergeant sah schuldbewußt auf die große, schlaksige Gestalt, die ihn forschend anblickte, und stammelte: «Ich warte hier nur auf Professor Sugrue.»

«Ich bin Professor Sugrue.»

«Oh, ausgezeichnet, ich bin Sergeant Schroeder, Polizei Boston, Mordkommission.» Und dieses Mal gelang es ihm, seine Marke zu zeigen.

«Mordkommission? Wegen Professor Kent? Ich dachte, er habe einen Herzanfall erlitten.»

«Nun, schon möglich. Aber es ist noch einiges zu klären, und darum ermitteln wir.»

«Wie kann ich Ihnen helfen?»

«Erst einmal würde ich gern wissen, wer ihn am Tag vor dem Erntedankfest zuletzt gesehen hat.»

«Wollen mal sehen.» Professor Sugrue klappte einen kleinen Karteikasten auf und blätterte die Karten durch. «Warten Sie, Mittwoch. Professor Kent hatte am Mittwoch eine Stunde um vier, genau wie Professor Fine, Professor Handy und Professor Morrow. Das sind alles Stunden, die am späten Nachmittag und Abend stattfinden, und alle Herren haben ihre Kurse wegen des Sturms am Mittag abgesagt. Handy und Morrow wohnen ziemlich weit entfernt, der eine in Gloucester, der andere in Ipswich. Professor Fine wohnt in Newton, aber er geht am Stock, und darum wird es ihm wohl zu riskant gewesen sein, sich auf den Weg zu machen.»

«Ja, ich weiß. Ich kenne Professor Fine.»

«Wirklich? Professor Kent war natürlich durch das schlechte Wetter nicht betroffen, weil er nebenan wohnt. Ich sollte wohl besser sagen ‹wohnte›.»

«Wie steht es mit dem Unterricht um drei, der um vier zu Ende ist? Diese Lehrer könnten ihn gesehen haben.»

«Diese Stunden sind die letzten des regulären Unterrichts.

Warten Sie, Professor Miller hat montags, mittwochs und freitags Unterricht um drei. Aber er ist heute nicht gekommen; er hat eine böse Erkältung. Dann ist da noch Sarah McBride. In Wirklichkeit Mrs. Baumgold. Mrs. Lew Baumgold. Ihr Mann ist Anwalt in Salem, aber sie nennt sich selbst McBride, wenigstens hier. Sie müßte in ein paar Minuten da sein. Sie hat Unterricht um elf.»

«Und ich nehme nicht an, daß Sie ihn sahen? Sie waren an diesem Nachmittag nicht da?»

«Eigentlich war ich doch da, aber ich habe ihn nicht gesehen. Ich war den größten Teil des Nachmittags in der Bibliothek und ging gegen viertel nach vier ins Büro zurück. Um diese Zeit müßten Miller und McBride schon fort gewesen sein. Oh, da war jemand, der nach Professor Kent fragte. Ein Mr. ... äh – irgendein italienisch klingender Name. Er ist schon früher ein- oder zweimal dagewesen, um Professor Kent zu sprechen. Er fragte, ob Professor Kent Unterricht hätte. Er sei bei ihm zu Hause gewesen, hätte ohne Erfolg geläutet, geklopft und darum angenommen, Kent sei im College. Ich erklärte ihm, daß er nicht da ist, und er meinte, er werde zurückgehen und es noch mal versuchen, denn Kent habe vielleicht nicht öffnen können, weil er auf der Toilette gewesen sei.»

«Woher wußten Sie, daß er seine Klasse nicht unterrichtete?» fragte der Sergeant.

«Auf dem Weg von der Bibliothek kam ich am Klassenzimmer vorbei, und dort hing eine Notiz an der Tür, die besagte, daß Kent verhindert sei.» Er schob den Karteikasten beiseite und lehnte sich in seinen Sessel zurück. «Kann ich sonst noch etwas für Sie tun?»

«Ja, war er in der Abteilung beliebt? Hatte er irgendwelche Feinde?»

«Nun, er hatte nicht viele Freunde.» Sugrue fühlte sich sichtlich unbehaglich. «Er war ein alter Mann und länger im Dienst als jeder andere in der Abteilung, und einige meinten, er nutze sein höheres Dienstalter aus, um ...»

«Um sich wichtig zu machen?»

«Ich bin sicher, er tat's nicht absichtlich. Es war bloß, daß ...

daß andere Leute vielleicht Interessen oder Ansichten hatten, die von den seinen verschieden waren. Oh, da ist ja Sarah McBride. Ich muß mich jetzt beeilen. Verabredung mit dem Rektor.»

«Sie sind Mrs. Baumgold», sagte Sergeant Schroeder.

«Schuldig», erwiderte sie. «Aber hier bin ich Sarah McBride.»

«Ich bin Sergeant Schroeder, Mordkommission Boston.» Er zeigte ihr seine Dienstmarke. «Am Mittwoch hielten Sie eine Stunde um drei Uhr, die um vier endete.»

«Ich hatte eine Stunde um drei, aber ich beendete den Unterricht bereits um halb vier.»

«Warum?»

«Wegen des Sturms natürlich. Kaum die Hälfte der Klasse war da, und die wenigen waren froh, daß ich sie früher gehen ließ. Außerdem stand der Feiertag bevor.»

«Also entließen Sie die Klasse und kamen hierher ins Büro?»

«Das ist richtig.»

«War jemand da?»

«Ja, Professor Kent lungerte herum. Er bat mich, zu seinem Klassenzimmer zu gehen und eine Notiz anzubringen, daß er seinen Unterricht nicht halten könne.»

«Und Sie gingen hin?»

Sie nickte.

«Warum tat er das nicht selber?»

Sie zuckte die Achseln, dann sagte sie: «Er ließ gern Leute Dinge für ihn erledigen.»

«Und darauf kehrten Sie hierher zurück?»

«Bloß um meine Sachen zu holen.»

«Und war er noch da?»

«Ja, obgleich er fortwährend erzählte, er müsse heimgehen und sich für seine Party umkleiden, die er besuchen wollte. Aber ich schnappte mir meine Sachen und ging so schnell ich konnte.»

«Warum?»

«Wenn ich mit ihm allein gewesen wäre, hätte er mir gewiß seine altväterliche Zuneigung gezeigt, den Arm um meine Schulter gelegt, um mir etwas Interessantes zu zeigen.»

«Welche Stunde hatten Sie davor?»

«Die um ein Uhr.»

«Waren in dieser Stunde alle anwesend?»

«Nein, bloß fünf von dreißig. Ich machte auch hier früher Schluß.»

«Und warum haben Sie Ihre Stunde um drei nicht abgesagt? Professor Sugrue erzählte, daß die meisten Mitglieder der Abteilung ihren Nachmittagsunterricht an diesem Tag absagten.»

«Nun ja, ich mußte irgendwie die Zeit überbrücken. Lew, mein Mann war in der Stadt. Er hatte am Gericht zu tun. Er wohnt in Barnard's Crossing, und wir wollten dort den Erntedanktag verbringen. Ursprünglich war es so geplant, daß er mich hier abholen sollte, wenn er fertig wäre, und dann wollten wir heimfahren. Da er aber nicht auftauchte, nahm ich an, er sei aufgehalten worden. Später am Nachmittag rief er mich an, um mir zu sagen, daß er nicht mit dem Wagen gefahren sei, sondern den Bus benutzt hätte. Ich hatte keine Lust, mit dem Bus nach Barnard's Crossing zu fahren und dann ein paar Blocks weit durch hohen Schnee zu stapfen. Also einigten wir uns darauf, daß ich Donnerstag morgen mit dem Zug kommen und er mich am Bahnhof Swampscott abholen würde. Und so haben wir es auch gemacht.»

«Wußte Ihr Mann von dieser – dieser altväterlichen Zuneigung Kents?»

«O ja. Und die Kollegen ebenfalls.»

«Hatte Ihr Mann etwas dagegen?»

«Natürlich. Er wollte ihn aufsuchen und ihm die Leviten lesen, aber ich überredete ihn, es nicht zu tun.»

«Warum? Warum wollten Sie nicht, daß er Kent zurechtwies?»

«Weil, ich meinen Job verlieren würde.»

«Sie meinen, er würde Professor Sugrue sagen, er solle Sie feuern?»

«Oh, er würde nicht mit Sugrue sprechen. Und ich würde auch keine Nachricht vom Direktor vorfinden, meinen Schreibtisch zu räumen. Man würde mich nicht mitten im Jahr entlassen. Man würde mich einfach im nächsten Jahr nicht mehr weiterbeschäftigen. Ich bin nicht fest angestellt, und ich bin das einzige Mitglied der Abteilung ohne Doktortitel. Professor Kent hat auch keinen, aber das ist was anderes; erstens einmal ist er fest angestellt, und dann hat er einen Draht zu den Treuhändern, einen ziemlich guten, so wie ich die Sache beurteile.»

«Sie wollen sagen, wenn er die Treuhänder auffordern würde, Ihren Vertrag nicht zu erneuern, würden die das auch tun?»

«Oh, ich glaube nicht, daß er es so direkt machen würde. Er würde ihnen wahrscheinlich erzählen, er hätte mich bei meiner Arbeit beobachtet und sei der Meinung, man sollte jemanden mit mehr Erfahrung einstellen. Auf die Art.»

«Und Ihr Mann? Als Sie ihm sagten, er solle sich nicht einmischen, nahm er das einfach hin?»

«Natürlich gefällt ihm das nicht. Er sagte mir, ich solle Kent aus dem Weg gehen. Und das mache ich auch. Wenn er allein im Büro ist, meide ich es. Einmal oder zweimal rief er mich und bat mich, für ihn ein Buch aus der Bibliothek zu holen und es ihm in sein Haus zu bringen, aber es gelang mir immer, mich zu drükken.»

«Ihr Mann arbeitet in einem Anwaltsbüro?»

«Ja. Schofield, Petrillo und Langerham in Salem.»

Schroeder kritzelte den Namen in sein Notizbuch.

Kapitel 30

Die meisten Studenten hatten bereits ihre Plätze eingenommen, und die restlichen kamen zusammen mit dem Rabbi, als dieser sein Büro betrat. Kaum hatte er sich in seinen Ledersessel gesetzt, als einer der Studenten rief: «He, Rabbi, haben Sie in der Morgenzeitung die Geschichte über Professor Kent gelesen?»

«Wollte er Sie besuchen?»

«Nein, er wollte zu Professor Miller. Das behauptet der *Herald.*»

«Aber im *Globe* steht, daß er beim Haus des Rabbi gefunden wurde.»

«Das ist nicht Rabbi Small. Es gibt noch einen anderen Rabbi in Barnard's Crossing.»

Der Rabbi hob beide Arme, um für Ruhe zu sorgen. Dann sagte er: «Ich werde Ihnen sagen, was ich weiß, und dann können wir vielleicht mit unserer eigentlichen Arbeit fortfahren. Die Leiche von Professor Kent wurde auf einem Feld gefunden, das an den Rasen von Rabbi Seligs Haus grenzt. Selig ist mein Nachfolger als Rabbi des Tempels von Barnard's Crossing. Es wird angenommen, daß Professor Kent auf dem Weg zu Professor Miller war, der ganz in der Nähe von Rabbi Selig wohnt. Die Todesursache ist noch nicht ganz klar. Er war schon ziemlich alt, es ist also möglich, daß er einen Herzanfall oder einen Schlaganfall erlitten hat. Die außerordentliche Kälte hatte wahrscheinlich damit zu tun, und der Schnee verhinderte, daß er gesehen und womöglich gerettet wurde. Es waren nicht viele Leute während des Sturms zu Fuß unterwegs, aber Leute in einem vorbeifahrenden Auto hätten ihn vielleicht sehen können und gewiß angehalten, um nachzusehen. Wenn wir jetzt also...»

«Aber Rabbi...»

«Hat nicht die Polizei von Barnard's Crossing...»

Dem Rabbi schwante, daß die zwanglose Situation in seinem Büro das Unterrichten unter den augenblicklichen Umständen fast unmöglich machte. Als er es trotzdem versuchte, hörte er ständiges Geflüster.

«Hast du bei dem Typen schon mal Unterricht gehabt?»

«Soll ein scharfer Hund gewesen sein.»

Schließlich entließ er sie mit den Worten: «Ich fürchte, Sie sind mit Ihren Gedanken heute nicht bei der Sache, und darum schließe ich jetzt die Sitzung. Für das nächste Mal lesen Sie bitte das letzte Kapitel von Jesajah und denken Sie über seine eigentliche Bedeutung nach.»

Sie gingen hintereinander hinaus, immer noch über Professor Kent redend, nur Sarah McBride blieb zurück. Er blickte sie fragend an.

Sie wartete, bis der letzte Student gegangen war, und sagte dann: «Ein Polizist hat mich ausgefragt.»

«Ist er in Ihre Wohnung gekommen? Wann? Heute morgen?»

«Nein, er war hier. Er war da, als ich um halb elf ankam. Er unterhielt sich mit Professor Sugrue. Er war nicht in Uniform. Er war ein Detective, ein Sergeant. Sergeant Schroeder. Er versuchte herauszufinden, wer Professor Kent zuletzt lebend gesehen hätte. Dann fing er an, sich nach Lew zu erkundigen. Ob Lew Kent kenne. Ob Kent gewußt hätte, daß Lew aus Barnard's Crossing stammt? Ob Lew ihm angeboten hätte, ihn dorthin zu fahren? Als ich sagte, Lew habe seinen Wagen nicht bei sich gehabt, verbesserte sich seine Miene, und das machte mir angst. Hatte ich Lew in Schwierigkeiten gebracht? Also sagte ich ihm, ich hätte Unterricht, und er sagte: ‹Okay, ich werde Sie hinterher aufsuchen.› Ich sagte ihm nicht, daß ich in Ihren Unterricht ging und nicht selber unterrichtete. Ich hatte Angst, wenn ich sagte, daß ich selber an einer Stunde teilnahm, würde er mich nicht gehen lassen und mich festhalten. Sugrue war gegangen, und wir beide waren allein.»

«Aber Sie haben Lew doch gesehen, seit dem letzten Mittwoch, meine ich?»

«O ja, wir verbrachten zusammen das Wochenende.»

«Warum sind Sie dann besorgt?»

Sie schüttelte den Kopf. «Ich hatte noch nie mit der Polizei zu tun, nicht mal wegen eines Verkehrsdeliktes. Sein Verhalten hat mich eingeschüchtert.»

«Wirkte er feindselig, mißtrauisch?»

«Beides. Ich hatte das Gefühl, daß er mir nicht glaubte und daß er davon ausging, daß ich lügen und er mich dabei ertappen würde.»

Der Rabbi nickte lächelnd. «Ja, das hört sich nach Sergeant Schroeder an.»

«Oh, Sie kennen ihn?»

«Als ich das letzte Mal hier war, vor ein paar Jahren, passierte etwas Ähnliches, und ich bekam es mit dem lieben Sergeant Schroeder zu tun.»

«Es würde mir ja nicht so viel ausmachen, wenn's bloß um mich ginge und er mir nicht traut, aber ich möchte nichts sagen, das Lew womöglich in Schwierigkeiten bringen könnte.»

«Sie sagten, daß Lew Anwalt sei. Ich möchte meinen, daß er in der Lage ist, sich seiner Haut zu wehren.»

«Ja, das nehme ich an.» Sie lächelte. «Wenn Sergeant Schroeder wiederkommt, werde ich ihm alles erzählen, was passiert ist.»

«Aber es ist doch nichts passiert, oder?»

«Nein, aber Sergeant Schroeder scheint der Typ Mann zu sein, der aus nichts etwas machen kann.»

Kapitel 31

Rabbi Small verließ die Schule kurz nach Mittag. Als er die Clark Street entlangging, näherte sich ein Auto und hielt neben ihm. Die Scheibe auf der Beifahrerseite wurde heruntergedreht, und es erschien das pausbäckige Gesicht von Bradford Ames, der sich unbeholfen vom Fahrersitz herüberbeugte. «Rabbi Small», rief er, als der Rabbi näher kam. «Lanigan sagte, daß Sie jetzt hier unterrichten, und ich wollte Sie gerade besuchen.» Er stieß die Wagentür auf und sagte: «Steigen Sie ein, Rabbi.»

«Wohin fahren Sie?»

«Bloß bis zur Ecke, zum Haus von Kent. Ich will's mir mal ansehen. Sie kannten ihn?»

«Nur vom Sehen. Nun ja, ich wurde ihm vorgestellt. Ich sagte: ‹Wie geht's Ihnen›, aber sonst habe ich nie mit ihm gesprochen. Ich glaube, selbst als wir miteinander bekannt gemacht wurden, hat er nicht geantwortet.»

«Eingebildet, oder mochte er keine Rabbis?»

«Ich weiß es nicht.»

«Ah, da sind wir ja. Kommen Sie mit rein, Rabbi.» Er stieg die zwei oder drei Stufen hinauf und klopfte an die Tür, während der Rabbi neugierig durch die seitliche gläserne Türfüllung spähte. Die Tür wurde von Sergeant Schroeder geöffnet, der sagte: «Oh, hallo. Wir sind so gut wie fertig.»

«Gut. Sehen Sie, wen ich mitgebracht habe, Sergeant. Sie erinnern sich doch an Rabbi Small?»

«O ja. Hat er mit dem Fall zu tun?»

«O nein. Rabbi Small unterrichtet am Windermere. Ich habe ihn zufällig aufgelesen, als ich vorbeifuhr.» Er wieselte herum und warf einen Blick in die Diele und das dahinterliegende Zimmer. Er deutete auf einen flachen Korb neben der Wand nahe der Tür, der ein Paar Gummischuhe und ein Paar Überschuhe enthielt. «Haben Sie ein Foto davon gemacht, Sergeant? Es ist höchst wichtig.»

«Warum?» fragte der Sergeant.

«Weil auf den Fotos, die Chief Lanigan heute morgen gebracht hat – er brachte sie persönlich – guter Mann, dieser Lanigan. Kennen Sie ihn?»

Der Sergeant nickte. «Hm.»

«Weil Kent auf diesen Bildern keine Gummischuhe anhat. Unter seinem Mantel trug er einen Smoking und flache Lacklederschuhe. Lanigan meinte, er könne sie verloren haben, als er durch den Schnee stapfte, doch jetzt wissen wir, daß er keine trug, denn die Gummischuhe sind hier.»

«Vielleicht hatte er ein zweites Paar im Auto», überlegte Schroeder.

«Richtig. Aber das Auto haben wir noch nicht gefunden. Und wenn er irgendwo an der Straße parkte und der Wagen einschneite, werden wir ihn vielleicht erst finden, wenn es taut. Als ich herkam, fuhr ich durch Straßen, in denen Reihen von Autos standen, Stoßstange an Stoßstange, und alle fast im Schnee begraben. Lanigan sprach mit einem Professor Miller, der glaubt, Kent habe zu ihm gewollt. Miller hält es für möglich, daß Kent irgendwo an der Straße geparkt hat, weil ihm das Fahren zu schwierig schien, und den Bus benutzt hat: daß er an der Bushaltestelle an der Einfahrt von diesem Rabbi ausstieg. Dort gibt es eine Hecke und auf deren anderer Seite ein Wegerecht zu Millers Haus. Was halten Sie davon, Rabbi?»

«Ich kannte Professor Kent nicht gut. Es muß schon um Leben und Tod gehen, ehe ich mich während des Sturms Mittwoch nachmittag hinter das Steuer eines Wagens gesetzt hätte. Andererseits bin ich ein ängstlicher Fahrer.»

«Nun, ich bin selbst am frühen Nachmittag nach Barnard's

Crossing rausgefahren», sagte Ames. «Es war ziemlich bös, aber die State Road war geräumt worden. Was vermuten Sie?»

«Wir haben eine Menge Leute, Studenten und Lehrer, die an der Nord-Süd wohnen, Lynn, Salem, Beverley, Barnard's Crossing. Vielleicht hat er jemanden überredet, ihn zu fahren.»

«Wen?»

Der Rabbi schüttelte den Kopf. «Ich bin neu hier. Ich weiß von ein paar meiner Kollegen, wo sie wohnen, aber das ist alles.»

«In Ordnung. Vielleicht fragen Sie mal rum, Sergeant. Möglicherweise gibt es den einen oder anderen, mit dem er regelmäßig fuhr.»

«Mach ich. Was ist mit dem Schreibtisch da drüben?» fragte er und deutete auf die geöffnete Tür des Arbeitszimmers an der anderen Seite der Diele. «Soll ich die Papiere im Schreibtisch mal durchsehen?»

«Nein, das soll einer der Staatsanwälte machen, jemand der Erfahrung in Buchhaltung hat.» Aus bloßer Neugier zog er die breite mittlere Schublade heraus. In der Bleistiftablage waren natürlich Bleistifte und Kugelschreiber, aber auch ein einzelner Schlüssel. «Sieht aus wie der Schlüssel zu einem Banksafe. Und es steht eine Nummer drauf. Höchstwahrscheinlich wird es dieselbe Bank sein, bei der er ein Girokonto hat. Fragen Sie mal dort nach, und ich werde den Gerichtsbeschluß besorgen, den Safe zu öffnen. Falls er ein Testament gemacht hat, wird er es dort aufbewahren.»

«Er hatte seine Konten bei der Boston Trust. Wenigstens hatte er dort ein Girokonto. Ich habe selbst dort ein Konto, bei der Zentrale in der Washington Street. Möglich, daß er bei der örtlichen Filiale ist, denn die ist von hier bloß um die Ecke. Ich kenne den Filialleiter, Mike Sturgis, weil er früher in der Zentrale gearbeitet hat. Ich habe ihm mal geholfen; ein bißchen Ärger mit seinem Sohn. Ich wette, er wird uns einen Blick in den Safe werfen lassen, wenn Kent dort einen hat, selbst ohne Gerichtsbeschluß. Ich meine, wir sind schließlich die Polizei.»

Ames lachte glucksend. «Kann nicht schaden, es zu versuchen. Es spart uns ein bißchen Zeit. Es ist Safe Nummer 552.»

Michael Sturgis, gedrungen, fett und mit einem mächtigen, kahlen Kopf, der vor Angstschweiß glitzerte, zog das Kästchen heraus und sagte: «Ich muß bei Ihnen bleiben und aufpassen.»

«Kein Problem», sagte Schroeder.

Sturgis trug das Kästchen in eine der kleinen Kabinen neben dem Safe-Raum. «Meine Güte», sagte er, «zu dritt passen wir hier nicht rein. Gehen wir in mein Büro.»

Er stellte das Kästchen auf seinen Schreibtisch und ließ sich auf seinem Drehstuhl nieder, während sich Ames und Schroeder die Besucherstühle nahmen. «In Ordnung, Gentlemen, fangen Sie an.» Ames öffnete das Kästchen, und Schroeder zog sein Notizbuch.

«Woll'n mal sehen: Hier ist eine Pappschachtel, und sie enthält Schmuck. Hier ist ein goldener Ring mit drei roten Steinen. Rubine?»

«Wahrscheinlich Granate», sagte Schroeder.

Ames sah Sturgis an, der den Kopf schüttelte. «Also gut, schreiben Sie einfach drei rote Steine. Ich zweifle, daß sie viel wert sind, selbst wenn's Rubine sind. Und hier ist ein Ring mit einem Opal und ein weiterer mit einem grünen Stein. Könnte ein Smaragd, aber auch einfach grünes Glas sein. Ich vermute das letztere, weil der Ring bloß aus Silber ist. Und hier ist ein Goldzahn und eine goldene Füllhalterfeder. Ich glaube, das ist der ganze Schmuck. Aha, hier ist eine Versicherungspolice; fünfzigtausend Dollar, und die Begünstigte ist Lorraine Donofrio. Haben sie mir nicht erzählt, Sergeant, daß Professor Sugrue von einem Italiener sprach, der ins Büro der Englischen Abteilung kam und nach Kent fragte?»

«Ja, aber es war ein Mann, und Lorraine ist ein Frauenname.»

«Stimmt, aber es könnte ihr Vater oder Ehemann gewesen sein. Aha, hier ist ein Testament. Ausgefertigt von Alan Spector von der Firma Spector und Dole. Die werden wahrscheinlich in den nächsten ein, zwei Tagen kommen, Mr. Sturgis, sobald sie das Testamentvollstreckerzeugnis bekommen. Sie müssen ihnen ja nicht erzählen, daß wir einen Blick auf diese Sachen geworfen haben.»

Er durchflog die Seiten des Testaments. «Was haben wir denn

da: ‹Alle Bücher und wissenschaftlichen Materialien gehen an das Windermere College.› Was sind ‹andere wissenschaftliche Materialien›? Bleistifte? Federhalter? Brillen? Und die einzige verbleibende Legatarin ist Josephine Lorraine Donofrio. Glauben Sie, daß es sich um dieselbe Person handelt, die Nutznießerin der Versicherungspolice ist? Und daß sie aus irgendeinem Grund nicht immer ihren vollen Vornamen benutzt?»

«Es könnte sich um eine Tochter handeln», sagte Sturgis.

«Könnte sein», sagte Ames. «Wir werden es ziemlich bald rausfinden. Ah, hier ist ein Schuldschein über tausend Dollar, mit dem Vermerk ‹Bezahlt›. Unterschrieben von Lorraine Bixby und Antonio Donofrio. Und er wurde ausgestellt für den Friseursalon Bixby, neunzehnte Blossom Street, Lynn. Ich würde sagen, das bringt etwas Licht in die Sache. Lorraine Bixby heiratete Antonio Donofrio, und dann schenkte sie Josephine das Leben.»

«Was ist da unten in dem Umschlag aus Manilapapier?» fragte Schroeder.

«Sieht aus wie das Manuskript zu einem Buch», sagte Ames. «Unser Professor Kent war womöglich ein verhinderter Autor. Nein, es ist eine Doktorarbeit von einem gewisssen Oscar Horton, die 1953 der Universität von Nevada vorgelegt wurde. Und das Thema lautet: ‹Simeon Suggs, ein unbekannter Dichter des zwanzigsten Jahrhunderts›. Nie von ihm gehört.»

«Warum bewahrte der alte Kent die Arbeit in seinem Bankschließfach auf?» fragte Schroeder.

Ames zuckte die Achseln. «Vielleicht glaubte er sie aufbewahren zu müssen. Haben Sie einen Banksafe, Sergeant? Nein? Nun, ich habe einen, und wenn ich ihn, was selten genug vorkommt, mal aufmache, staune ich immer über den Kram, den ich darin aufbewahre. Ich denke immer, ich sollte vielleicht ein paar der Dokumente wegschließen, die ich besitze, zum Beispiel mein akademisches Diplom. Ich schätze, wenn ich mich als Anwalt niedergelassen hätte wie die meisten meiner Kommilitonen, hätte ich's einrahmen lassen und es an die Wand meines Büros gehängt. Aber ich ging, unmittelbar nachdem ich mein juristisches Examen bestanden hatte, zur Staatsanwaltschaft. Im

Grunde schon vorher. Und es gibt die Mitteilung, daß ich bestanden habe, und einen Ausschnitt aus der Morgenzeitung mit einer Namensliste derer, die bestanden haben. Dann ist da noch die Uhr von meinem Vater, eine Repetieruhr.»

«Was ist eine Repetieruhr?»

«Oh, Sie wissen nicht, was das ist? Nun, damit können Sie im Dunkeln die Zeit feststellen. Sie drücken auf einen Knopf, und eine kleine Glocke schlägt die Stunden und dann die Minuten in Abständen von fünf Minuten. Man hat mir gesagt, sie sei ziemlich wertvoll, also nehme ich an, sie wäre eine Versuchung für eine in der langen Reihe von Putzfrauen, die ich im Lauf der Jahre hatte. Ich glaube, deshalb habe ich sie ins Bankschließfach zusammen mit den Krawattennadeln meines Vaters gelegt. Mein Freund Charlie Waterhouse bewahrt sogar seine Überschuhe in seinem Banksafe auf.»

«Wirklich?» Sergeant Schroeder war an Ames' Weitschweifigkeit gewöhnt und hörte nur mit halbem Ohr zu. «Also werde ich mir diesen Donofrio mal vorknöpfen», sagte er, als Ames innehielt.

«Nein», sagte Ames entschieden. «Ich werde Hugh Lanigan bitten, sie aufzusuchen.»

«Warum Lanigan?»

«Weil sie in Lynn wohnen, und das ist Essex County, also in Wirklichkeit deren Bier.» Sein wirklicher Grund war, daß Schroeder, der aus der Großstadt kam und deshalb daran gewöhnt war, sich größtenteils mit Berufsverbrechern zu befassen, dazu neigte, mit Kleinstädtern, die die Polizei gern als Freunde und Helfer sahen, ein wenig barsch umzuspringen. «Außerdem», fuhr er fort, «möchte ich, daß Sie sich auf das College konzentrieren. Reden Sie mit den Leuten von der Englischen Abteilung. Einer von ihnen weiß eventuell etwas über Kent. Hat die Obduktion etwas Neues ergeben?»

«Nein, nur das, was schon im vorläufigen Untersuchungsbericht stand – Herzstillstand. Ich schätze, mehr werden wir auch nicht herauskriegen. Und ich meine, mehr gibt es auch nicht. Er war ja bloß ein Knirps, und er war über siebzig. Und er stapft während eines Schneesturms durch den Schnee, nicht mal Überschuhe an. Also bekommt er einen Herzanfall und fällt hin, und der Schnee deckt ihn zu.»

Ames nickte. «Ich neige dazu, Ihnen zuzustimmen, aber wir müssen ganz sicher sein, nicht wahr?»

«Wozu? Was ist so wichtig an dem Fall, daß wir sicher sein müssen?»

«Weil eine Menge Leute in Barnard's Crossing vielleicht denken, der Rabbi des dortigen jüdischen Tempels – wie hieß er noch? Selig, Rabbi Selig – könnte ihn mit seiner Schneeräummaschine über den Haufen gefahren haben.»

Kapitel 32

Die Geschichte veränderte sich, je öfter sie erzählt wurde. Ada Bronson erzählte sie ihrem Mann, der sie den Burschen weitererzählte, die auf ein Bier in die «Kajüte» kamen. Mrs. Miller erzählte sie einer Frau, die sie im Supermarkt traf. Mitglieder der Polizei erwähnten sie vielleicht ihren Frauen gegenüber.

Die Geschichte wuchs in alle Richtungen. Aus dem Voyeurismus wurde ein versuchtes Eindringen, und daraus gewaltsames Eindringen und versuchte Vergewaltigung, die sich zu einer Anwendung körperlicher Gewalt mauserte und in einer echten Vergewaltigung kulminierte. Daß man die Leiche unterhalb des Felsgrundstücks gefunden hatte, wurde damit erklärt, daß Selig ihn habe kommen sehen und ihn gejagt hatte, worauf Kent ausgerutscht und heruntergefallen sei. Und diese wurde durch eine zweite Geschichte abgelöst, nach der Selig ihn auf dem Pfad mit Wegerecht habe kommen sehen, den Strahl aus einer Räummaschine auf ihn gerichtet und ihn auf diese Weise über den Rand befördert habe. Und schließlich erzählte man sich, Selig habe ihn gepackt, leibhaftig hochgehoben und ihn über den Rand geworfen.

Die Telefonanrufe begannen am Dienstag morgen, kurz nachdem Rabbi Selig vom *schachreß*, dem Morgengottesdienst, zurückgekehrt war. Nach einer Weile hörte er auf, den Hörer abzunehmen, weil er wußte, daß er nichts verpaßte und der Anrufbeantworter die Anrufe registrierte. Am späten Nachmittag, als er Gelegenheit hatte, sich anzuhören, was gespeichert war, kam er zu dem Schluß, daß er sich mit dem Vorsteher, Al Bergson, beraten mußte.

Zuerst jedoch erörterte er die Sache mit seiner Frau. Sie sagte: «Du könntest Schwierigkeiten bekommen, Dana.»

«Du meinst, der Tempel könnte mich auffordern, mein Amt niederzulegen?»

«Nein, ich meine Schwierigkeiten mit der Justiz. Du hast gedroht, ihn hochzuheben und ihn über die Hecke zu werfen, und genau dort wurde er gefunden, auf der anderen Seite der Hecke, auf der flachen Seite.»

«Nun hör mal. Ich bin ziemlich stämmig, und er war ein Knirps, aber niemand würde glauben, daß ich jemanden, der circa hundertundzwanzig Pfund wiegt, hochheben und ihn auf eine Entfernung von etwa fünfzehn Fuß über eine hohe Hecke werfen könnte!»

«Nun, sie könnten behaupten, daß er auf der anderen Seite der Hecke war und du ihn mit einem Strahl deiner Schneemaschine umgeblasen hast. Ich glaube, du solltest vielleicht einen Anwalt aufsuchen.»

«Ja, und sobald sich herumgesprochen hat, daß ich einen Anwalt konsultiert habe, werden die Leute das als Beweis nehmen, daß ich womöglich schuldig bin. Obwohl es dunkel war, als ich anfing, den Schnee zu räumen, bin ich sicher, daß ich ihn gesehen hätte, wenn er auf dem Pfad auf der anderen Seite der Hecke raufgekommen wäre.»

«Was ist mit all diesen Telefonanrufen?»

«Nun, praktisch jedermann ist mir wohlgesonnen und denkt, ich hätte das Richtige getan.»

«Was bedeutet, daß sie glauben, du hättest es getan.»

«Hm ... ja», sagte er zögernd. «Was soll ich tun?»

«Sieh mal, Dana, vielleicht wäre es keine schlechte Idee, wenn du mit Rabbi Small sprechen würdest.»

«Warum willst du, daß ich mit Rabbi Small spreche? Was hat er mit dem Fall zu tun? Er ist nicht mehr im Amt.»

«Er hat fünfundzwanzig Jahre hier gelebt, also kennt er die Stadt. Außerdem soll er sich gut mit diesem Polizeichef verstehen, diesem – wie heißt er noch? Lanigan. Er könnte ihn fragen, was er in der Hand hat.»

«Ich werd's mir durch den Kopf gehen lassen.»

Wie vorauszusehen, war Al Bergson beim abendlichen *Minjan*. Sobald der Gottesdienst zu Ende war, trat Rabbi Selig auf ihn zu.

«Haben Sie zwei Minuten Zeit für mich, Mr. Bergson?»

«Gewiß, was kann ich für Sie tun?»

Rabbi Selig wartete, bis die letzten gegangen waren und er mit Bergson allein war. Dann sagte er: «Ich habe eine Anzahl von Telefonanrufen wegen dieser Sache am letzten Sonntag bekommen.»

«Sie werden es nicht glauben, ich ebenfalls», antwortete Bergson.

«Wirklich?»

«Tatsächlich, und ein paar andere Mitglieder der Gemeinde auch.»

«Was soll ich nach Ihrer Ansicht unternehmen?»

Bergson zuckte die Achseln. «Hat die Polizei schon mit Ihnen gesprochen? Sind Sie überhaupt schon vernommen worden?»

«Nun ja. An diesem Sonntag, als ich die Menge am Fuß meiner Einfahrt sah, ging ich runter, um zu sehen, was los war. Der Polizeichef war in seinem Wagen und winkte mich zu sich. Also setzten wir uns in seinen Wagen und unterhielten uns eine Weile. Er fragte mich, wann ich Schnee geräumt hätte, und ich sagte es ihm. Und das war alles.»

«Na ja, das könnte alles gewesen sein, aber ich habe Zweifel. Wissen Sie, wenn Rabbi Small in der Stadt wäre, würde ich ihn aufsuchen, wenn ich Sie wäre. Er und Lanigan, der Polizeichef, sind eng befreundet. Die Lanigans waren einmal bei den Smalls zum Essen, und David und Miriam waren bei den Lanigans zum Tee. Und David Small hat Lanigan mehr als einmal geholfen.»

«Soll ich nach Boston fahren und ihn aufsuchen?»

«Natürlich, ich denke, Sie sollten es tun. Hier, ich gebe Ihnen die Telefonnummer von Smalls Wohnung.» Er nahm einen Bleistift und ein Notizbuch aus einer Innentasche und schrieb die Nummer auf. «Rufen Sie ihn abends an und machen Sie einen Termin mit ihm, entweder in seinem Büro im College oder bei ihm zu Hause.»

«Danke. Und, was ich noch sagen wollte, ich denke, ich werde zur Sitzung des Ausschusses diesen Sonntag nicht kommen.»

«Nein? Aus einem bestimmten Grund?»

«Nun, Sie sagten, Sie hätten Anrufe bekommen und andere Mitglieder auch. Ich kann mir also vorstellen, daß sie darüber sprechen werden, und Sie werden offener reden können, wenn ich nicht dabei bin.»

Bergson nickte. «Okay.»

«Sind Sie mit dem Auto gekommen?» fragte Rabbi Small, als er seinen Besucher in einen Sessel nötigte und die Tür seines Büros schloß, damit sie ungestört waren. «Wo haben Sie geparkt?»

«Nein, ich bin mit dem Bus gekommen», erwiderte Rabbi Selig. «Einer der Gründe, warum ich das Haus genommen habe, war, daß die Haltestelle direkt an unserer Einfahrt liegt und ich so nach Boston kommen kann, ohne mir wegen eines Parkplatzes Sorgen machen zu müssen.»

«Nicht schlecht gedacht», sagte Rabbi Small. «Als ich hier anfing, wollte mir der Rektor einen eigenen Parkplatz verschaffen. Aber es war nicht möglich. Seit ich nach Brookline gezogen bin, komme ich mit der Straßenbahn. Sehr bequem.»

«Angesichts dessen, was passiert ist, bin ich nicht mehr so sicher, daß es ein Vorteil ist, die Haltestelle vor meinem Haus zu haben. Sie wissen, was passiert ist?»

Rabbi Small nickte. «Chief Lanigan hatte am Montag in Boston zu tun und war so freundlich, mir unterwegs alles zu erzählen. Er wollte nicht nur plaudern; er war besorgt wegen der möglichen Auswirkungen auf die Gemeinde und auf Sie.»

«Glaubt er, daß ich in die Sache verwickelt bin?»

«Er wollte auch, daß ich soviel wie möglich über Professor Kent herausfinde, weil ich in der Position sei, Fragen zu stellen, er aber nicht.»

«Aber was denkt er über mich?» drängte Selig.

«Wie die Dinge im Augenblick liegen, gibt es mehrere Möglichkeiten, die man in Betracht ziehen muß. Erstens: Er glitt aus, vielleicht aufgrund eines plötzlichen Herzanfalls. Zweitens: Sie haben ihn mit einem Strahl Ihrer Räummaschine umgeworfen, entweder zufällig, weil Sie ihn nicht sahen, oder absichtlich, weil Sie ihm die... äh... Belästigung Ihrer Frau heimzahlen wollten. Und drittens: Sie hoben ihn hoch und warfen ihn über die Hecke.»

«Aber das ist lächerlich...»

«Punkt drei ganz bestimmt: Sie müßten ein Riese sein, um das zu vollbringen. Aber die Möglichkeit, daß Sie den Strahl Ihrer Maschine auf ihn richteten, muß man ernsthaft ins Auge fassen.»

«Und wie will die Polizei das beweisen?»

«Unglücklicherweise muß sie es nicht beweisen. Sie müßte es, wenn man Sie ins Gefängnis stecken würde, und damit Ihre Karriere zerstören und der Gemeinde Schaden zufügen würde. Sie richten ihr Augenmerk auf drei Punkte: auf die Waffe, in diesem Fall die Schneeräummaschine; die Gelegenheit – er kam vorbei, als Sie die Maschine in Betrieb hatten; und das Motiv haben Sie ihnen geliefert, als Sie mit den Millers sprachen.»

«Also bin ich erledigt, meine Karriere ist zerstört, selbst wenn ich nicht ins Gefängnis muß.»

«Oh, nein. Das sind die Möglichkeiten, die sich im Augenblick ergeben. Die Polizei hat gerade erst mit ihren Ermittlungen angefangen. Es besteht die Möglichkeit, daß er in Wirklichkeit woanders umgebracht und seine Leiche nach Barnard's Crossing geschafft wurde. Es spricht eine Menge dafür, daß dies der Fall war, weil nämlich die Behörde von Suffolk County die Sache übernommen hat.»

«Und was mache ich jetzt?»

«Nichts. Sie machen nichts.»

«Sollte ich nicht mit einem Anwalt sprechen?»

«Nur mit Ihrer Frau. Sie ist doch Anwältin, oder? Ich würde mir keinen Anwalt nehmen, es sei denn, Sie werden angeklagt.»

Kapitel 33

Als Lanigan seinen Freund Bill Mulcahey anrief, den Polizeichef von Lynn, war er von dem glucksenden Lachen überrascht, das seine Bitte auslöste. «Haben sie dir auch eine Einladung geschickt? Diese Itaker! Ich wette, sie haben auch dem Gouverneur eine geschickt.»

«Wovon zum Teufel sprichst du, Bill?»

«Du hast mich gefragt, ob ich irgendwas über Donofrio hätte. Also, Vittorio Donofrio geht nach vierzig Dienstjahren bei der Straßenbauabteilung in den Ruhestand. Er war dort Vorarbeiter und deshalb veranstalten die Italiener für ihn ein Bankett.»

«Vittorio Donofrio? Nein, ich meine Antonio Donofrio.»

«Ach so, Antonio, das ist sein Sohn. Er ist Friseur oder Haarkünstler. Hat 'nen Laden in der Nähe vom Bahnhof. Warte mal – er heißt ‹Bixby›. Er gehört ihm, oder er ist mit der Lady verheiratet, der er gehört. Was willst du von ihm?»

«Ich will mich mit ihm unterhalten.»

Weil die Innenstadt von Lynn nur etwa zehn oder fünfzehn Autominuten von der Stadt Barnard's Crossing entfernt war, kauften die Einwohner auch gerne in Lynn ein. Und die Innenstadt kannten sie fast genauso gut wie die eigene. Chief Lanigan wußte, wo Bixby's Frisiersalon war; er erinnerte sich schwach, daß Amy in der Vergangenheit ein- oder zweimal hierhergegangen war, wenn ihre Stammfriseuse in Urlaub und ihr Geschäft geschlossen gewesen war.

Nachdem er festgestellt hatte, daß Donofrio dort arbeitete, fuhr Lanigan, obwohl er nicht in Uniform war, direkt zu dem Laden und parkte vor einem Parkverbotsschild. Er trat ein und sagte auf den fragenden Blick von Mrs. Bixby, die an dem kleinen Tisch der Nagelpflegerin saß: «Ich bin Hugh Lanigan von der Polizei in Barnard's Crossing.» Und er zeigte ihr seine Dienstmarke, die er aus der Jackentasche zog.

«Ja, ich glaube, ich habe Ihr Bild ein paarmal im *Examiner* gesehen. Sie sind der Chief, nicht wahr? Was kann ich für Sie tun, Chief?»

«Ich möchte mit Antonio Donofrio sprechen.»

«Das ist er, da drüben.» Sie nickte hinüber. «Er wird in zehn, fünfzehn Minuten frei sein, würde ich sagen. Hören Sie, Chief, warum setzen Sie sich nicht, und ich mache Ihnen die Nägel?»

«Sie meinen, daß er in zehn, fünfzehn Minuten frei sein wird? Ich komme noch einmal...»

«Ich meine keine richtige Maniküre. Ich werd sie bloß ein bißchen schneiden. Kostet nichts. Es ist nichts dabei, wissen Sie. Ich habe viele männliche Kunden.»

«In Ordnung.» Lanigan setzte sich und streckte der Frau eine Hand hin. Sie hatten leise gesprochen, fast im Flüsterton. Jetzt sagte sie mit normaler Lautstärke: «Warum nehmen Sie nicht Ihren Hut ab und ziehen Ihren Mantel aus? Sie können ihn an die Garderobe hängen.»

«In Ordnung», sagte er gutmütig, stand auf, hängte seinen Mantel auf und legte seinen Hut auf die Ablage. Als er wieder Platz genommen hatte, sagte sie: «Ich wette, es ist wegen Professor Kent, stimmt's?»

«Wie kommen Sie darauf?»

«Nun, Sie kommen aus Barnard's Crossing, und seine Leiche wurde in Barnard's Crossing gefunden, und man ist sich nicht sicher, wie er starb. Mrs. Thorpe sagte – kennen Sie sie? Sie ist aus Barnard's Crossing, oder war's Swampscott – also, sie sagte, daß es ein junger Geistlicher war oder Priester oder so was – nein, es war kein Priester, kein römisch-katholischer – der ihn vom Felsrand schubste, weil er ihn dabei erwischte, wie er ins Fenster glotzte, als seine Frau sich auszog. Es könnte ein griechischer Priester sein, die dürfen ja heiraten. Nun, mich würde es nicht überraschen, wenn er ein Auge riskiert hätte. Wissen Sie, er war immer an Frauen interessiert. Er guckte immer nach ihnen und...»

«Sie meinen, daß er geil war?»

Sie kicherte. «Das würde ich nicht sagen, aber so was Ähnliches, besonders als er älter wurde.»

«Oh, Sie kannten ihn?»

«Ja, ich kannte ihn, stimmt.»

«Kam er zum Maniküren hierher?»

«Nicht hierher, aber als ich Nagelpflegerin in einem Salon in Boston war, wo er sich immer die Haare schneiden ließ. Das ist gut zwanzig Jahre her. Wir wurden Freunde, und er sagte mir, daß er mich liebe. Er wollte mich heiraten. Das konnte er natürlich nicht, weil er schon verheiratet war – mit dieser kranken alten Frau. Er sagte, sie werde bald sterben, und er wollte, daß ich solange warte. Aber ein Mädchen muß an seine Zukunft denken, und man wird mit den Jahren ja nicht jünger. Also sagte ich ja, als Tony mich bat, ihn zu heiraten.»

«Und wie nahm Kent das auf?»

«Er hatte Verständnis und uns sogar das Geld geliehen, um dieses Geschäft zu kaufen. Und von Zeit zu Zeit lieh er uns Geld, wenn wir knapp bei Kasse waren. Ich glaube, er betrachtete uns als die einzige Familie, die er hatte. Als meine Josephine geboren wurde, schloß er eine Versicherung ab, in der ich als Begünstigte genannt bin. Josephine nennt ihn Onkel Malcolm.»

«Und Tony?»

«Er glaubt, daß Kent mit mir verwandt ist. Und ich möchte, daß er das auch weiterhin glaubt», setzte sie ernst hinzu.

«Es ist unwahrscheinlich, daß ich ihm was anderes erzähle», sagte Lanigan, «aber ich muß mit ihm sprechen.»

«Oh, Tony ist mit Mrs. Wilson beinahe fertig, und dann hat er eine Stunde frei. Hören Sie, gehen Sie doch in das Café hier in der Nähe, und ich schicke Tony zu Ihnen, sobald er fertig ist.»

«Ich wollte ihn besuchen, aber ich konnte ihn nicht treffen», verkündete Donofrio, als er auf Lanigans Tisch zuging.

«Warum holen Sie sich nicht eine Tasse Kaffee», schlug Lanigan vor, «und dann können wir uns unterhalten.»

«In Ordnung.» Er ging zum Tresen, bekam einen Becher Kaffee, kehrte zurück und nahm an Lanigans Tisch Platz. «Meine Frau sagte, Sie wollten mit mir sprechen, weil ich Kent am Tag vor dem Erntedankfest aufsuchen wollte. Ich bin wirklich hingefahren, aber ich traf ihn nicht an.»

«Worum ging es?»

«Um Geld, um was sonst?»

«Er schuldete Ihnen was?»

«Nee.» Donofrio wand sich auf seinem Sitz, als er zu erklären versuchte. «Es ist so: Er ist ein alter Kauz, und Lorraine und ich sind die einzige Familie, die er hat. Er wohnt in diesem großen Haus, fast ein Palast, in der Back Bay in Boston. Und wir hausen hier und kommen gerade so zurecht. Was soll er mit seinem ganzen Geld anfangen? Es dem College schenken? Er hat sonst niemanden. Sie wissen ja, wie das ist, wenn man ein Geschäft hat. Immer passiert was, immer läuft was schief.»

«Und wenn etwas schieflief, gab er Ihnen Geld? Wieviel?»

«Nur ein paar Hunderter. Einmal gab er uns tausend.»

«Uns?»

«Ja, mir und meiner besseren Hälfte. Fürs Geschäft.»

«Oh, ich verstehe. Für...»

«Eine Klempnerrechnung, oder einmal war's das Heizöl.»

«Wenn Sie knapp bei Kasse waren, suchten Sie ihn auf, und er half Ihnen aus.»

«Richtig. Das Geld war hauptsächlich für das Geschäft, aber einmal war es für den Zahnarzt meiner Frau.»

«Und warum wollten Sie ihn am vergangenen Mittwoch sprechen?»

«Sie haben den Laden ja gesehen. Schauen Sie sich diese Straße an. Wie können wir hier Geschäfte machen? Alles, was wir haben, ist eine Handvoll alter Damen, und das nur, weil sie seit Jahren zu uns kommen. Also wollte ich mit ihm darüber sprechen, das Geschäft zu modernisieren; vielleicht Werbung zu machen.»

«Verstehe, und um welche Zeit kamen Sie am Mittwoch in Boston an?»

«Ich fuhr mit dem Zug um drei Uhr vierzig, der um zwei nach vier am Nordbahnhof ankommt. Dann die Straßenbahn zum Kenmore. Muß kurz nach vier vor seinem Haus gewesen sein. Ich klingelte und klopfte. Ich wartete ungefähr fünfzehn Minuten, dachte, er wäre auf dem Klo oder sonstwo. Dann ging ich in sein Büro in der Schule, weil ich dachte, er wäre vielleicht dort. Jemand sagte, Kent wollte zu einer wichtigen Party in Breverton fahren und sei vielleicht schon aufgebrochen. Also ging ich zum Haus zurück und klingelte noch mal. Wieder nichts. Also nahm ich an, er sei weggegangen, und machte mich aus dem Staub.»

«Und wann waren Sie wieder hier in Lynn?»

«Also, ich mußte etwas zu Abend essen, darum ging ich ins Nordend, wo ich 'nen Haufen Freunde habe, und trieb mich da 'ne Weile rum.»

«Und wann kamen Sie nun nach Hause?»

«Ziemlich spät, schätze so gegen elf. Hören Sie, Chief, ich muß ins Geschäft zurück. In ein paar Minuten hab ich 'ne Kundin.»

«In Ordnung.» Lanigan entließ ihn mit einem Kopfnicken.

Kapitel 34

Al Bergson klopfte mit den Fingerknochen auf die Tischplatte und sagte: «Gut jetzt, laßt uns zur Tagesordnung kommen.»

«Sollten wir nicht auf den Rabbi warten?» fragte Norman Salzman. «Er war beim *Minjan*, also dürfte er ziemlich bald hier sein.»

«Nein, er wird heute nicht kommen», sagte Bergson. «Er meinte, wir würden vielleicht über ihn und über die Geschichte mit der Leiche im Schnee reden, und er wollte unsere Diskussion nicht stören.»

«Er ist ja ein richtig nettes Kerlchen», sagte Irving Cohen.

«Vielleicht wollte er nicht, daß ... daß wir ihm deswegen Fragen stellen», warf Dave Block ein, der zum Zynismus neigte.

«Der Schriftführer wird das Protokoll verlesen», verkündete Bergson, um weitere Diskussionen zu verhindern.

Der Schriftführer begann: «Die Versammlung kam um neun Uhr fünf zur Tagesordnung ...»

«Diskussion.»

«Was gibt es zu diskutieren? Es ist nichts passiert.»

«Ja, wirklich? Sollte der Bauausschuß nicht Angebote für die Reparatur des Daches einholen?»

«Das fällt unter die Rechenschaftsberichte.»

«Mir scheint, es gab eine lange Diskussion über diese Party an *Purim*, die die Schwesternschaft plant.»

«Ja, aber es wurde nichts entschieden.»

«Aber der Schriftführer hätte erwähnen sollen, daß es eine Diskussion gab.»

«Das war letzte Woche», sagte der Schriftführer, «und es steht im Protokoll der letzten Versammlung.»

«Aber ich war nicht da. Ich mußte nach New York fahren, und ich...»

«He, laßt uns weitermachen. Du kannst uns nach der Versammlung von deinen Abenteuern in Big Apple erzählen.»

Es war zehn Uhr, als sie mit den alten Geschichten fertig waren. Nicht daß alte Geschichten zu diskutieren gewesen wären, aber wie immer fanden sie es angenehm, bloß zusammenzusitzen und zu reden. Aber schließlich gelang es Bergson, das Thema auf den Punkt zu bringen.

«Rabbi Selig erzählte mir von einer Anzahl von Telefonanrufen, die er bekam.»

«Ja, ich habe auch welche bekommen», sagte Larry Sobel, der Grundstücksmakler war. «Diese Burschen waren *Gojim*. Es waren zwei Burschen, denen ich mal ein paar Grundstücke anbot. Einer sagte, ich sollte stolz auf meinen Rabbi sein, und der andere sagte, ich sollte ihm keine Vorwürfe machen.»

«Und was sagten Sie?» fragte Bergson.

«Nun, ich dankte ihnen, aber dann sagte ich, ich wüßte nicht, wovon sie sprechen. Einer lachte bloß und legte auf, aber der andere sagte, er könne verstehen, daß der Rabbi den Typ über den Felsrand geschmissen hätte, weil er einen Annäherungsversuch bei der Frau des Rabbi gemacht hätte.»

Bergson nickte. «Hat noch jemand Anrufe erhalten?»

Drei hoben die Hände. Einer sagte: «Ich bekam einen Anruf von einer Frau, die sagte, wir sollten uns über einen Geistlichen schämen, der ein Mörder wäre.»

«Hat noch jemand feindselige Anrufe bekommen?» fragte Bergson.

«Ein Typ rief mich an und sagte, er könne verstehen, wie dem

Rabbi zumute wäre, doch als ein Mann Gottes hätte er nicht Zuflucht zur Gewalt nehmen dürfen.»

«Und was sagten Sie?»

«So ziemlich dasselbe wie Larry: Ich hätte keine Ahnung, wovon er spreche. Und er erwiderte: ‹Ach, hören Sie doch auf› und legte auf.»

«Sonst noch jemand?» fragte Bergson.

Andy Taitelbaum hob schüchtern die Hand. «Mich rief ein Freund an, mit dem ich zusammen zur Schule gegangen bin. Ich treffe ihn manchmal zufällig, aber er hat mich noch nie angerufen. Wir schwatzten ein paar Minuten. Ihr wißt schon, alberten ein bißchen herum, und dann sagte er: ‹Habe euren Rabbi neulich joggen sehen. Er ist ziemlich gut.›»

«Und?»

«Das war alles. Er sagte: ‹Ruf mich doch mal an, Andy› und legte auf.»

«Also hat er gar nichts gesagt.»

«Ich nehme an, er hat darauf gewartet, daß ich was sage.»

«Vielleicht wollte er dich damit aufziehen, daß unser Rabbi in Shorts oder im Trainingsanzug rumläuft.»

«Was ist daran falsch, daß der Rabbi beim Joggen einen Trainingsanzug trägt?»

«Würdest du zu einem Arzt oder gar zu einem Anwalt gehen, der Jeans trägt?»

«Ja, aber Rabbi Selig trägt keinen Trainingsanzug, wenn er in den Tempel geht.»

Bergson klopfte auf den Tisch. «Schon gut, schon gut, zurück zu dem, was diese Versammlung bewirken will. Diese Geschichte kann sich in nichts auflösen und in Vergessenheit geraten oder sie kann schlimmer werden, und dann wird es noch eine Menge Anrufe geben. Also laßt mich die Dinge mal klarstellen. Merkt euch zuallererst, daß Rabbi Selig mit dem Tod dieses Mannes nichts zu tun hatte, weder geplant noch zufällig. Allen, die also anrufen, um euch zu sagen, daß sie den Rabbi wegen seiner Tat bewundern, sagt geradeheraus, daß er nichts getan habe.

Professor Kent scheint von Boston aus zu einem Hochzeitsempfang nach Breverton aufgebrochen zu sein. Dann hatte er entweder eine Panne, oder er parkte, weil der Schneefall heftiger wurde, und nahm den Bus. Statt den Bus nach Breverton zu benutzen, der über die State Road fährt, nahm er den nach Barnard's Crossing über die Old Boston Road. Und an der Einfahrt des Rabbi stieg er aus, weil er in der Evans Road einen Freund hatte, den er während des Sommers zu besuchen pflegte. Er benutzte den Pfad mit Wegerecht, der am Haus des Rabbi entlangführt. Er war ein alter Mann, erlitt wahrscheinlich einen Herzanfall, als er an einem kalten, schneeigen Tag den Hügel hinaufging, und fiel herunter.

Der Rabbi räumte seine Einfahrt gegen zwei Uhr, weil die *Rebezen* zu einem Kurs nach Salem fahren mußte. Aller Wahrscheinlichkeit nach stieg der alte Knabe gegen fünf, vielleicht ein wenig später, aus dem Bus. Und wenn er einen Herzanfall hatte und abstürzte, wurde er binnen fünfzehn, höchstens dreißig Minuten vom Schnee zugedeckt.»

«Aha, aber der Rabbi räumte noch einmal, nicht wahr?»

«Das stimmt. Die *Rebezen* rief an und sagte, sie werde gegen halb acht oder acht ein paar Leute zu Kaffee und Doughnuts mitbringen. Da sie vermutlich mit mehreren Autos kommen würden, räumte der Rabbi auch die Terrasse und schob noch einmal die Maschine über die Einfahrt. Und ein Teil des geräumten Schnees fiel auf Kent, der bereits zugedeckt war. Wenn euch also irgend jemand anruft, um euch zu sagen, was für ein prima Bursche der Rabbi sei, daß er seine Frau verteidigt habe, sagt ihnen, daß der Rabbi nichts dergleichen getan hat. Verstanden? Weil die Sache auf lange Sicht der Gemeinde Schaden zufügen könnte.»

«Trotzdem müssen Sie zugeben, daß wir, wenn wir einen Rabbi wie David Small hätten, der mehr ein Gelehrter war, nicht so ins Gerede gekommen wären», sagte Jerry Andleman.

«Nein? Aber nur zu Ihrer Information», sagte Taitelbaum, «meine Familie erzählte mir, daß in Rabbi Smalls erstem Jahr die Leiche eines Mädchens im Gebüsch am Parkplatz gefunden wurde und man eine Zeitlang glaubte, Small hätte etwas damit zu tun.»

Kapitel 35

Chief Lanigan saß an seinem Schreibtisch und bekritzelte einen Notizblock, während er über Professor Miller und seine Mutter nachdachte. Obwohl er in seinem Protokollbuch Ort und Zeit seiner Besuche im Haus der Millers vermerkt hatte, verfügte er über keine Notizen über den Inhalt der Gespräche. Als er jetzt darüber nachdachte, kam es ihm vor, als hätte Mrs. Miller Professor Kent stärker verteidigt, als das bei ihrem Sohn der Fall gewesen war. Er fragte sich, ob es daran lag, daß sie emotionaler war. Oder hatte sie vielleicht eine Beziehung mit diesem Mann? Er konnte sie nicht persönlich fragen, aber ihm kam die Idee, Ada Bronson auszuhorchen, denn sie arbeitete bei den Millers häufig als «Aushilfe».

Er rief dem Diensthabenden zu, er solle Sergeant Dunstable kommen lassen. Dunstable hielt sich selber für einen Detective Sergeant, weil er keine Uniform trug und ein Abzeichen in der Tasche hatte. Nicht daß er verdeckt arbeitete: Aber es war einfach nützlich, daß jemand einen Besuch machen und eine Befragung durchführen konnte ohne «offiziellen» Auftrag.

«Sie kennen Ada Bronson?» fragte Lanigan, als der Sergeant eintrat.

«Klar, Jim Bronsons Frau.»

«Gut, stellen Sie fest, wo sie jetzt ist. Ob sie zu Hause ist oder ob sie irgendwo arbeitet.»

«Sie wollen sie sprechen, Chief? Soll ich sie herbringen, wenn sie Zeit hat?»

«Ja, ich möchte mit ihr sprechen. Fragen Sie Ada, ob sie nicht mal reinschauen könnte, wenn sie Zeit hätte.»

«Verstanden, Chief.»

Sie kam kurz nach Mittag. Sie war eine fünfzigjährige Frau, schwergewichtig, aber verblüffend beweglich. Ihr Gesicht mit dem massigen Kinn und dem fast lippenlosen Mund hatte einen besorgten Ausdruck. «Ist es wegen Jim?» fragte sie.

«Nein, Ada», sagte Lanigan freundlich. «Setzen Sie sich doch. Ich möchte etwas über den letzten Mittwoch von Ihnen wissen. Sie waren bei den Millers, nicht wahr?»

«Das ist richtig. Ich war den ganzen Tag bei ihnen, weil's ja der Tag vor dem Erntedankfest war. Ich kam so gegen zehn und machte Mrs. Miller ihr Frühstück. Dann war ich ein bißchen einkaufen, und dann bereitete ich für uns den Lunch vor.»

«Aber später, am Nachmittag...», tastete Lanigan sich vor.

«Oh, wir haben den ganzen Nachmittag gebacken. Dann, kurz nach fünf – ich hörte mir nämlich die Nachrichten um fünf an – klingelte das Telefon, und es war der Professor. Er wollte mit seiner Mutter sprechen, aber als ich sagte, sie hätte sich hingelegt, wollte er sie nicht stören. Darauf fragte er, ob Professor Kent angekommen wär, und ich sagte nein. Er müsse dann wohl direkt nach Breverton gefahren sein, sagte er. Dann sagte er noch, er würde den Zug fünf Uhr zweiunddreißig nehmen und kurz nach sechs heimkommen. Er fuhr nämlich mit dem Auto nicht bis Boston, sondern nur bis Swampscott und nahm dort den Zug, wegen des Schnees.»

«Und um welche Zeit kam er nach Hause?»

«Wie er gesagt hatte, kurz nach sechs. Aber dann, kaum hatte er seinen Mantel ausgezogen, wurde er ganz aufgeregt, weil er seine Aktentasche im Zug vergessen hatte. Und das regte die alte Dame auf, weil sie dachte, es wäre diese teure Diplomatentasche, die sie ihm letztes Jahr zu Weihnachten geschenkt hatte. Aber er sagte nein, es wär die alte Aktentasche und daß er die neue bei solchem Wetter nicht nehmen würde. Darauf ließ er sich von ihr die Nummer vom Nordbahnhof raussuchen, rief an und sagte ihnen, er hätte seine Tasche im Zug vergessen, und sie sagten, der Schaffner würde sie in Verwahrung nehmen, wenn der Zug in Gloucester ankäme. Aber er war furchtbar aufgeregt, und deshalb regte sie sich auch auf.»

«Und, hat der Schaffner sie gefunden? Wissen Sie das?»

«Ja, am Freitag traf ich Mrs. Miller im Supermarkt, und sie erzählte mir, die Bahn hätte angerufen, daß sie die Aktentasche gefunden hätten. Er wollte hinfahren und sie holen, aber er hatte sich die schreckliche Erkältung eingefangen. Außerdem hätte das sowieso keinen Sinn gehabt, denn wenn was drin gewesen wär, woran er während der Feiertage hätte arbeiten wollen, war's dafür zu spät.»

«Haben Sie die Tasche gesehen?»

«Nee, aber er sagte am Telefon, es waren seine Initialen drauf.»

«Aha, ich schätze, er wird sie im Kofferraum seines Wagens aufbewahrt haben. Erwarteten die Millers Professor Kent am Erntedanktag zum Dinner? Und waren sie enttäuscht, als er nicht erschien?»

«Nun, teils, teils. Sie dachten, er würde nach der Party im Country Club zu ihnen kommen, über Nacht bleiben, am nächsten Tag mit ihnen zu Abend essen und vielleicht noch bis Montag morgen bleiben. Darum bat mich Mrs. Miller, das Gästezimmer besonders hübsch herzurichten. Aber sie rechneten auch damit, daß einer seiner piekfeinen Freunde ihn einladen würde.»

«Ich verstehe. Und waren sie nicht überrascht, als er nicht anrief, um ihnen mitzuteilen, was er vorhatte?»

«Oh, er ruft nie an. Er kommt einfach.»

«Und stört das die Millers nicht?»

«Na ja, sie kommen aus dem Westen, wissen Sie, wo man kommt und geht, wie man will. Außerdem ist Professor Miller ein sehr entgegenkommender Mann. Bevor Professor Kent anfing, an den Wochenenden ins Haus zu kommen, war da ein anderer Professor, der mit einem Mädchen hier in der Stadt, draußen in Charleton Park, verlobt war, das er immer übers Wochenende besuchte. Also, Professor Miller fuhr ihn freitags hin, holte ihn dort am Montagmorgen ab, um ihn mit nach Boston zu nehmen. Charleton Park liegt nun aber ziemlich abseits von seiner Strecke. Er mußte über die Abbott Road und durch die vielen kurvenreichen Straßen von Charleton Park fahren, aber das schien ihm nichts auszumachen. Außerdem hatte dieser Kollege am Montagmorgen um neun Uhr eine Stunde, und Professor Miller brauchte erst um zehn da zu sein, aber er stand extra früher auf, um ihn rechtzeitig zum Unterricht zu bringen.»

«Das war anständig von ihm», bemerkte Lanigan. «Sie halfen montags und freitags aus?»

«Die ganze Woche, weil ihr das Asthma schwer zu schaffen machte, also bin ich jeden Morgen hingegangen. Seit kurzem geht es ihr ein bißchen besser, so daß ich nur aushelfe, wenn sie meint, daß sie mich braucht. Sie will Ende der Woche einen Besuch bei ihrer Schwester in Arizona machen. Sie wollte schon absagen, als ihr Sohn diese Erkältung kriegte, aber jetzt geht's ihm besser, und er will, daß sie fährt. Er mußte ihr versprechen, eine Woche zu Hause zu bleiben, und ich werde jeden Tag kommen und für ihn kochen. Also wird sie am Sonntag fahren.»

«Aha. Sagen Sie mir, war Mrs. Miller an Professor Kent interessiert, oder war sie bloß wegen ihres Sohnes nett zu ihm?»

«Sie meinen, ob sie ein Auge auf ihn geworfen hatte? Nun ja, sie war Witwe und er war Witwer. Und er war was Besseres und deshalb, obwohl er ziemlich alt war, schätze ich, 'ne recht gute Partie. Und wenn er sie gefragt hätte, meine ich, hätte sie ja gesagt.»

«Das war's. Ich danke Ihnen, Ada», sagte Lanigan und begleitete sie zur Tür. Und an der Tür sagte er: «Erzählen Sie bitte den Millers nichts von unserer kleinen Plauderei.»

Kapitel 36

Mrs. Bell war eine praktische, tüchtige Frau von fünfundfünfzig Jahren. Sie wirkte wie eine jener altmodischen Lehrerinnen, die auf Disziplin achten und keine Albernheiten duldeten. Tatsächlich hatte sie einmal an einer Schule, einer kleinen Privatschule im Westen des Staates, Hauswirtschaft unterrichtet. Dann hatte sie geheiratet, doch die Ehe war in die Brüche gegangen. Sie hatte entdeckt, daß sie sich nicht darauf verlassen konnte, daß ihr Gatte nicht trank, keine Schulden machte, geschweige denn ihr nicht untreu wurde, und hatte sich von ihm scheiden lassen. Anstatt wieder zu unterrichten, begann sie Hausarbeiten zu übernehmen, weil das besser bezahlt wurde.

Als es Matilda Kent zunehmend schwerer fiel, den Haushalt in der Clark Street zu führen, stellte das College Mrs. Bell als Aushilfe ein. Sie kam in der Regel am späten Nachmittag oder frühen Abend, räumte die Schlafzimmer auf, wischte Staub und bereitete für das Paar einen Tee oder kleinen Imbiß. Nach Mrs. Kents Tod sorgte sie weiter für Professor Kent. Meistens war er nicht zu Hause, wenn sie kam, aber sie hatte einen Schlüssel und schloß sich selber auf. Kam er, wenn sie noch da war, machte sie ihm sein Abendessen, kam er nicht, nahm sie an, daß er in einem Restaurant gegessen hatte, und machte sich weiter keine Sorgen.

Jetzt saß sie im Büro hinter der Eingangshalle, die Hände gouvernantenhaft im Schoß gefaltet, als Bradford Ames sie befragte.

«Sie kamen am letzten Mittwoch um fünf Uhr hier ins Haus? War das Ihre übliche Zeit?»

«Als Mrs. Kent noch lebte, kam ich gegen vier oder an manchen Tagen früher. Er kam um fünf heim, und sie tranken Tee, manchmal mit Sandwiches und anderen leckeren Sachen, die ich herrichtete. Das nannte er High Tea. Ich nehme an, daß sie dann erst um acht oder neun zu Abend aßen. Ich hatte alles für ihn vorbereitet, wenn er heimkam.»

«Sie servierten den Tee und wuschen anschließend ab?» fragte Ames.

«So ist es. Sie wollte, daß ich beim Servieren eine saubere Schürze trug, wie ein Dienstmädchen... Ich hatte nichts dagegen. Sie war eine nette alte Dame, und es machte ihr Freude.»

«Und nach ihrem Tod?»

«Danach kam ich nicht mehr jeden Tag. Manchmal machte ich ihm das Abendessen, wenn er mich darum bat, und danach wusch ich ab. Aber er aß öfter auswärts. Sehr oft ließ er diesen jungen Professor Miller zu sich kommen, und sie saßen einfach beisammen und redeten und tranken...»

«Tranken?»

«Ja, Bier, wenn es heiß war. Gelegentlich Sherry oder Whiskey. Dann hielt ich mich nicht länger auf. Ich machte meine Arbeit und ging.»

Sergeant Schroeder, der mit gekreuzten Armen am Schreibtisch lehnte, fragte: «Hat er je einen Annäherungsversuch gemacht?»

Auf ihre schmalen, dünnen Lippen trat ein Lächeln der Erinnerung. «Einmal. Er bat mich, ihm eine Tasse Kaffee zu bringen. Ich war in der Küche und hatte gerade eine Kanne aufgebrüht. Ich brachte ihm eine Tasse, und als ich hereinkam, um sie hier auf diesen Tisch zu stellen, lehnte er sich zurück, reckte sich irgendwie und tätschelte mein Hinterteil.»

«Und was taten Sie?»

«Ich begoß ihn mit dem Kaffee.»

«Versehentlich?»

Sie lächelte abermals. «Versehentlich und mit Absicht.»

Bradford Ames lächelte. «Hatten Sie keine Angst, er könnte sie rauswerfen?»

Sie schüttelte den Kopf. «Er konnte mich nicht rauswerfen, weil er mich nicht eingestellt hatte; das hatte das College getan. Er hätte sich selber eine Haushälterin suchen und sie auch bezahlen müssen. Hätte er ihnen gesagt, er wolle eine andere Aushilfe, hätten sie mich wahrscheinlich nach dem Grund gefragt, und ich hätte ihnen alles erzählt. Deshalb hatte ich keine Angst, entlassen zu werden.»

«Ich verstehe», sagte Ames. «Sie kamen also am vergangenen Mittwoch um fünf Uhr her.»

«Ja.»

«Sind Sie sich sicher?»

Sie nickte heftig mit dem Kopf. «Ich werde stundenweise bezahlt, und deshalb weiß ich genau, wann ich meine Arbeit beginne. Ich rief vorher an, um zu sagen, ich käme um fünf und...»

«Sprachen Sie mit ihm? Wann war das?»

«Ich rief um halb fünf an, unmittelbar nachdem ich mit einer anderen Arbeit fertig war. Er nahm nicht ab, also hinterließ ich eine Nachricht auf dem Anrufbeantworter. Ich schätze, sie ist immer noch drauf», sagte sie und deutete auf das Telefon auf dem Schreibtisch. «Ich sagte, ich würde um fünf da sein. Und das war ich auch.»

«Ausgezeichnet», sagte Ames. «Und als Sie kamen, war er weg?»

«Das ist richtig.»

«Wie konnten Sie sicher sein?» fragte Sergeant Schroeder.

«War er vielleicht oben im Schlafzimmer? Haben Sie nachgesehen?»

«Ich war bis sieben Uhr da. Er kam nicht herunter, und ich hörte nichts. Das heißt, Professor Miller rief um Viertel nach fünf an, und als ich ihm sagte, Professor Kent sei nicht da, bat er mich, im Schuppen nachzusehen, ob das Auto da wäre.»

«Und?»

Sie schüttelte den Kopf. «Nein, es war weg. Und ich ging wieder ans Telefon und sagte es Professor Miller. Und er erwiderte, dann müsse er selber gefahren sein.»

«Also hatte er das Haus eindeutig gegen fünf verlassen», sagte Ames.

«Fünf nach vier, wenn er nicht ans Telefon ging, als die Lady hier anrief», sagte Schroeder.

«Aber wir können nicht sicher sein», sagte Ames. «Er kann beschäftigt gewesen sein und hatte vielleicht keine Lust abzunehmen. Zum Beispiel kann er gerade beim Anziehen gewesen sein. Wenn es wirklich wichtig war, konnte er sicher sein, daß der Anrufer eine Nachricht hinterlassen würde. Mit Sicherheit war er um fünf nicht mehr da. Möglicherweise halb fünf.»

«Wollen Sie, daß ich jetzt aufräume?» fragte sie.

«Ne...ein. Ich denke nicht. Und ich möchte nicht, daß im Augenblick etwas verändert wird. Sollten Sie vorhaben, morgen zu kommen, lassen Sie es. Wir gehen noch die Sachen durch, und ich will vielleicht noch weitere Fotos machen lassen.»

Sie warf einen Blick auf ihre Uhr. «Es ist fast sechs, und ich bin seit fünf Uhr hier. Kann ich Ihnen eine Stunde in Rechnung stellen?»

Ames blickte Schroeder an. «Das wirft ein hübsches moralisches Problem auf, nicht wahr, Sergeant? Stellt eine polizeiliche Befragung eine Arbeit dar?»

«Nun, man kann es nicht Hausarbeit nennen, und dafür wird sie bezahlt.»

«Aber sie ist gekommen, um zu arbeiten, und wir haben sie daran gehindert. Man könnte sogar sagen, wir haben sie in ihrer Arbeit unterbrochen.» Er schmunzelte. «Ja, meine Liebe, ich denke, Sie können eine Arbeitsstunde berechnen.»

Kapitel 37

Es war immer noch bitterkalt, und die Schneehügel, die die Schneepflüge auf beiden Straßenseiten aufgehäuft hatten, verengten die Straßen um die Hälfte. Aber die mit Salz und Sand bestreuten Highways waren frei, obwohl voller Schlaglöcher. Das Fahren war kein Vergnügen, aber Sergeant Schroeder glaubte, Baumgold befragen zu müssen. Er war am Mittwoch nachmittag in der Stadt gewesen und hatte vorgehabt, das Erntedankfest mit seiner Frau in Barnard's Crossing zu verbringen. Warum hatte er sie also nicht von der Schule abgeholt oder in ihrer Wohnung und war mit ihr hingefahren? Oder war er zur Schule gekommen und hatte festgestellt, daß sie bereits fort war? Und hatte vielleicht die Gelegenheit genutzt, Professor Kent einen Besuch zu machen, um ihm zu sagen, er solle die Finger von seiner Frau lassen?

In Anbetracht des Wetters war es nicht überraschend, daß Baumgold zur Zeit keinen Klienten hatte und Kaffee aus einem Pappbecher schlürfte, als Schroeder ankam. Der Sergeant redete nicht lange um die Sache herum: Er wies sich aus und stellte unverblümt seine Frage.

«Unsinn. Ich war bis halb fünf im Gerichtsgebäude und fuhr direkt nach Hause. Ging sofort nach Haymarket und hatte das Glück, sofort einen Bus zu erwischen.»

«Aber Sie wollten das Erntedankfest mit Ihrer Frau in Barnard's Crossing verbringen. Warum haben Sie sie dann nicht abgeholt und sind mit ihr zusammen rausgefahren?»

«Das hätte ich getan, wenn ich meinen Wagen gehabt hätte. Ich war aber mit dem Bus gekommen.»

«Aber...»

«Aber denken Sie an das Wetter an diesem Nachmittag. Ich wohne zwei Blocks von der Bushaltestelle entfernt. Ich selber hätte es schon geschafft, aber ich wollte nicht, daß sie sich durch den Schnee arbeiten sollte, und in unserer Nachbarschaft war es besonders schlimm.»

«Aber das hätte sie am nächsten Tag doch auch tun müssen, wenn sie zum Dinner kommen wollte», sagte Schroeder.

«Nein, sie sollte den Zug nehmen, und ich wollte sie mit dem Wagen vom Bahnhof Swampscott abholen und nach Hause fahren.»

«Ich hätte gedacht, Sie beide wären gern während der ganzen Feiertage zusammengewesen. Warum blieben Sie nicht Mittwoch nacht in ihrer Wohnung? Dann hätten Sie zusammen am nächsten Tag mit dem Zug nach Swampscott fahren können, das heißt, wenn Sie in Barnard's Crossing sein mußten.»

«Oh, das hätten wir ganz gewiß getan, denn wir hatten eine Verabredung zum Dinner in einem Hotel und bereits reservieren lassen, aber wie hätten wir von Swampscott zu meiner Wohnung kommen sollen? Es ist zu weit zum Laufen.»

«Sie hätten ein Taxi nehmen können.»

«Ja, wirklich? Sie stellen sich wohl vor, das wäre der Nordbahnhof, wo es einen Taxistand gibt, weil alle paar Minuten ein Zug einläuft? Wenn Sie ein Taxi wollen, müssen Sie anrufen und dann warten – und warten – und warten. Sie rufen vom Münztelefon eines nahen Restaurants an, und ich bin nicht mal sicher, daß es am Morgen des Erntedankfestes überhaupt geöffnet war.»

«Trotzdem, ich meine, wo sie doch, wie man mir sagte, gerade mal ein Jahr verheiratet waren...»

«... hätte ich mir wünschen müssen, die ganze Zeit mit ihr zusammenzusein?» Baumgold lächelte den Sergeanten herablassend an. «Ich habe den Verdacht, daß Sie eine ziemlich altmodische Vorstellung von einer Ehe haben, Sergeant. Damals, als Frauen keine anderen Interessen hatten als den Haushalt zu führen oder auf Kinder aufzupassen, versuchten die Paare so oft wie möglich zusammenzusein. Es war die Pflicht des Ehemanns, bei seiner Frau zu sein, weil sie, wenn sie Kinder hatte, am Ende des Tages einen Erwachsenen brauchte, um sich zu unterhalten, oder sie war zu Tode gelangweilt. Aber das ist heutzutage anders. Die Ehefrauen arbeiten, und die Frau hat ihre eigenen Interessen. Ich bin Anwalt, und meine Frau ist Lehrerin. Sie sieht ihren Schwerpunkt im College, und meine Arbeit ist für sie nicht so interessant. Wir müssen nicht die ganze Zeit zusammensein, und das waren wir selbst in der Zeit nicht, als wir noch nicht verheiratet waren.»

Schroeder war es nicht gewohnt, von den Leuten, die er befragte, herablassend behandelt zu werden, und er wechselte abrupt das Thema. «Sie kannten Professor Kent?»

«Sarah stellte mich ihm vor, und ich sah ihn ein paarmal, wenn ich ins Büro der Englischen Abteilung ging, um sie abzuholen, wenn wir zusammen essen gehen und ich über Nacht in ihrer Wohnung bleiben wollte. Ein unangenehmer alter Mann.»

«Daraus schließe ich, daß Sie sich nichts aus ihm machten.»

«Nein, er gehört nicht zu meinen Lieblingen.»

«Sie wußten, daß er ein paarmal versuchte, mit Ihrer Frau anzubändeln?»

«Ja, sie hat's mir erzählt. Ich wollte den alten Hurensohn aufsuchen und ihm sagen, er solle seine Hände von ihr lassen, aber Sarah wollte es nicht. Das ist ein anderer Vorteil, eine eigene Arbeit und eigene Interessen zu haben: Man lernt, auf sich selber aufzupassen.»

«Wenn er Sie also am letzten Mittwoch aufgesucht und Sie gebeten hätte, in seinem Wagen nach Barnard's Crossing mitzufahren, da er wußte, daß Sie dahin wollten, hätten Sie sein Angebot angenommen?»

Baumgold zuckte die Achseln. «Vielleicht, angesichts des Wetters. Er war ganz bestimmt ein Bastard, aber wenn ich den Bus nehme, weiß ich dann, ob der Fahrer nicht auch einer ist?»

Von den Ergebnissen seiner Unterhaltung mit Baumgold enttäuscht, dachte Schroeder, er könne den langen Trip nach North Shore vielleicht dadurch rechtfertigen – vor sich selber –, wenn er einen kurzen Besuch auf dem Revier von Barnard's Crossing machte, das bloß zehn oder fünfzehn Minuten entfernt war. Nicht daß er erwartet hatte, Baumgold würde zusammenbrechen und gestehen, aber er dachte, Baumgold würde vielleicht zugeben, mit Kent gesprochen zu haben; vielleicht hatte er ihm sogar eine Fahrt nach North Shore angeboten. Der Trip hätte sich für ihn gelohnt, wenn Baumgold sich bei der Befragung nervös gezeigt hätte. Das wäre ein Ausgangspunkt für weitere Ermittlungen gewesen. Aber Baumgold war vollkommen gelassen gewesen, hatte nicht einmal zu verbergen versucht, daß er von den unwillkommenen Annäherungsversuchen wußte, mit denen Kent seine Frau belästigt hatte.

Wenn nicht Baumgold, wer sonst noch hätte mit Kent nach North Shore fahren können? Bradford Ames hatte mehr als einmal erklärt, daß die Polizei in einer kleinen Stadt wie Barnard's Crossing alles wußte, weil die Leute ihre Freunde und Nachbarn waren, deren Arbeit und allgemeine Gewohnheiten sie kannte.

Als er eintrat, war Lanigan im Vorzimmer und sprach mit dem diensthabenden Sergeant. «Ich mußte nach Salem», erklärte Schroeder, «und ich wollte auf der Heimfahrt mal reinschauen, um zu fragen, ob Sie was Neues haben.»

Lanigan schüttelte den Kopf. «Nichts. Wir haben nicht weiterermittelt, seit ihr den Fall übernommen habt.»

«Ich dachte, Sie wüßten, wer hier in der Stadt wohnt und am Windermere unterrichtet und mit Kent gefahren sein könnte.»

«Da ist dieser Pendergast», meinte der Diensthabende.

«Wo wohnt er?»

«Er ist am Erntedankfest nicht gefahren», sagte Lanigan.

«Woher wissen Sie das?»

«Weil ich ihn im Supermarkt traf, als ich gegen vier ein paar Sachen für meine Frau kaufte.»

«Sonst noch jemand?»

«Soweit ich weiß, gibt es nicht viele Lehrer oder Studenten, die so spät am Tag noch Unterricht haben. Ich unterhielt mich mit dem Ingenieur John Aster, der am Windermere Mathematik unterrichtet. Er hat mir gesagt, er könnte als Ingenieur das doppelte dessen verdienen, was er am Windermere bekommt, aber dann müßte er fünfundvierzig Stunden in der Woche arbeiten, und am College hat er bloß am Morgen zwei Stunden und den Rest des Tages frei.»

«Da ist dieser Bursche, der an den Wochenenden kommt», sagte der Diensthabende, «der das Lerner-Mädchen besucht.»

«Oh, ja», sagte Lanigan. «Jacobs, Morton, nein, es ist ein biblischer Name, Mordecai. Mordecai Jacobs. Miller fuhr ihn am Freitagnachmittag raus und holte ihn am Montagmorgen bei den Lerners ab. Er wohnt in Brookline, nahe Coolidge Corner.»

Als er nach seiner Rückkehr nach Boston von seinem Ausflug nach Salem berichtete, riß Ames überrascht die Augen auf.

«Sie glauben, Baumgold könnte ihn getötet haben?»

«Nun ja, Kent wollte zu Millers Haus in Barnard's Crossing, und er wußte, daß Baumgold dort wohnte, und Baumgold hatte ihm nie die Leviten gelesen...»

«Also lädt er ihn ein, und Baumgold bringt ihn unterwegs um?»

«Nun, er könnte Kent mit dem Ellenbogen einen Stoß in die Rippen versetzt haben...»

«Und davon sollte Kent einen Herzanfall kriegen? Und Baumgold, Anwalt von Beruf, wirft ihn in den Schnee, anstatt die Polizei zu benachrichtigen?»

«Aber keine der Personen liefert einen eindeutigen Anhaltspunkt», sagte Schroeder hilflos. «Wir wissen bloß, daß Kents Auto verschwunden ist. Das ist im Grunde alles, was wir haben. Entweder hat Kent das Auto gefahren, es dann abgestellt und den Bus genommen, oder es hat ihn ein anderer gefahren. Das bedeutet, daß jemand an diesem Tag seinen eigenen Wagen nicht benutzt hat.»

«Oder jemand ist mit dem Auto gekommen, hat es hier in der City geparkt und einschneien lassen. Und mit dem ersten Frost kann er mit dem Zug oder dem Bus kommen, seinen Wagen herausholen und heimfahren, und wir sind so schlau wie zuvor», wandte Ames ein.

«Ja, dieser Rabbi ist unser Hauptverdächtige.»

Ames schüttelte den Kopf. «Ich kann mir nicht vorstellen, daß ein großer, stämmiger junger Mann wie Selig einen kleinen, dürren alten Mann töten will.»

«Es ist viel wahrscheinlicher, daß ein großer Mann einen kleinen angreift als umgekehrt.»

Ames lächelte. «Das ist wohl wahr, Sergeant. Aber wenn Sie sich daran erinnern, haben wir den Fall übernommen, weil Kent, laut Obduktion, bereits tot war, bevor er im Schnee landete.»

«Ich habe mit einem Burschen vom Medizinischen Prüfungsamt gesprochen, und wie er sagt, kann die Ermittlung der Todeszeit bei jemandem, der zwei Tage unter Schnee gelegen hat, ziemlich haarig sein. Es können Erfrierungserscheinungen auftreten, Flächen, die sich dunkel färben. Und darauf könnte die Entfärbung der Gesäßbacken zurückzuführen sein.»

«Ja, schon möglich», erwiderte Ames. «Es ist auch möglich, daß er kurz nach vier losfuhr, das Fahren ein wenig komplizierter empfand, nach Haymarket fuhr, seinen Wagen in der Garage parkte und den Bus benutzte. Vielleicht sollten Sie die Busfahrer mal befragen, die nach vier Haymarket in Richtung Barnard's Crossing verlassen haben...»

«Ich habe in der Regel kein Glück mit Busfahrern oder Straßenbahnschaffnern. Sie wollen nicht in die Sachen hineingezogen werden. Und um diese Zeit steigen viele Leute ein.»

«Aber dieser Mann trug einen Smoking, als er einstieg.»

«Ja, aber es ist gut möglich, daß er bei diesem Wetter seinen Mantel bis oben hin zugeknöpft hatte.»

«Er war nicht zugeknöpft, als wir ihn fanden», erklärte Ames. «Andererseits trug er Lackschuhe ohne Gummischuhe oder Überschuhe. Als er einstieg, könnte er dem Busfahrer aufgefallen sein.»

«Sie benutzen nicht oft Busse, oder? Wenn die Fahrgäste einsteigen, hat der Fahrer nur Augen für seinen Münzschlucker. Aber ich werde die Busgesellschaft jedenfalls aufsuchen. In der Zwischenzeit habe ich eine weitere Spur: ein Bursche, der hier in Brookline wohnt und jedes Wochenende nach Barnard's Crossing fährt, um sein Mädchen zu besuchen.»

Das Foto, das Sergeant Schroeder Sam Patchek zeigte, dem Fahrer des Busses fünf Uhr fünfzehn von Haymarket, war retuschiert worden.

«Erkennen Sie diesen Mann wieder? Stieg er am Tag vor dem Erntedanktag in Ihren Bus?» Schroeder erwartete wenig und war angenehm überrascht, als der andere sagte: «Klar doch, ich erkenne ihn wieder. Er fährt jeden Tag mit in meinem Bus. Habe nicht gedacht, daß er so alt ist, wie er auf dem Bild aussieht. Wissen Sie, er trägt immer einen Hut; ich wußte gar nicht, daß er weißes Haar hat.»

«Sind Sie sicher, daß er der Mann ist, den Sie kennen?»

«Oh, ja doch. Er trägt nämlich immer einen Smoking. Deshalb ist er mir im Gedächtnis. Ich nehme an, er ist ein Kellner oder ein Musiker. Ich habe ihn gestern gesehen. Was hat er ausgefressen?»

Der Fahrer des Busses fünf Uhr fünfundvierzig von Haymarket war ein Afroamerikaner und aufsässig.

«Was habe ich falsch gemacht? Zu schnell gefahren? Hat's ihn umgehauen, als ich um eine Kurve fuhr? Oder hab ich ihm auf zwanzig Dollar falsch rausgegeben? Ich rück nie Wechselgeld raus.»

«Nein, nichts in der Art. Ich will bloß wissen, ob er am Tag vor dem Erntedanktag in Ihrem Bus war.»

«Erwarten Sie, daß ich mich daran erinnere, wer vor einer Woche in meinen Bus gestiegen ist?»

«Aber er trug einen Smoking.»

«Also soll ich mich an den Anzug erinnern, vielleicht an den Schlips, den jeder Bursche in meinem Bus trägt? Wissen Sie, wie viele Leute in Haymarket in meinen Bus steigen? Ich fahr mit einem vollen Bus los, wo's nur noch Stehplätze gibt. Also, was hat er zu meckern? Was soll ich gemacht haben?»

Kapitel 38

Es war ein drängender Unterton in Al Bergsons Stimme, als er am Donnerstag abend mit Rabbi Small telefonierte. «Hören Sie, David, Sie würden mir einen großen Gefallen tun, wenn Sie und Miriam morgen kommen und den Sabbat bei uns verbringen würden.»

«Es ist nicht gerade das Wetter, bei dem ich gern fahre, und außerdem sind die Straßen...»

«Die Straßen sind jetzt prima. Ich fuhr nach Gloucester rauf, und die Straßen waren in Ordnung. Und nach der Wettervorhersage soll es morgen viel wärmer werden. Womöglich bis zu vierzig Grad.»

«Nun...»

«Wenn Sie am frühen Vormittag losfahren, können Sie die Heizung in Ihrem Haus hochdrehen und gleich zu mir rüberkommen. Ich werde versuchen, früh nach Hause zu kommen.»

«Ich rufe Sie zurück.» Zu Miriam sagte er überflüssigerweise: «Das war Al Bergson. Er möchte, daß wir übers Wochenende rauskommen.»

«Das habe ich mir gedacht. Warum nicht, David?»

«Weil er vor fünf nicht heimkommen wird. Dir macht das nichts aus. Du wirst mit Edie in der Küche sein, aber was soll ich tun?»

«Ich werde dir sagen, was du tun kannst, David. Du kannst mich bei den Bergsons absetzen und dann in die Bibliothek gehen. Dort kannst du dir die Zeit vertreiben und Illustrierte lesen.»

«In Ordnung, ich sage ihm, daß wir kommen.»

Er verließ gleich nach dem Unterricht die Schule, und nachdem sie einen Happen gegessen hatten, fuhren sie los. Er war vom guten Zustand der Straßen angenehm überrascht. Sie schafften es in einer Stunde nach Barnard's Crossing, und dort ging Rabbi Small in die Bibliothek. Er war merkwürdig erfreut, als die Bibliothekarin ihn wiedererkannte und ihm zur Begrüßung zulächelte. Er schlenderte in den Lesesaal, blätterte die Zeitschriften durch, bis er einen Artikel fand, der ihn interessierte, und ließ sich dann in einem der großen Lehnsessel nieder, mit denen der Raum möbliert war. Es fiel ihm nicht schwer, ein paar Stunden in der Bibliothek zuzubringen.

Nachdem er gegangen war, fuhr er zunächst zu seinem Haus, um nachzuprüfen, ob es behaglich warm war. Dann ging er zum Haus der Bergsons, wo er gleichzeitig mit seinem Gastgeber eintraf. Nach der üblichen Begrüßung fragte er: «Beunruhigt Sie etwas, Al?»

«Ja, aber vor den Frauen möchte ich das lieber nicht besprechen. Wir können später darüber reden, nach dem Abendgottesdienst oder morgen. Sie haben doch nichts dagegen, zum Tempel zu fahren, wenn ich Sie chauffiere? Es ist ziemlich kalt, und viele der Bürgersteige sind nicht geräumt.»

«Ich denke, unter diesen Umständen können wir fahren.»

Edie Bergson verkündete, sie sei müde und werde nicht gehen. Miriam hatte den Verdacht, daß es nicht so sehr Müdigkeit, sondern der Wunsch war, den beiden Männern Gelegenheit zu geben, sich zu unterhalten. Also sagte sie, sie wolle bleiben und Edie Gesellschaft leisten. Es war eine kurze Fahrt vom Haus Bergsons zum Tempel, die ihnen wenig Zeit ließ.

«Also, was beunruhigt Sie?» fragte der Rabbi, als sie ins Auto stiegen.

«Ich möchte nur, daß Sie den Freitagabendgottesdienst miterleben. Dann werden wir uns unterhalten.»

Als sie den Tempel betraten, kamen mehrere Gemeindemitglieder herbei, um den Rabbi zu begrüßen und ihm den traditionellen guten Sabbat zu wünschen. Einer fragte: «Sind Sie krank gewesen, Rabbi? Ich habe Sie gar nicht gesehen.» Ein anderer fragte: «Hallo, wie gefällt Ihnen das Unterrichten? Kann man mit den Kids vom College besser umgehen als mit einer Gemeinde?» Einer rief ihm zu: «Hallo, Prof.» Und einer wollte wissen, ob er ihn mit Rabbi oder mit Professor anreden solle.

Nach dem Gottesdienst, als die Gemeinde zu Tee, Kaffee und Kuchen in den Gemeindesaal ging, näherte sich ihm Rabbi Selig, wünschte ihm einen guten Sabbat, drückte seine Freude aus, ihn zu sehen, und fragte mit gedämpfter Stimme: «Haben Sie irgend etwas gehört? Haben Sie Lanigan getroffen?»

«Nein, ich habe nichts von ihm gehört, aber er wird sich wahrscheinlich morgen abend oder Sonntag mit mir in Verbindung setzen. Wenn er's nicht tut, werde ich ihn wahrscheinlich anrufen.»

«Woher weiß er, daß Sie in der Stadt sind?»

«Möglich, daß er meinen Wagen in der Einfahrt sieht oder daß es ihm einer seiner Männer sagt.»

«Sie meinen, daß sie Ihr Haus beobachten?»

«Natürlich. Immer wenn Sie Ihr Haus für eine Zeitlang verlassen – sagen wir in die Ferien fahren –, füllen Sie ein Formular auf dem Revier aus, und sie verpflichten sich, ein Auge auf Ihr Haus zu werfen, in kleinen Städten ist das so üblich.»

«Ich nehme an, sie tun es nur in einer bewohnten Straße. Aber was ist, wenn Sie auf einem Hügel und in einiger Entfernung von der Straße wohnen? Würden sie in meine Einfahrt reinfahren?»

«Das bezweifle ich. Der Streifenwagen würde langsam an Ihrem Haus vorbeifahren. Und vielleicht schauen sie sich von Zeit zu Zeit auf Ihrem Grundstück um.»

«Das muß ich mir merken. Auf dem Polizeirevier ein Formular ausfüllen, nicht wahr? Sehr gut.» Wieder senkte er die Stimme. «Sie geben mir Bescheid, wenn Sie von Lanigan etwas hören, ja?»

«Natürlich.»

Ira Lerner näherte sich dem Rabbi, zupfte ihn am Ärmel und schob ihn mit geheimnisvoller Miene an einen kleinen Tisch in der Ecke. Als sie sich gesetzt hatten, beugte sich Lerner vor und fragte: «Wenn ein Cop aus Boston nach Barnard's Crossing kommt, um... um über jemanden, der hier lebt, Nachforschungen anzustellen, muß er dann nicht zuerst mit unserer Polizei sprechen?»

«Ich weiß es nicht. Ich schätze, er sollte es aus Höflichkeit tun. Warum?»

«Nun, Sergeant Schroeder kam zu meinem Haus und läutete. Es war niemand da außer Maud, die für uns die Hausarbeit erledigt. Sie kommt aus Irland, ein Bauernmädchen aus Donegal, und ist nicht gerade schlau. Sie dachte, er wäre ihretwegen gekommen; sie hat nämlich keine Arbeitserlaubnis. Machte ihr eine Höllenangst. Nun, es stellte sich heraus, daß er mich sprechen wollte. Also sagte sie ihm, ich sei in meinem Büro in Lynn. Und was will der Bursche von mir wissen? Er will wissen, wann Mordecai Jacobs am Erntedanktag zu uns gekommen ist, um welche Zeit er am Mittwoch angekommen ist.»

«Wirklich?»

«Und als ich ihm sagte, daß er nicht am Mittwoch, sondern am Tag darauf gekommen sei, spürte ich, daß er mir nicht glaubte. Sie müssen wissen, Mordecai wurde jeden Freitag, wenn er zu uns kommt, von einem Kollegen rausgefahren, einem Professor Miller, der in der Stadt wohnt. Netter Bursche. Und er holte ihn am Montagmorgen auch wieder ab. Dann passierte irgendwas, und Miller konnte oder wollte ihn nicht mehr fahren.

Also kam Mordecai mit dem Zug, und Clara holte ihn vom Bahnhof Swampscott ab. An diesem Mittwoch, als es so heftig schneite, rief Mordecai an und sagte, er könne nicht kommen, weil er nicht wolle, daß Clara bei diesem Wetter fahre und vielleicht in der Kälte warten müsse, weil der Zug Verspätung hätte; er würde am nächsten Morgen kommen. Und das tat er auch. Was hat das alles zu bedeuten? Warum will er das von Mordecai wissen? Ich nehme an, er muß sich mit Lanigan abgesprochen haben und...»

«Sie möchten, daß ich Lanigan frage?»

«Richtig.»

«In Ordnung, ich werde versuchen, Lanigan im Laufe des Wochenendes zu sehen. Wenn er es weiß und mir 's sagt, werde ich Ihnen Bescheid geben.»

Als sie zum Auto gingen, drängte Bergson: «Nun?»

«Was nun?»

«Haben Sie die Spannung nicht gespürt? Ist Ihnen die Veränderung der Atmosphäre nicht aufgefallen?»

Der Rabbi schüttelte den Kopf. «Es kam mir vor wie an jedem anderen Freitagabendgottesdienst.»

«Oh, David, Sie hatten nie ein Gespür für Atmosphäre. Ich sage Ihnen, die Gemeinde ist bestürzt. Es gibt Gerüchte, daß der Rabbi uns am Ende des Jahres verlassen will. Und das beunruhigt eine Menge Leute, sogar solche, die ihn nicht besonders mögen. Sie glauben, daß die *Gojim* das als Schuldbeweis ansehen werden. Und das wäre für die Gemeinde und ihre Beziehungen zur Stadt nicht hilfreich, einen Rabbi gehabt zu haben, der sich des Totschlags schuldig gemacht hat. Und wenn er bleibt, ist es vielleicht noch schlimmer, weil wir dann eine Gemeinde wären, deren Oberhaupt eines schweren Verbrechens verdächtig ist und die nichts dagegen unternimmt.»

«Wenn ich Sie so höre, bin ich froh, kein Gespür für Atmosphäre zu haben. Ich wäre andauernd beunruhigt. Hören Sie, Al, ich glaube keine Sekunde, daß Rabbi Selig seinen Schneeräumer absichtlich auf Kent gerichtet und ihn umgeblasen hat; wenn er es aber unabsichtlich getan hat, weil er ihn nicht sah, dann kann man ihn unmöglich beschuldigen. Man könnte ihm nicht einmal

Fahrlässigkeit vorwerfen, weil sich niemand bei einem solchen Sturm auf den Pfad wagen würde. Mein Rat wäre, sich keine Sorgen darüber zu machen, was die *Gojim* denken könnten und...»

«Es gab diese Telefonanrufe, David.»

«Was immer dort gesagt wurde, es ist nur die Meinung einer einzelnen Person. Passen Sie auf, Al, ich werde versuchen, Lanigan zu sprechen. Wenn einer die Stimmung in der Stadt kennt, dann er.»

Kapitel 39

Am Sonntag wurde das Wetter wieder so, wie es für die Jahreszeit normal war. Am Mittag hatte die Temperatur fünfzehn Grad erreicht, und das war, verglichen mit dem Frost, der seit dem Tag vor dem Erntedankfest mehr als eine Woche lang geherrscht hatte, fast frühlingshaft. Laut Vorhersage für Sonntag sollte die Temperatur auf zwanzig, vielleicht sogar auf fünfundzwanzig Grad ansteigen. Die Schneehaufen an den Straßenrändern, inzwischen vom Schmutz der vorbeifahrenden Autos geschwärzt, begannen jetzt zu schmelzen, und überall standen Pfützen. An niedriger liegenden Stellen waren sie ein paar Zoll tief, wo sich das Schmelzwasser gesammelt hatte, und wenn Autos hindurchfuhren, schleuderten sie schmutziges Sprühwasser hoch, so daß die Fahrer einen Augenblick nichts sehen konnten.

David und Miriam waren gerade mit dem Lunch fertig, als das Telefon klingelte. Es war Lanigan. «David? Hugh Lanigan. Habe Ihren Wagen in der Einfahrt gesehen. Sind Sie den ganzen Tag hier?»

«Und die Nacht. Ich muß erst Montag morgen um elf zurück sein.»

«Ihr Wagen wurde Freitag nachmittag in der Einfahrt gesehen, aber nicht während des Abends, erst nachher wieder. Ich dachte, Sie führen an Ihrem Sabbat nicht.»

«Nun, ich wollte zu Fuß zum Tempel gehen, aber das war fast

unmöglich, besonders für Miriam. Wir kennen die alte Legende von einem berühmten Rabbi, der sich in seiner Kutsche auf einer Straße befand, als der Sabbat anbrach. Also entschied er, daß überall Sabbat sei, außer auf dieser Straße, und ich dachte, ich könnte es genauso machen.»

«Das ist ein guter Trick. Vielleicht kann ich Sie dazu bringen, ihn für mich anzuwenden, wenn die Gemeindeversammlung läuft und ich die Arbeit von einer Woche an einem Tag erledigen muß.»

«Hören Sie, Chief, ich möchte Sie sprechen.»

«Nun, ich bin bis fünf hier im Revier angebunden. Warum kommen Sie nicht her und ...»

«Schön. Aber Miriam ist hier und ...»

«Ich sage Ihnen was, David, kommen Sie her, und wir unterhalten uns. Anschließend fahren wir zu Ihnen, holen Miriam ab und fahren zu mir. Ich werde Amy anrufen und ihr sagen, daß ihr abends bei uns sein werdet. Sie hat ein paar Doughnuts gebacken. Wir werden Kaffee trinken und Doughnuts essen, und für Sie gibt es was zu trinken.»

«Hört sich gut an. Ich bin in ein paar Minuten da.»

«Sehen Sie? Ich habe Ihretwegen meinen Schreibtisch aufgeräumt», sagte Lanigan, als Rabbi Small sein Büro betrat.

«Das ist sehr aufmerksam von Ihnen, Chief. Ich hatte nicht die Absicht, Sie bei Ihrer Arbeit zu stören.»

Lanigan grinst. «Nicht doch, ich hatte nichts zu tun, aber ich habe einmal im Monat sonntags Dienst, und ich habe Amy angerufen. Sie erwartet uns. Also, was beunruhigt Sie?»

«Die Sache mit Professor Kent natürlich. Ich sprach am Freitag abend mit Rabbi Selig. Er wurde telefonisch belästigt und Al Bergson und andere ebenfalls.»

«Aber David! Sie kennen doch all die Briefe von den verrückten Leuten in der Zeitung. Und jedem Brief entsprechen hundert Anrufe. Um einen Brief zu verfassen, muß man wenigstens schreiben können. Man braucht Papier. Man braucht eine Briefmarke. Und alles, was man schreibt, steht schwarz auf weiß auf dem Papier und läßt sich nicht mehr leugnen. Aber um einen

Anruf zu machen, braucht man bloß den Hörer abzunehmen. Kein vernünftiger Mensch glaubt, daß der junge Rabbi Kent absichtlich getötet hat. Übrigens, Bradford Ames ist überzeugt, daß er tot war, bevor er dort hingelegt wurde.»

«Warum hat dann Sergeant Schroeder Ira Lerner nach dem Freund seiner Tochter, Mordecai Jacobs, befragt?»

«Hat er das?»

«Ja, und Lerner sagte, er schien alles zu bezweifeln, was er ihm sagte.»

«Aber David, das ist eben Schroeders Art.»

«Wußten Sie, daß er Lerner befragen würde? Hat er das mit Ihnen abgesprochen?»

Lanigan schüttelte den Kopf. «Er ist womöglich hier vorbeigekommen und hat mit dem Diensthabenden gesprochen.»

«Sie wollen sagen, daß Sie aus dem Fall raus sind?»

«So gut wie. Ames bat mich, Tony Donofrio zu befragen, aber vermutlich nur, weil er ihm die Schroedersche Verhörmethode ersparen wollte.»

Das Telefon klingelte, und als Lanigan nach dem Hörer griff, sagte er: «Das ist wahrscheinlich Amy, die möchte, daß ich etwas vom Supermarkt hole.»

Aber es war nicht Amy, sondern Ames. «Ich habe bei Ihnen zu Hause angerufen, aber Ihre Frau sagte, Sie wären im Dienst.»

«Ja, an einem Sonntag im Monat...»

«Hören Sie, Chief, wir haben Kents Wagen gefunden. Er ist in der Blossom Street in Lynn abgestellt.»

«Das ist ganz in der Nähe des Bahnhofs.»

«Richtig. Und Tony Donofrio und seine Frau haben in dieser Straße eine Wohnung. Sergeant Schroeder meint, wenn wir ihn verhaften und eine Weile bearbeiten, würden wir vielleicht etwas Interessantes rauskriegen. Weil Sie Donofrio befragt haben, möchte ich, daß Sie mit ihm reden. Ich bin hier in Barnard's Crossing in meinem Haus auf dem Point. Wenn Sie rüberkommen könnten...»

«Ich bin hier mit Rabbi Small. Sie erinnern sich doch an ihn, oder?»

«Oh, gewiß, ich erinnere mich sehr gut an Rabbi Small. Laden Sie ihn doch ein.»

«Aber er ist mit seiner Frau da. Und meine Frau erwartet ihn und seine Frau heute abend.»

«Oh, ich verstehe. Nun, wie ist es mit morgen? Haben Sie Zeit? Können Sie nach Boston kommen, sagen wir um zehn, nicht in mein Büro, sondern in Kents Haus? Ich habe dort mein Hauptquartier aufgeschlagen, bis wir alles gesichtet haben.»

«Ich denke, ich kann's einrichten.»

Kapitel 40

Obgleich sie gegen acht fertig zur Abfahrt waren, trödelte der Rabbi, und Miriam spürte, daß er wegen des Verkehrs in der Stoßzeit zögerte, nach Boston zu fahren. Also schlug sie vor, noch eine Tasse Kaffee zu trinken. Es war halb neun, als sie endlich losfuhren.

«Fährst du über die Old Boston Road, David?» fragte sie.

«Nein, über die State Road; da sind die Bedingungen wahrscheinlich besser.» Das waren die letzten Worte, die sie wechselten, als er sich vorbeugte, mit den Händen das Steuerrad umklammerte, bis sie ihre Wohnung in Brookline erreichten und er den Wagen auf seinem üblichen Parkplatz parkte. Er bestieg die Straßenbahn, die ihn zum Kenmore Square brachte, ging die paar Blocks zum College und stellte fest, daß es noch nicht zehn Uhr war, als er ins Büro kam.

Er hatte kaum seinen Mantel an die Garderobe gehängt, als es an die halb offenstehende Tür klopfte. Er rief: «Herein» und sah zu seiner Überraschung, daß es Bradford Ames war, der eintrat.

«Ich hoffte, Sie anzutreffen, Rabbi», sagte Ames. «Ich möchte, daß Sie uns im Kentschen Haus Gesellschaft leisten.»

«Warum? Ich weiß von Hugh Lanigan, daß Sie uns etwas über Donofrio erzählen wollen. Ich bin ihm nie begegnet. Ich weiß nichts über ihn.»

«Nun ja, ich wollte über Donofrio reden, aber ich wollte auch alle Aspekte des Falles erörtern, alles, was wir wissen, und es fiel mir ein, daß Sie Kent kannten ...»

«So gut wie gar nicht.»

«Aber wir anderen kannten ihn überhaupt nicht. Und Sie kennen das College, die Atmosphäre ... Warum lachen Sie?»

«Ich bin auf Drängen von Al Bergson, dem Vorsteher des Tempels, nach Barnard's Crossing gefahren. Er wollte, daß ich mich davon überzeuge, wie sich der Freitagsgottesdienst verändert hat. Als ich ihm sagte, mir sei nichts aufgefallen, sagte er mir, ich hätte kein Gespür für Atmosphäre. Und jetzt wollen Sie, daß ich als Experte für die Atmosphäre des Colleges zu Ihrem Treffen komme.»

«Sie wissen, was ich meine. Was man so munkelt und unterderhand sagt ...»

«Die Abteilungen haben nicht viel Kontakt miteinander.»

«Ja, aber Sie hören die Gespräche in der Cafeteria, beim Lunch ...»

«Ich bringe meinen Lunch immer mit. Aber ich gehe hin und wieder auf eine Tasse Kaffee in die Cafeteria. Manchmal allein, manchmal mit Mordecai Jacobs oder Roger Fine – Sie kennen ihn –, manchmal mit Sarah McBride, alle von der Englischen Abteilung. Manchmal leistet mir Dr. Cardleigh, der Leiter der Fakultät, mit seiner Pfeife beim Kaffee Gesellschaft.»

«Na, da haben Sie's, Rabbi: Sie sind Professor Kent wenigstens begegnet, und Sie haben mit verschiedenen Mitgliedern seiner Abteilung Kaffee getrunken. Also warum ziehen Sie nicht Ihren Mantel an und kommen mit mir ins Haus von Kent?»

«In Ordnung, es sollte mich freuen, wenn ich von Nutzen sein kann. Etwas sagt mir, daß die Sache langwieriger wird. Also werde ich eine Nachricht an der Tür hinterlassen, daß mein Unterricht heute ausfällt.»

Unmittelbar hinter der Tür saß auf einem der Küchenstühle ein uniformierter Polizist, der sie hereinließ. Sie begaben sich ins Arbeitszimmer, legten ihre Mäntel auf die Couch und nahmen Platz, um auf die Ankunft Schroeders und Lanigans zu warten. Schroeder erschien kurz nach ihnen. Er sagte Guten Morgen, und dann fragte er mit einem Kopfnicken in Richtung des Rabbi: «Was macht er hier?»

Ames schmunzelte: «Ich dachte, er könnte von Nutzen sein. Er kennt Kent und das College. Im übrigen erinnern Sie sich sicher noch daran, wie nützlich Rabbi Small letztes Mal war, als wir mit dem College zu tun hatten.»

Bald darauf kam Lanigan. Er trug eine zerbeulte alte Aktentasche, die er neben seinen Stuhl auf den Boden legte.

«Tut mir leid, daß ich zu spät komme», sagte er. «Ich habe kurz haltgemacht...»

«Ist schon in Ordnung, Chief», sagte Ames. «Fangen wir an. Am besten wir bleiben gleich hier; es ist der gemütlichste Raum im Haus und neben der Küche der einzige, der richtig geheizt ist. Ich vermute, daß Kent die meiste Zeit hier verbracht hat. Ein paar von seinen Kleidern sind in diesem Schrank, und es würde mich nicht überraschen, wenn er gelegentlich auf diesem Sofa geschlafen hätte. Ich werde Mrs. Bell fragen.» Er öffnete eine Schublade des Schreibtisches und nahm ein Blatt Papier heraus.

«Also gut, woll'n mal sehen, was wir haben. Wann wurde Kent zum letztenmal lebend gesehen?»

Schroeder blätterte in seinem Notizbuch. «Er war in der Schule und gerade im Begriff, nach Hause zu gehen, um sich für diese Party, an der er teilnehmen wollte, umzuziehen.»

«Wer hat ihn gesehen?»

«Sein Freund Miller, der im Büro der Englischen Abteilung war, und Mrs. McBride, die gerade kam, als er ging.»

«Gut», sagte Ames. «Mrs. Bell hat ausgesagt, daß sie um fünf nach vier anrief und daß niemand abnahm. Ich habe den Eindruck, daß Mrs. Bell, wenn sie sagt, sie habe um fünf nach vier angerufen, exakt um diese Zeit angerufen hat. Niemand nahm ab, was wohl bedeutet, daß er noch nicht nach Hause gekommen war. Wann versuchte jemand das nächste Mal, mit ihm Kontakt aufzunehmen?»

«Donofrio nahm den Zug in Lynn um drei Uhr vierzig», sagte Lanigan. «Er sagt, daß er direkt herkam, klingelte und an die Tür klopfte. Wenn die Straßenbahn von Kenmore Square pünktlich gefahren ist, dürfte das gegen halb fünf gewesen sein, denn der Zug um drei Uhr vierzig aus Lynn kommt um zwei nach vier am Nordbahnhof an.»

«Dann ging er in das Büro der Englischen Abteilung und sprach mit Professor Sugrue», sagte Schroeder nach einem Blick in sein Notizbuch. «Er fragte, ob Kent Unterricht hätte. Und als der das verneinte, ging er zurück und klopfte noch mal an die Tür. Er nahm an, Kent sei vielleicht beschäftigt oder auf dem Klo gewesen, als er das erste Mal klopfte. Als Mrs. Bell um fünf Uhr kam, war das Haus leer. Professor Miller rief um Viertel nach fünf an, und als sie ihm sagte, Kent sei nicht da, ließ er sie in der Garage nachsehen, und der Wagen war natürlich nicht da. Also denke ich, daß Donofrio unser Mann ist. Ich sprach mit ihm, nachdem wir den Wagen in seiner Straße gefunden hatten, und er war ziemlich nervös.»

Dem Rabbi kam der Gedanke, daß beinahe jeder nervös werden würde, wenn Sergeant Schroeder ihn verhörte, aber er sagte nichts. Lanigan indes bemerkte: «Als ich mit ihm sprach, schien er nicht sehr nervös zu sein.»

«Angesichts dessen, was Sie uns von Ihrer Unterhaltung mit ihm erzählten, hielt ich es für besser, mit ihm zu sprechen, als Kents Auto sozusagen auf seiner Türschwelle auftauchte», sagte Schroeder. Er wollte damit andeuten, daß es höchste Zeit gewesen war, daß sich ein Profi der Sache annahm, nachdem ein Amateur ein wenig herumgestochert hatte. «Er hatte keine allzu große Lust, mit mir zu sprechen, und behauptete, daß er Ihnen alles erzählt habe. Als ich ihn darauf hinwies, daß man das Auto in seiner Straße gefunden hätte, behauptete er, er wisse nichts davon. Ich nehme an, daß er es abstellte und dann fortging, um mit seinen Freunden zu saufen, und das Auto dabei völlig vergaß. Er gab zu, ziemlich spät nach Hause gekommen zu sein. Oder er ist vielleicht zurückgekommen, um den Wagen wegzufahren, und stellte fest, daß er eingeschneit war.»

«Mir scheint», sagte Lanigan vorsichtig, «wenn ich einen heißen Wagen hätte, würde ich ihn nicht in meiner Straße parken.»

«Zugegeben», sagte der Sergeant, «aber aufgrund des Sturms am Mittwoch war es nicht leicht, einen Parkplatz zu finden. Also hat er den erstbesten genommen, der sich anbot. Aber es war nicht nur der Wagen in seiner Straße, der ihn verdächtig macht. Wir haben Kents Bankschließfach überprüft, und es enthielt eine Versicherungspolice über fünfzigtausend Dollar, und die Begünstigte ist Donofrios Frau. Es gab auch ein Testament, in dem Kent alles Donofrios Tochter hinterläßt. Und dann sind da noch ein Sparkonto und ein Girokonto. Alles in allem hatte er mehr als zwanzigtausend Dollar auf der Bank, wozu vielleicht noch anderer Besitz kommt. Für Donofrio wären etwa siebzigtausend Dollar ein ziemlich guter Grund, seinen Tod zu wünschen.»

«Ist das alles, was im Bankschließfach war?» fragte der Rabbi.

«Oh, da war noch ein bißchen Schmuck und außerdem eine Dissertation über...»

«Einen gewissen Simeon Suggs, von dem ich noch nie gehört habe», sagte Ames.

«Aha!»

Ames wandte sich an den Rabbi. «Und was bedeutet dieses Aha? Ist das rabbinisch oder einfach nur professoral?»

«Keines von beiden.» Er lachte. «Aber an meinem ersten Tag im College traf ich Dr. Cardleigh, der von dem Unsinn erzählte, für den Dr. phil. eine Dissertation zu verlangen. Er selber hat übrigens einen Dr. med. Man braucht zwei oder drei Jahre, um sie zu schreiben, und da die Arbeit etwas Neues bringen muß, geht's in der Regel um ein Thema, das keiner Beachtung wert ist. Er erwähnte, daß jemand vom College über Simeon Suggs geschrieben hätte, einen Dichter, von dem er nie gehört hätte. Ich wollte nicht weiter nachfragen, aber hin und wieder habe ich mich gefragt, welches Mitglied der Englischen Abteilung das war. Jetzt weiß ich, daß es Professor Kent war.»

«Aber es war nicht Professor Kents Dissertation, Rabbi. Es war eine Fotokopie, angefertigt von einer Microfilm-Firma in Michigan, die sich auf solche Dinge spezialisiert hat. Sie wurde verfaßt von einem... äh... Sergeant?»

Schroeder, bei der Vorstellung, dem Rabbi eins auszuwischen, grinsend, blätterte sein Notizbuch durch und verkündete: «Oscar Horton, Universität von Nevada, 1953.»

«Hm.» Der Rabbi starrte an die Decke, ohne das Lächeln auf

den Gesichtern der anderen zu beachten. Dann senkte er den Blick und sagte: «Dann bin ich bereit, eine Wette einzugehen.»

Ames stieß ein gurgelndes Lachen aus. «In Ordnung, Rabbi, Sie sind ja versichert. Worauf wetten Sie?»

«Ich bin bereit, darauf zu wetten, daß Professor Miller derjenige ist, den Dr. Cardleigh meinte.»

«Sie wollen sagen...»

«Ich will damit sagen, daß Professor Miller die Dissertation dieses Horton abschrieb und als seine eigene ausgab. Und daß weiterhin Kent irgendwie dahinterkam und sein Wissen dazu benutzte, Miller zu erpressen.»

«Was sollte er tun?»

«Alles, was er von ihm verlangte; ihn praktisch jede Woche in sein Haus in Barnard's Crossing einzuladen, seinen Chauffeur zu spielen, sein ständiger Begleiter zu sein. Kent war ein Langweiler, den niemand leiden konnte. Seine Kollegen sahen ihn von der Seite an, fürchteten ihn sogar wegen des Einflusses, den er durch seine Frau, Matilda Clark, bei den Treuhändern hatte. Ohne Freunde und allein, zwang er Miller, sein Freund zu sein. Das ‹Komische Gespann› wurden sie genannt. Er verschaffte Miller sogar die feste Anstellung, um sicherzugehen, daß er am Windermere blieb.»

«Wollen Sie andeuten, daß Miller ihn umgebracht haben könnte?» fragte Ames.

Der Rabbi nickte. «Hm... ja. Ich halte es für sehr wahrscheinlich. Ich vermute, er wollte die Leiche hier im Haus lassen, weil er annahm, daß man den Körper erst am Montag finden würde. Aber dann entdeckte er, daß die Haushälterin um fünf kam. Er nahm das Telefon nicht ab, als sie anrief, aber er hörte ihren Anruf auf dem Anrufbeantworter ab, und er wußte, daß sie einen Schlüssel hatte. Also schaffte er die Leiche in den Wagen in die Garage.»

«Auf keinen Fall, David», sagte Lanigan. «Das ist eine hübsche Theorie, aber sie ist falsch, weil Miller den Zug fünf Uhr zweiunddreißig vom Nordbahnhof nahm. Er konnte auf keinen Fall nach Barnard's Crossing fahren und zwischen vier und fünf Uhr zweiunddreißig zurück sein.»

«Woher wissen Sie, daß er's tat?»

«Weil er seine Aktentasche im Zug fünf Uhr zweiunddreißig vergaß. Er rief die Gepäckaufbewahrung im Nordbahnhof an, sobald er zu Hause ankam. Ich habe mich heute morgen verspätet, weil ich kurz haltgemacht habe, um sie abzuholen. Ich wollte sie ihm bringen und die Gelegenheit benutzen, ihn zu fragen, wer es auf Kent abgesehen haben könnte.»

«Das ist die Tasche?» fragte Ames und deutete darauf.

«Aber ja. Seine Initialen sind drauf.»

«Kommt mir ziemlich schäbig vor», sagte Ames. «Ein Riemen ist abgerissen, der Druckknopf scheint kaputt zu sein, und sie ist ganz zerkratzt. Die Tasche sieht eher so aus, als wäre sie im Kofferraum eines Autos hin und her geflogen.»

«Ich schätze, es ist ihr Inhalt, der ihm so wichtig war», sagte Lanigan.

«Was ist denn drin?» fragte Ames ungeduldig. «Die Tasche ist nicht verschlossen, oder?»

«Nein, sie ist nicht verschlossen. Soll ich reinschauen?»

«Los!»

Lanigan öffnete die Tasche und zog ein Exemplar des Bostoner *Herald* vom Mittwoch, dem dreiundzwanzigsten, heraus. Er fuhr mit der Hand in der Tasche herum, schüttelte den Kopf und sagte: «Das ist alles, bloß der *Herald*.»

«Warum machte er so einen Aufstand wegen einer Zeitung, die er überall kaufen konnte?» fragte Schroeder.

«Um die Tasche zu füllen», sagte der Rabbi. «Wäre sie leer gewesen, könnte man sich fragen, warum er sie unbedingt wiederhaben wollte.»

«Schon möglich», räumte Ames ein, «aber sie beweist, daß er im Fünf-Uhr-zweiunddreißig war.»

«Wenn das ihr einziger Zweck ist», bemerkte der Rabbi, «dann beweist sie, daß er nicht im Zug war.»

«Das leuchtet jedem ein», sagte Schroeder sarkastisch. «Sie sagen: Wenn ich beweisen kann, daß ich etwas getan habe, dann ist das der Beweis dafür, daß ich's nicht getan habe?»

«Wollen Sie andeuten, daß irgendein anderer die Tasche für ihn liegenließ?»

Der Rabbi nickte. «Möglich, aber unwahrscheinlich. Sie meinen, er könnte einen Studenten getroffen haben, der nach Salem oder Swampscott fuhr, und ihn gebeten haben, seine Tasche in eine der Gepäckablagen des Zuges zu legen? Aber der Student würde es mit Sicherheit einem Freund erzählen.» Er schüttelte den Kopf. «Nein, ganz und gar unwahrscheinlich. Wir müssen einen Schritt zurück machen.» Seine Stimme verfiel in einen talmudischen Singsang. «Wenn die Tasche beweist, daß er im Fünf-Uhr-zweiunddreißig war, was wiederum beweist das?»

Ames warf einen Blick auf Lanigan, und er fragte mit einem Augenzwinkern: «Wollen Sie uns ein Beispiel dieser talmudischen Beweisführung geben, die Sie Pul-pul oder so nannten?»

«Pul-pil nennt er das», sagte Lanigan.

«Es heißt *pil-pul*», sagte der Rabbi, «das ist das hebräische Wort für Pfeffer. Es bedeutet, daß man feine Unterschiede machen soll. Sie würden es vielleicht Haarspalterei nennen. Die alten Rabbiner, die diese Methode praktizierten, waren damit beschäftigt, die wahre Bedeutung eines göttlichen Gebotes herauszufinden. Sie hatten alle Zeit der Welt, und es störte sie nicht, daß ein Argument weit hergeholt war, wenn es ihnen verstehen half. Im vorliegenden Fall also beweist die Aktentasche, daß er im Fünf-Uhr-zweiunddreißig war. Aber das ist bloß deshalb wichtig, weil daraus hervorgeht, daß er um halb sechs am Bostoner Nordbahnhof war, so daß er den Zug besteigen konnte, der zwei Minuten später abfuhr. Und das würde bedeuten, daß er Kents Leiche nicht in Barnard's Crossing beseitigen und rechtzeitig nach Boston hätte zurückkommen können, um den Fünf-Uhr-zweiunddreißig zu erwischen. Aber: Der Zug hält unterwegs. Und eine Haltestelle ist Lynn, wo der Zug nach etwa zwanzig Minuten ankommt, und der Bahnhof von Lynn ist nur etwa zehn Minuten von Swampscott oder Barnard's Crossing entfernt. Er hatte genügend Zeit, nach Lynn zurückzukehren, nachdem er die Leiche Kents hinter der Reklametafel abgeladen hatte. Ich stelle mir vor, daß er zum Bahnhof von Swampscott ging, wo er seinen Wagen geparkt hatte, die Tasche aus dem Kofferraum nahm, dann mit Kents Wagen nach Lynn fuhr, in der Blossom Street parkte und dann zum Bahnhof von Lynn ging. Dort kaufte er eine Zeitung, stopfte sie in seine Tasche und stieg in den Zug um fünf Uhr zweiunddreißig.»

«Wann wollten Sie Miller die Tasche zurückbringen, Chief?» fragte Ames.

«Oh, irgendwann heute abend.»

«In Ordnung. Ich werde diesen Dr. Cardleigh aufsuchen, und wenn der Rabbi mit dieser Dissertation recht hat, möchte ich Sie gern begleiten, wenn Sie Miller aufsuchen.»

«Gewiß, kommen Sie zum Revier, und wir werden von dort aus hinfahren.»

Ames wandte sich an den Rabbi. «Und um wieviel wollen Sie wetten, Rabbi?»

«Ich hatte darüber nicht nachgedacht. Um einen Dollar vielleicht?»

Ames lachte glucksend. «Ein Dollar, abgemacht. Jetzt sind Sie aber blaß, Rabbi.»

Kapitel 41

Thorvald Miller persönlich öffnete ihnen die Tür.

«Geht es Ihnen besser?» fragte Lanigan.

«Ja, das Fieber ist gefallen, darum bin ich aufgestanden.»

«Und Ihre Mutter?»

«Oh, die ist in Arizona, um ihre Schwester zu besuchen.»

«Dies ist Bradford Ames», sagte Lanigan. «Stellvertretender Bezirksstaatsanwalt von Suffolk County. Er hat ein Haus auf dem Point. Wir besuchten ihn, und er wollte gern mitkommen, als ich sagte, ich müsse Ihnen Ihre Aktentasche wiederbringen.»

«Oh, gut, daß Sie sie gebracht haben.»

«Ja, hier ist sie. Sagen Sie, was stand denn im *Herald*, daß Sie die Tasche unbedingt von der Eisenbahn zurückbekommen wollten?»

«Sie haben sie geöffnet?»

«Ja. Und außer dem *Herald* vom Mittwoch haben wir nichts gefunden.»

«Nun, da war ein Leitartikel...»

«Sie haben die Zeitung in Lynn gekauft?» fragte Lanigan.

«Nachdem Sie Ihren Wagen in der Blossom Street in der Nähe des Bahnhofs geparkt hatten», warf Ames ein.

«Hat jemand behauptet, daß er mich gesehen hat? War's der Zeitungsverkäufer?»

«Nein, aber Sie konnten nicht rechtzeitig nach Boston zurückkehren, um den Fünf-Uhr-zweiunddreißig zu erreichen, nicht von Barnard's Crossing aus», sagte Lanigan.

Plötzlich entspannte sich Miller. Er lächelte sogar. «Dann wissen Sie alles.»

«Warum haben Sie ihn getötet?» fragte Ames. «Wegen der Doktorarbeit?»

«Und wie haben Sie's gemacht?» fragte Lanigan.

Miller lachte, und Ames glaubte, in dem Lachen einen hysterischen Unterton zu entdecken. «Wie bitte? Ich habe ihm nur die Frackschleife sehr, sehr fest gebunden. Das erschien mir passend, denn schließlich lernte ich ihn so kennen, als er mich bat, ihm die Frackschleife zu binden. Und dann bestand er voller Dankbarkeit darauf, daß ich bei ihm einen Drink nahm. Damals zeigte er mir die Kopie der Hortonschen Dissertation. Warum ich ihn getötet habe? Weil er mich erpreßte. Oh, es ging nicht um Geld. Was ich besitze, ist nicht der Rede wert. Er erpreßte mich, damit ich ihm Gesellschaft leistete und ihm diente. Ich mußte fast jeden Nachmittag mit ihm verbringen. Und wenn er am Abend ausging, mußte ich ihm beim Anziehen helfen und niederknien, um ihm die Schuhe anzuziehen. Wenn er hierherkam, nahmen wir seinen Wagen, und ich mußte fahren. Ich war sein Chauffeur, Butler und Kammerdiener. Er verschaffte mir die feste Anstellung, damit man mich nicht entließ und ich woanders hinging. Ich hatte einen Job in Arizona in Aussicht. Es war ein Zweijahrecollege und dazu ein naturwissenschaftliches Gymnasium, aber als ich ihm sagte, ich wolle die Stelle annehmen, weil Arizona gut für das Asthma meiner Mutter sei, erwiderte er, man würde sicherlich Referenzen von Windermere anfordern, und er würde allen die Wahrheit über meine Dissertation mitteilen. Ich stellte mir vor, hier festzusitzen, bis er starb, und das konnte lange dauern. Also mußte ich etwas dagegen unternehmen.»

«Sie wollten die Tat am Tag vor dem Feiertag ausführen, damit man ihn erst vier oder fünf Tage später, am Montag, finden würde.»

«Das ist richtig. Ich mußte ihn unbedingt aus dem Haus schaffen. Also legte ich ihm seinen Mantel um und wollte gerade seine Gummischuhe holen, als sich jemand der Tür näherte. Die Person an der Tür klopfte, wartete, klopfte wieder und dann noch einmal. Also ging ich mit ihm zur Hintertür und stützte ihn, wie man es bei einem Betrunkenen macht. Sein Wagen hatte zwei Gurte zum Anschnallen, die sich automatisch anlegten, wenn man die Tür schloß. Also brauchte ich keine Sorgen zu haben, daß er nach vorn fiel oder vom Sitz rutschte, wenn ich bremste.»

«Daher also die Entfärbungen an den Schenkeln und am Gesäß», flüsterte Ames Lanigan zu.

«Zuerst hatte ich vor, ihn in irgendeinem Waldstück abzulegen, aber als ich auf die State Road kam, stellte ich fest, daß auf jeder Seite drei und vier Fuß hohe Schneewehen lagen und trotz des Sturms ziemlich viele Wagen unterwegs waren. Ich beschloß also, wenn ich nach Barnard's Crossing kam, zur alten Boston Road abzubiegen und ihn hinter dieser Reklametafel abzuladen. Ich schwöre, daß ich es nicht tat, um den Rabbi mit hineinzuziehen.»

«Und was wollten Sie mit dem Auto machen?» fragte Lanigan.

«Mir war klar, daß ich es nicht dort stehenlassen konnte, weil man sich dann die Frage stellen konnte, warum er nicht die Evans Road hinauffuhr, wenn er zu meinem Haus unterwegs war. Dann hatte ich die Idee, zum Bahnhof Swampscott zu fahren und seinen Wagen gegen meinen auszutauschen. Aber als ich zum Bahnhof kam, war es noch nicht ganz halb sechs. Das hieß, daß ich nach Lynn fahren, irgendwo in der Nähe des Bahnhofs parken und den Fünf-Uhr-zweiunddreißig nehmen konnte, weil er dort nicht vor sechs ankommt. Dann wollte ich im Zug etwas liegenlassen, um zu beweisen, daß ich drin war. Ich hatte einen Müllsack mit alten Klamotten im Kofferraum meines Wagens, den ich bei nächster Gelegenheit bei der Sammelstelle der Heilsarmee abliefern wollte. Aber es waren Schuhe, Hosen, Hemden, ein alter Pullover – nichts, das man im Zug zurücklassen konnte. Und da war die vergammelte alte Aktentasche. Niemand würde wegen einer solchen Aktentasche einen Aufstand machen, also mußte ich etwas hineinlegen. Aber was? Ich hatte nichts im Wagen, keine Papiere, keine Bücher, keine Zeitschriften. Also kaufte ich die Zeitung und stopfte sie in die Aktentasche.» Er grinste breit. «Und bloß für den Fall, daß sie jemand klaute, weil er etwas Wertvolles darin vermutete, erzählte ich, als ich den Zug in Swampscott verließ, dem Mann, der neben mir parkte, ich hätte meine Aktentasche im Zug vergessen. Ich kannte ihn nicht, aber ich merkte mir die Nummer seines Wagens, damit ich ihn, wenn es nötig sein sollte, ausfindig machen konnte. Sieben-zwei-drei-CBY. Das Kennzeichen ist leicht zu merken, weil sich's reimt.»

«Ist Ihnen klar, daß Sie einen Mord gestehen?» sagte Ames ernst.

«Keinen Mord», erwiderte Miller. «Es war Totschlag. Keine Jury wird mich schuldig sprechen, wenn sie erfährt, wie er mich behandelt hat, besonders wenn's um meine Mutter geht.»

«Ja, Sie haben eine gute Chance, so wie sich die Gerichte bei Mordanklagen in letzter Zeit in diesem Staat verhalten», sagte Ames, «aber man könnte Sie des Mordes zweiten oder dritten Grades schuldig sprechen, und Sie müßten Ihre Zeit absitzen.»

«Dann werde ich meine Zeit eben absitzen, aber wenn ich rauskäme, wäre ich frei.»

«Hören Sie. Sie sind allein, und Ihre Mutter ist nicht da. Das sollten Sie nicht tun, denn Sie waren auch krank.»

«Ich bin wieder in Ordnung. Es war eine Erkältung.»

«Trotzdem, Sie könnten einen Rückfall erleiden. Ich schlage vor, daß Sie mit aufs Revier kommen.»

«Verhaften Sie mich?»

«Sagen wir mal so: Wir nehmen Sie in Schutzhaft. Also pakken Sie, was Sie für die nächsten paar Tage brauchen werden, und dann gehen wir.»

«In Ordnung.»

«Warum nehmen wir ihn nicht einfach fest?» fragte Lanigan, als Miller das Zimmer verließ.

«Weil wir ihm seine Rechte nicht vorgelesen haben und ein gewiefter Anwalt etwas daraus konstruieren könnte. Auf dem Revier werden wir ihm seine Rechte vorlesen und ihn sein Geständnis vor einem Stenographen wiederholen lassen. Der wird es tippen, und er kann es unterschreiben.»

Kapitel 42

Der Rabbi hatte sich gerade eine Tasse Kaffee geholt und sich an einen Tisch in der Cafeteria gesetzt, als Dr. Cardleigh erschien, seine Pfeife paffend, eine Tasse Kaffee in der Hand. Er nahm dem Rabbi gegenüber Platz.

«Ich habe Millers Dissertation natürlich nicht gelesen. Ich sah mir ein Kapitel oder zwei an, weil ich mich fragte, wie jemand zwei oder drei Jahre seines Lebens mit der Arbeit an einem solchen Blödsinn verschwenden kann. Wir haben sie irgendwo im Archiv, falls Sie einen Blick hineinwerfen wollen. Wissen Sie, wenn ich nicht gerade Chef einer Fakultät wäre, überdies mit allen Pflichten, die sich auf sogenannte Diplome beziehen, würde ich Miller applaudieren, weil er Grips genug hatte, seine Dissertation abzuschreiben, anstatt mit der Nachforschung und der Niederschrift Zeit zu vergeuden.»

«War sie so schlecht?»

«Dieser Suggs hat ein paar Gelegenheitsgedichte geschrieben, Lückenbüßer für Illustrierte und Zeitungen. Er arbeitete für seinen Schwiegervater, der ein Drucker war. Ein paar Leute, die später zu Bedeutung kamen, ließen ihr Werk bei ihm auf eigene Kosten drucken und veröffentlichen. Glauben Sie mir, die Arbeit ist die zweihundertachtzig Seiten Papier nicht wert, auf die sie geschrieben wurde.»

«Aber wurde er nicht auf der Grundlage dieser Arbeit eingestellt?»

Cardleigh lachte. «Er wurde eingestellt, weil wir damals einen Englischlehrer brauchten. Und unsere damaligen albernen Vorschriften verlangten einen Dr. phil. Und die Vorschriften für einen Dr. phil, die noch lächerlicher sind, erfordern eine Dissertation, die niemand lesen will.» Er paffte an seiner Pfeife, stellte fest, daß sie ausgegangen war, und riß ein neues Streichholz an. «Ein interessanter Fall: Ein Fälscher betrügt einen anderen.»

Er stopfte die Pfeife, nahm einen Schluck Kaffee und lehnte sich in seinen Sessel zurück. «Tim Bishop war Vertreter für Lehrbücher, der immer bei mir auftauchte, wenn er in der Gegend war, obwohl ich das griechische Lehrbuch, das ich benutzte, nie erneuerte. Eines Tages, nachdem ich Leiter der Fakultät geworden war, kam er in mein Büro und sagte: ‹Ich habe gesehen, daß Mike Canty jetzt bei Ihnen unterrichtet.› Und ich sagte ihm, wir beschäftigten keinen Michael Canty. Und er erwiderte: ‹Ich habe ihn in Raum 103 gesehen, als ich durch den Korridor ging.›

Also sah ich auf meinen Plan und sagte: ‹Das war Professor Malcolm Kent in Raum 103.› Darauf entgegnete er, dann müsse er seinen Namen geändert haben. Er sei sicher, es handle sich um Mike Canty, der beim Internationalen Fernlehrinstitut in St. Louis gearbeitet hätte, als er dort beschäftigt gewesen sei. Und nach Bishops Aussage sei er bloß ein Angestellter gewesen und habe nie an einem College unterrichtet. Canty oder Kent sei nach London gegangen, als sie dort ein Büro eröffnet hatten. Und aufgrund der Zeit, die zwischen der Schließung des Londoner Büros und der Aufnahme seiner Lehrtätigkeit am Windermere verstrichen war, ließ sich schließen, daß er kein College besucht, geschweige denn einen akademischen Grad erworben haben konnte.

Ich erwähnte diese Tatsache gegenüber einem der Treuhänder, mit dem ich befreundet war, und er war entsetzt. Er hatte Angst, daß der Ruf des College ruiniert würde, wenn die Sache herauskam. Er war der Meinung, daß jeder, den Kent hatte durchfallen lassen, das College vielleicht verklagen würde. Also behielt ich alles für mich. Schließlich hatte ich keinen Beweis; nur die Aussage Bishops.

Während meines nächsten Sabbatjahres fuhren meine Frau und

ich nach England, und ich folgte den Spuren. Bishop hatte recht: An keiner Universität gab es eine Spur von einem Kent oder Canty. Aber ich konnte nichts dagegen unternehmen, denn Kent war inzwischen mit Matilda Clark verheiratet. Ich meinte, ich müßte zumindest Direktor Macomber einweihen, aber ich ließ es sein. Er ist ein derart aufrechter Mann, daß er mit Sicherheit etwas dagegen hätte unternehmen wollen und sich mit dem Treuhänderausschuß angelegt hätte. Und zwischen einem Direktor, der sich jederzeit ersetzen läßt, und den Stiftern vor den Kopf stößt, ist es gar keine Frage, wie sich der Ausschuß entscheiden würde. Wenn ich Macomber von der Sache erzählte, konnte ihn das sehr wohl seinen Posten kosten.» Er nahm einen großen Schluck Kaffee.

«Sie könnten natürlich behaupten, daß ich, als ich den Eintrag ‹Malcolm Kent, M. A., Universität Liverpool› im Vorlesungsverzeichnis akzeptierte, ebenfalls zum Fälscher wurde.» Er schmunzelte. «Ich schätze, ein bißchen Schwindelei findet sich in jeder Institution. Aber das ist jetzt vorbei. Noch eine Tasse Kaffee, Rabbi?»

Glossar

Almemor (arab., Kanzel; hebr. Bima): abgetrennter Platz in der Mitte der Synagoge
Bar Mizwa (Bar Mizwa-Feier): Bezeichnung des Knaben, der das 13. Lebensjahr vollendet hat und dadurch gebotspflichtig geworden ist. Aufrufung des B. bei der Toravorlesung in der Synagoge
Beigel: Kipfel, rundes, kranzförmiges Gebäck
Blintze: (Russ. Blini) pfannkuchenartiges Gebäck
Dawenen: beten
Duchnen: den Priestersegen erteilen
Exodus: Auszug aus Ägypten (2. Buch Mose)
Goj (pl. Gojim): Nichtjude
Hadassa: 1912 in Amerika gegründete zionistische Frauenorganisation
Hawdala: Der Segensspruch am Ausgang des Sabbats in Haus und Synagoge.
Jarmulke: Gebetskäppchen
Kantor: Vorsänger und Vorbeter in der Synagoge
Ketuba: Eheurkunde, die vom Ehemann unterschrieben wird
Kidduschbecher: Kiddusch: Einweihung des Sabbats, verbunden mit einem Segen über einen Becher Wein (Kidduschbecher)
Kohen: (pl. Kohanim), Priester, Abkomme Aarons
Minjan: Mindestzahl von zehn männlichen Betern, die für den Gemeindegottesdienst vorgeschrieben ist
Purim: Freudenfest anläßlich der Errettung der jüdischen Diaspora vor dem Anschlag Hamans
Rabbi Gershom: Gerschom ben Juda, um 960–1028 (?) Leiter der Toraschule in Mainz; Urheber der für das abendländische Judentum verbindlich gewordenen Verordnungen
Rebezen: Ehefrau eines Rabbiners
Rosch ha-Schana: Neujahrsfest, erster der zehn Bußetage

Schema Israel: («Höre Israel») Bekenntnis der Einzigkeit Gottes, das im Morgen- und Abendgottesdienst gelesen wird;
Schul: Synagoge
UJA: United Jewish Appeal. 1939 in New York gegründete Organisation, die das Aufbringen von Geldmitteln für die jüdischen Wohlfahrtsorganisationen koordinierte

Felix Huby

Ernst Bienzle, mit Brille, Phlegma und Bauchansatz, mit einer Schwäche für Sauerbraten mit Spätzle und Soße, Kriminalkommissar und Leiter der Stuttgarter Mordkommission, verheiratet, ein Häuschen am Stadtrand ... Mit dieser Figur des schwäbischen Gemütsmenschen ist **Felix Huby**, ehemaliger Spiegel-Korrespondent, mittlerweile erfolgreicher Drehbuchautor, einer der bekanntesten deutschen Kriminalautoren geworden.

Bienzle stochert im Nebel
(thriller 2638)
Oberflächlich betrachtet tut Hauptkommissar Bienzle nichts: Er fragt ein bißchen, er redet ein bißchen und hört zu ...

Bienzle und die schöne Lau
(thriller 2705)
Einen Mörder, der sich beim Mordanschlag selbst ermordet, hat es in Bienzles Laufbahn noch nicht gegeben ...

Bienzles Mann im Untergrund
(thriller 2768)

Bienzle und das Narrenspiel
(thriller 2872)
Männer, Frauen und Kinder in den buntesten Kostümen tanzen durch die Straßen – und ein ausgebrochener Sträfling, der Rache nehmen will ...

Bienzle und der Sündenbock
Kriminalstories
(thriller 2958)

Gute Nacht, Bienzle
(thriller 3066)

rororo thriller

Bienzle und der Biedermann
(thriller 3077)
Fleisch, dessen Verfallsdatum kurz bevorsteht, wird in die Ostländer transportiert. Man macht Profit und kassiert Subventionen ... Kein leichter Fall für Bienzle.

Ach wie gut, daß niemand weiß ...
(thriller 2446)

Der Atomkrieg in Weihersbronn
(thriller 2411)

Sein letzter Wille
(thriller 2499)
Optiker Kissling kämpft gegen die Baumafia in seiner Kleinstadt – bis er eines Morgens mit einem Genickschuß tot gefunden wird ...

Schade, daß er tot ist
(thriller 2584)
«... der beste Huby, der bisher erschienen ist.»
FAZ-Magazin

Klugmann / Mathews

«Da werden endlich wieder Geschichten erzählt, die so intelligent und spannend sind, die zum Zittern und Lachen bringen. Allererste Empfehlung: die subtil anarchistischen Polizeikomödien der beiden Hamburger Norbert Klugmann&Peter Mathews.» *Lui*

Beule & Co
Beule oder Wie man einen Tresor knackt. Ein Kommissar für alle Fälle. Flieg, Adler Kühn
(thriller 3101)
Die Helden des Autorenduos scheinen auf den ersten Blick wenig perfekt. Sie haben Probleme mit Frauen, mit sich selbst und mit ihrer Kondition. Eigentlich sind sie ganz selten richtige Helden. Da kommt es schon vor, daß ein Keller in Brand gesetzt wird, weil ein geklauter Tresor sich nicht knacken läßt. Oder ein Schrebergärtner ermordet wird, weil er seinen Garten nicht verkaufen will...

Die Schädiger
(thriller 2771)
Rochus Rose wachsen die Schulden über den Kopf, und die Methoden des Geldeintreibers Sänger sind raffiniert, aber nicht ganz legal...

Vorübergehend verstorben
Roman
320 Seiten. Gebunden
Wunderlich Verlag
Die Männer sind alle Verbrecher, ihr Herz ist ein finsteres Loch... Die Anwältin Luise Rubato fährt lieber in die Grube, als der Moral der Männer zu erliegen.

rororo thriller

Norbert Klugmann
Das Pendel des Pentagon
(thriller 2954)
«Norbert Klugmann legt ein wahnsinniges Tempo vor und ihm fließen mitunter Dialoge aus der Feder, gegen die hochgerühmte amerikanische Kollegen die reinsten Langweiler sind.» *Süddeutscher Rundfunk*

Schweinebande
(thriller 3175)

Doppelfehler *Ein Fall für den Sportreporter*
(thriller 3228)
Ein ATP-Tennisturnier in Deutschlands wildem Osten läßt sich nicht ohne weiteres vermarkten. Ein toter Tennisprofi indes belebt das Geschäft...

rororo thriller werden herausgegeben von Bernd Jost. Ein Gesamtverzeichnis der Reihe finden Sie in der *Rowohlt Revue*. Jedes Vierteljahr neu. Kostenlos in Ihrer Buchhandlung.

Hansjörg Martin

«**Hansjörg Martin** ist eine Person von historischer Bedeutung. Was Raymond Chandler für die amerikanische Kriminalliteratur war, ist er für die deutsche geworden: man kann ihn ohne jeden Zweifel als ihren Vater betrachten. Sein Roman *Gefährliche Neugier* löste 1965 ein Genre aus, das man lange danach den neuen, den modernen deutschen Kriminalroman nannte.»
Rudi Kost in «Schwarze Beute»

Eine Auswahl der thriller von Hansjörg Martin:

Wotan weint und weiß von nichts
(thriller 2386)

Bei Westwind hört man keinen Schuß
(thriller 2286)

Blut ist dunkler als rote Tinte
(thriller 2190)

Gefährliche Neugier. Kein Schnaps für Tamara. Einer fehlt beim Kurkonzert
(thriller 2972)

Gute Messer bleiben lange scharf *Kriminalstories*
(thriller 2635)

Mallorca sehen und dann sterben
(thriller 2270)

Der Rest ist Sterben
(thriller 2900)
Schwester Cosima ist eine allseits beliebte Person mit untadeligem Lebenswandel. Deswegen trifft es alle wie ein Schock, als man sie erdrosselt in ihrer Wohnung findet...

rororo thriller

Apollonia muß sterben
(thriller 3023)

Einer fehlt beim Kurkonzert
(thriller 2109)

Kein Schnaps für Tamara
(thriller 2086)

Rechts hinter dem Henker
(thriller 2167)

Das Zittern der Tenöre
(thriller 2618)

Süßer Tod
(thriller 2877)
Direktor Hebestreit ist entsetzt. In seiner Viehzuchtgenossenschaft findet man eine Leiche. Und gerade jetzt kann er schlechte Publicity nicht gebrauchen...

rororo thriller werden herausgegeben von Bernd Jost. Ein Gesamtverzeichnis der Reihe – und aller lieferbaren Titel von *Hansjörg Martin* – finden Sie in der *Rowohlt Revue*. Jedes Vierteljahr neu. Kostenlos in Ihrer Buchhandlung.

3015/2

Linda Barnes

«Carlotta Carlyle ist eine großartige Bereicherung der schnell wachsenden Gruppe intelligenter, witziger, verführerischer, tougher, aber dennoch verwundbarer Privatdetektivinnen ...»
The Times

Carlotta steigt ein
(thriller 2917)
Carlotta Carlyle, Privatdetektivin, Ex-Cop und Hin-und-wieder-Taxifahrerin, bekommt von der alten Dame Margaret Devens den Auftrag, deren spurlos verschwundenen Bruder zu suchen ...
«Linda Barnes' Stil gefällt mir ungemein gut: klar, straff und aufregend.»
Tony Hillerman

Carlotta fängt Schlangen
(thriller 2959)

Carlotta jagt den Kojoten
(thriller 3099)

Carlotta spielt den Blues
(thriller 3160)

Zum Dinner eine Leiche
(thriller 3049)

Früchte der Gier
(thriller 3029)
Michael Spraggue, Schauspieler und Detektiv (auch wenn seine Lizenz schon abgelaufen ist), bekommt es in seinem ersten Fall mit gleich drei Kofferraum-Leichen zu tun.

Marathon des Todes
(thriller 3040)
Jemand will die Wahl von Senator Donagher verhindern und Spraggue einen Mord ...

rororo thriller

Blut will Blut
(thriller 3064)
Wer goß Blut in die Bloody Mary, wer enthauptete Puppen und Fledermäuse? Und wer legte den toten Raben ins Büro des Theaterdirektors? Michael Spraggue wird wieder einmal gefordert.

Im Wunderlich Verlag sind erschienen:

Ein Schnappschuß für Carlotta
Roman
352 Seiten. Gebunden

Carlotta spielt den Blues
Roman
272 Seiten. Gebunden

rororo thriller werden herausgegeben von Bernd Jost. Ein Gesamtverzeichnis der Reihe finden Sie in der *Rowohlt Revue*. Jedes Vierteljahr neu. Kostenlos in Ihrer Buchhandlung.

3025/3

Christine Grän

«Anna Marx, 35, tizianrot und rubensdick, ist das ausgekochte Phantasiegeschöpf der Bonner Journalistin **Christine Grän**, die ihre Krimiheldin als sinnenfrohe Gerechtigkeitsfanatikerin gegen die sattsam bekannte lakonische Melancholie alter Krimihaudegen antreten läßt.»
Neue Presse Hannover

Ein Brand ist schnell gelegt...
(thriller 2901)

Weiße sterben selten in Samyana
(thriller 2777)
«Vergnüglich plaudernd begleitet Christine Grän ihre Heldin auf Mördersuche, läßt die Liebe nicht zu kurz kommen und sorgt an den richtigen Stellen für einen Schuß Spannung.»
Hamburger Abendblatt

Dead is beautiful
(thriller 2944)
Peter Münzenberg ist nicht der Mann, der sich seine Politikerkarriere von einer Frau zerstören läßt. Als er erpreßt wird, soll Anna Marx ihm helfen. Sie hätte lieber nicht zusagen sollen. Erst ein Frontalangriff auf ihre Linie, dann auf ihr Leben...

Nur eine läßliche Sünde
(thriller 2865)
Ein rotzfrecher Teenager zwingt ihre Mutter, den rechtmäßigen Vater um Geld anzugehen. Dem paßt die Sache überhaupt nicht in den Kram – er ist nämlich Bonner Politiker auf der höchsten Ebene.

Anna Marx, der Müll und der Tod
(thriller 3192)

Ein mörderischer Urlaub *Stories*
(thriller 2950)

Grenzfälle
(thriller 3031)
Als Anna Marx die Zeitungsmeldung über den Tod der dreiunddreißigjährigen Susanne Sawitzki liest, ist sie wie elektrisiert. Das ist doch der Name gewesen, den der geschwätzige Typ in der Bar so beiläufig erwähnte...

Marx ist tot
(thriller 3081)

Mit Mord beginnt ein schöner Sommer *Stories*
(thriller 3136)
Endlich Urlaubszeit. Doch 14 Tage Zusammensein kann ganz schön auf die Nerven gehen. Dann reicht schon eine Kleinigkeit, um eine Explosion auszulösen oder einen heimtückischen Mord zu planen ...

rororo thriller